U0905232

Staread
星文文化

十四郎

SHI SI LANG
WORKS

仙侠经典代表作

完美典藏版

浙江出版联合集团
浙江文艺出版社

图书在版编目（CIP）数据

三千鸦杀：典藏版 / 十四郎著 . -- 杭州：浙江文艺出版社，2016.10（2019.12 重印）

ISBN 978-7-5339-4633-3

Ⅰ . ①三… Ⅱ . ①十… Ⅲ . ①长篇小说—中国—当代 Ⅳ . ① I247.5

中国版本图书馆 CIP 数据核字 (2016) 第 242726 号

SANQIAN YA SHA (DIANCANG BAN)

三千鸦杀（典藏版）

十四郎　著

出版发行　浙江文艺出版社
地　　址　杭州市体育场路 347 号（邮编 310006）
网　　址　www.zjwycbs.cn

责任编辑　瞿昌林
责任印制　张丽敏
装帧设计　書大圣
封面插画　离　城
封面题字　殷　舍

印　　刷　三河市嘉科万达彩色印刷有限公司
经　　销　浙江省新华书店集团有限公司
开　　本　710 毫米 ×1000 毫米　1/16
字　　数　265 千字
印　　张　19.5
版　　次　2016 年 10 月第 1 版　2019 年 12 月第 4 次印刷
书　　号　ISBN 978-7-5339-4633-3
定　　价　38.00 元

目录

序章

琉璃火

离别的夜晚，没有月亮，黑得令人感到绝望。

狂风放肆地拍打木窗，窗纸破了一块，还没来得及修补，以后只怕也不会有人修补了。风从洞里穿梭，发出哭泣般的声响。

宫女阿满将最后一件衣服收进包袱，惶惶不安地抬头望向门口。帝姬正站在庭院里，长发被吹得疯狂翻卷，绣花长袖犹如一双等待被折断的羽翼。

她犹豫着走过去，将厚重的披风搭在帝姬单薄的肩上，低声道："公主，是时候了，咱们走吧。"

帝姬点了点头，白皙的手从长袖中探出来，指着满庭院的粉白淡红，声音很轻："阿满，你看，海棠花都开了。父皇母后却再见不到了。"

阿满柔声道："公主，你还小，别想那么多。我们赶紧走吧。"

帝姬静静望着满地淡红花瓣，风将它们卷起，像飞雪似的投怀送抱。明明是五月的天气，却突然寒下来，刚刚绽放的娇嫩垂丝海棠，禁不起风吹雨打，耷拉了大片，凄凄惨惨离开枝头，委身泥土。

"阿满，国灭了，你说我为什么不能和父皇他们一起守护到死？我难道不该留下吗？"

阿满几乎要哭出来，强忍着露出一抹笑容："公主才十四岁，日后的人生还长着呢。皇上和皇后只盼着你安安稳稳过完一生。"

帝姬缓缓摇头，转身将一朵快要凋谢的垂丝海棠捧在掌心，小心翼翼地放进荷包里。

“阿满，我可以再看看这里吗？”帝姬低声问。

阿满偷偷抹去眼泪，颤声道：“好……再看看……”

话还未说完，只见半空中忽然划过一道流星般的火光，带着尖锐的呼啸声，直直朝皇宫这里砸下来。轰的一声，帝姬的锦芳宫屋顶琉璃瓦碎裂开，火点下雨一般簌簌落下，夹杂着瓦片和尘土。

阿满尖叫起来：“他们要放火烧皇城！公主！再不走就来不及了！”

不等帝姬回答，阿满攥住她的胳膊，没命地拖着朝皇宫后的秘密小道狂奔而去。

帝姬身形单薄纤弱，迎风奔跑，跌跌撞撞几乎要摔倒。山间小道荆棘树枝胡乱伸展，打在脸上就是一道血痕。她满脸汗水，忽然忍不住回头看了一眼，天空中有无数道流星般绚丽的火光，扑簌簌落在皇城里。

像是琉璃中有火在焚烧，皇城在火光中变得晶莹剔透，就快要化了。

伴随着流星般的火雨落入皇城的，还有无数两三人高的怪鸟，赤红色的头，像凝了一汪血。皇城里凄厉的哭喊声被狂风送到耳边，阿满再也支持不住，捂着脸跪在地上痛哭流涕。

那是赤头鬼，是吃人的妖魔。

细细的鲜血从帝姬的唇角滑落，她死死地咬住嘴唇，身体里巨大的痛苦几乎要将她搅成齑粉。仿佛再也承受不了，她猛然甩开阿满的手，朝山下冲去。

没跑几步，阿满就从后面没命地拽着她，抱着她。树枝断了一地，帝姬像一只受伤的小兽，抖得快要碎开，身上脸上满是泥泞。

她不知道自己挣扎了多久，慢慢地再也没有气力。从灵魂最深处泛起巨大的空虚与恐惧，她以为自己会死，可是偏偏死不掉；张开嘴想哭喊，却只能发出断断续续的急喘。

她必须在今夜眼睁睁看着自己拥有的一切被毁灭，灵魂被一刀刀地凌迟，不能软弱，不可以回头。

阿满觉得怀里挣扎的力量渐渐弱下去了，帝姬伏在她怀里，再也不动。她使劲抹着眼泪，从怀里取出手绢，拨开帝姬的头发，替她将脸上的泥泞擦干净。

火光中，帝姬的脸色苍白得好似一只鬼，曾经娇美灵动的神采，如今只剩恍惚与惨淡。她紧紧闭着眼睛，浓密的长睫颤抖着，过了很久很久，才有一颗极大的泪珠从里面滚下来。

天快要亮的时候，帝姬醒了。

“阿满，我们走吧。”她再也没有流泪，语气平淡，只是两只眼睛里布满了血丝。

阿满担忧地看着她：“公主，还是让我来背你好了。你再歇息一下。”

帝姬摇摇头，从袖子里取出两张白纸，咬破指尖滴血其上，跟着朝地上一抛，白纸瞬间变成两匹骏马。

她翻身上马，一提缰绳，骏马立即发出响亮的嘶声。

“下山去，找个落脚的地方。”

阿满见她神色平静，心里反而起了隐忧，犹豫着低声道：“公主……你……你在想什么？”

帝姬回头对她微微笑了一下，腮边漾出清浅的梨涡，映着微蓝的晨光，她仿佛又变成了以前那个娇柔妩媚的小公主。

“阿满你放心，我会活下去。”活到该死的那天为止。

骏马撒开四蹄，朝山下行去。

“公主，我们要去哪里？”

“去一个还没有战火的地方。”

第一章

暗里幽香是谁人

年底的时候，香取山下了第一场雪，纷纷扬扬飘了一整夜，积雪几乎没过膝盖。覃川从暖和的厨房里一出来，顿时冻得直哆嗦，赶紧裹紧围脖。

厨房管膳食的陈大爷从里面追出来，连声唤她："川儿，等一下！"

"大爷还有啥要帮忙的不？"覃川冷得直跳，像只小兔子。

"也不是什么要紧事，就问问你明天几时来厨房帮工，我儿子明儿来修灶台，和我提了一下你，不晓得能不能遇上。"陈大爷笑得像朵皱纹花。

覃川最善察言观色，心里顿时明了他的意思，当下笑道："这我也说不准，得问问赵管事。我也盼着见陈大哥哪，他运气极好，十赌九赢，我还等着他教我玩两把。"

陈大爷老脸不由一红，自然明白人家说得隐晦是给自己面子，他儿子分明是十赌九输的赌鬼败家子，想给他找个老婆可真不容易。

挥别有些尴尬的陈大爷，覃川缩着脑袋一路往左池跑。昨晚一场大雪，只怕冻坏了池畔的柳树精，她得去掸雪修剪一番，省得回头它们找她哭。

刚走了一半，迎面就见赵管事领着个肉球似的男子走过来，覃川赶紧停在旁边，笑呵呵地打招呼："赵管事，您好。"

赵管事一见她，眼睛忽然亮了，赶紧推着那肉球男过来："川儿，来得正巧，有事找你呢。"

显见着那肉球男并不乐意，嘟嘴挤眼，扭怩万分，硬是被赵管事推到覃川眼前。“这是我侄子，在这里做买办的。他今年二十，尚未娶妻……”

肉球怒了，指着覃川痛声嚷嚷:“姨！你这是什么眼光？！她长得那么丑！比陈皮还黄！连玄珠大人的一根小指头也比不上，又怎能配得上我？”

一席话简直说得字字带血，把覃川说得一愣一愣的。

他忽又瞪过来：“喂，我说你可别缠着我啊！我没工夫和你磨蹭！”

覃川赶紧点头：“那是那是，我哪里配站在您身边……”说着看看他圆溜溜的肚皮，整个人长得和锅里刚煮好的汤圆似的，肥白粉嫩，不由微微一笑，“您这样玉树临风、丰神俊朗的美男子，自然得要倾国倾城的美人才能配得上。”

“哼，算你有自知之明。”肉球男喜滋滋地一笑，“姨，我走了。下次记得找个漂亮的，配得上我才行。”

“您走好，走好……”覃川笑眯眯地目送他去远了，回头看一眼赵管事。赵管事自然是尴尬万分，连声道歉：“川儿……他脾气就是这么坏，人品倒是很好的……你……你可别放在心上……”

“这有什么，令侄是心直口快，爽朗不造作，真男儿本色。”覃川说得面不改色心不跳。

赵管事自己觉得甚是可惜，叹息了一阵。覃川虽说只来了不到三个月，可做事利索，也没什么乱七八糟的心思，嘴巴更是甜得恰到好处。这年头的年轻姑娘家，如此乖觉的实在不多，她有心给侄子找个好媳妇，奈何自己那宝贝侄子眼高于顶，非绝色的不要。

覃川这孩子，什么都好，就是长得寒碜点，细眉细眼、鼻塌唇薄，脸色更像十年没吃饱饭似的，蜡黄蜡黄。放在人群里，眨眼就给吞没了。

“对了，管事您找我是有什么吩咐吗？”覃川直接换话题。

赵管事从怀里小心翼翼取出一个木盒递过去：“我手头还有一堆事，你把这个盒子送去南殿吧。千万小心，别碰着磕着，这可是玄珠大人要的东西。”

覃川点点头，捧着盒子转身要走，忽然想起什么似的，回头笑道：“管事，翠丫今天和我说，病好了可以干活了。明天去厨房帮工的事情，是不是要交给她？”

赵管事想也没想：“那明天就让她去做吧，你过来给我帮忙，正好人手不够。”

覃川笑眯眯地走了。

香取山洞天福地有外围和内里之分，外围专供杂役下人居住干活，内里则是山主和弟子们的居所。外围杂役严禁进入内里，故而有东西南北四殿作为关卡，四殿以数十丈高的巨石围墙相连，对他们这些手无缚鸡之力的凡人而言，插着翅膀也难飞上去。

现在的世道，仙人也憊懒。

山主当年在香取山顶羽化成仙，自此占山为……仙，大肆搜刮世间稀奇宝贝的同时，也会怜悯辛苦凡人，做了不少善事。近来兴许是年纪大了，看透世情冷暖，成日龟缩在里面数宝贝，顺便收了无数美貌少年男女当作弟子，安心过起老人家的日子。

香取山如今就成了密不透风的鸟笼子，还是双层的。

覃川捧着盒子一路走到南殿，那看门的人正抱着手炉看书，正眼也不看她一下，瓮声瓮气地说：“停住，东西放下，在那边签个名儿。东西未必会送到紫辰大人手上，你懂吗？”

覃川转了转眼珠，笑着摇头：“不懂，为什么？”

看门人顺手指了指身后，极不耐烦：“这么多东西都是送给紫辰大人的，他哪里能全部收下？你们这些外围杂役，好没脸没皮，自己是个什么东西，还成日想着攀龙附凤。送些乱七八糟的东西进去，每次都是被扔掉，还不停地送！”

覃川好奇地朝里面张望，果然见那满满一屋子都是各种各样的盒子、瓶子、罐子、匣子、铜饼子，看得人眼花缭乱。

她不由咋舌："这么多东西……都是要给紫辰大人的？"

看门人终于把头抬起来，从眼皮缝儿里瞅她两眼："正是如此，识趣的就赶紧走人，东西递进来也不可能送到里面去的。"

覃川微微一笑，把盒子往他面前一放："明白了，下次我注意。这是玄珠大人要的东西，麻烦您赶紧送进去，别误了事。"

看门人吓了一跳——是真的跳了起来——双手捧着盒子，连声说："怎么不早说！原来是玄珠大人要的东西！要是误了时辰，她那个脾气……啧啧！"

覃川一边在名录上写自己的名字，一边问道："大叔，每天都有那么多人从外面给紫辰大人送东西吗？"

"那倒不是，你新来的吧？怪不得不清楚。后天是紫辰大人的二十三岁生辰，知道的人自然要送一份贺礼。不过外面那些杂役也不想想，紫辰大人是什么身份，怎能看上他们那点不值钱的破烂玩意儿？每年都送，倒要劳烦我老人家一一扔掉。"

覃川扶额想象左紫辰怀抱一堆铜饼子银匣子，依然端出凛然不可侵犯的姿态，不由被逗得直乐。不知为何，脑海里却浮现出五年前第一次见到他的情景。朝阳台上那惊鸿少年，手执长柳，难得临风一笑，当真秀若芝兰，不知迷倒了多少怀春少女。

明明他心里面比冰雪还要冷酷，喜欢他的人却总有那么多。

她把名字写完，拍拍手准备走人，看门人忽然喊住她："等下，刚好你来了，这封信你带给赵管事吧，是顶要紧的事。"

覃川微微眯眼，把信在手里捏了一下，笑答："好啊，我一定带到。"

一路从南殿出来，天色已经暗了。

覃川找了个僻静的地方，靠在石壁上擦亮火折子。那封信没封口，仙山福地素来不做这等防人之事，讲究磊落光明，于是今日便遇上她这个不怎么光明磊落的人了。

展开信纸，就着火光飞快看了一遍，覃川眉尖突然一蹙，竟不知是惊是喜。原来下月白河龙王要来香取山做客，内里管事令赵管事清点外围杂役，入内做各类准备。

她看信看得入神，忽听身后传来细微的踏雪声，心下猛然一惊，飞快将火折子丢在地上，一脚踩住，下一刻便被一双臂膀结结实实地拥在怀里。

覃川心中有鬼，屏住呼吸动也不动，只觉那人身材高大，似是喝了酒，馥郁的酒气带着暖暖的吐息喷在她耳郭上，又痒又麻。

“我来得迟了，是不是在怨我？”那人低低笑着，声音醇厚，偏又带着一丝酥软，字字诱人。

覃川不说话，惊疑不定地缓缓摇头。

那人扶着她的肩头，将她转过来，她亦是不敢反抗，所幸此刻天色暗沉，头顶又有石壁阻隔，对着面也看不清轮廓。

“青青，怎么不说话？肚子里在骂我？”他的手自肩头滑上去，按住她的后脑勺，细细抚摸长发，另一只手却捏住了她柔软的耳垂，摩挲爱怜。

覃川怕痒，急忙躲了一下，他带着醉意笑道：“还不说话？唔，我自有办法让你说。”

覃川只觉鼻前一暖，他的脸忽然凑得极近，在她唇边轻嗅，然后对着那芬芳之源轻轻吹了下，低吟：“好香……你熏了什么香？”

她又是一惊，急忙别过脑袋，不防他忽然捏住下巴，重重吻下来。

她这一次才真叫大惊失色，喉咙里发出短促的呻吟，使足力气捶打挣扎，却不能撼动分毫。他吻得极重，甚至有些粗鲁，有一下没一下地吮着她的唇瓣，唇齿厮磨，气息交缠。覃川几乎不能呼吸，胸口仿佛有一把烈火在烧，烧进四肢百骸，反而腾起燎原大火。她委实承受不住，唇上炽热发痛，手足却骇得发凉。

艰难地在腰间荷包里摸索着，指尖却酥软，抖得什么都捏不住，覃川在肚里大骂自己没用，好容易摸到一根银针，两指捏起，无声无息地朝那人肩上刺了下去。

针尖入肉不到半分，那人全身突然一紧，五指犹如铁钳，闪电般箍住了她那只手腕。

“针上有毒，你是什么人？”他声音骤然变得低沉，却毫不慌张。

覃川死死咬住嘴唇，任凭手骨快要被他捏碎，硬是一声不出。

那人双目在黑暗中灼灼，有如星辰，看了她很久，忽然浅浅一笑：“我总是……有办法……找……找你出来……”

一语未了，人已经慢慢软倒在地，那麻药见效极快，遇到血肉立即触发，此人能扛这么久，实在不容易。

覃川满身冷汗，甩开他的手，一刻也不敢多留，撒腿便跑，地上冰雪极多，也不知摔了多少跤，却也顾不得了。

不知过了多久，那人从地上站起，见不远处的雪地上躺着一个鹅黄色的囊包。

拾起，放在鼻前深深一嗅，淡而幽的香气充斥胸臆，正是她发间唇内的幽香。他将囊包放在掌心掂了掂，若有所思。

覃川自那天之后，犹如惊弓之鸟，终日惶惶不安．就怕不知会从哪个角落里跳出个男人指认自己，那她就得收拾包袱滚蛋了。

这般寝食不安地过了几天，她足瘦了好几斤，看上去越发孱弱可怜，身患绝症似的。

倒是赵管事看不下去，握着她的手劝慰：“川儿．我知道你心里难受，我那侄子说话没轻没重，伤了你。姑娘家外貌如何并不重要，人大方、聪明能干比什么都强。”

覃川唯有苦笑，默认了。

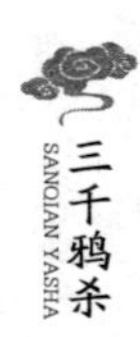

和她惶惶不可终日的模样正好相反，外围杂役们最近很疯狂。白河龙王要来香取山做客，需要从外围调杂役去内里做准备的消息一夜之间传了个遍。每个人都巴不得这块天上的大馅饼掉在自己头上，把自己砸晕过去才好。

赵管事最近收贿赂收到手软，脸上皱纹都笑得多了好几条，春风桃花朵朵开。

最后名单终于定下，几个给钱最多的杂役赫然榜上有名，其余大多数还是杂役里相对能干懂事的。毕竟这里不同外面，给仙人干活不能太敷衍了。

覃川的名字毫无意外地列在第一个，大家都猜测，她给的贿赂最多，自此看她的眼神格外热辣崇拜，像看会走路的黄金。

内里地方大，时间少，赵管事这次安排了八十名杂役，一半男一半女，去之前足足花了一天工夫细细交代里面的规矩，里面住的都是些高高在上的人物，一个不小心得罪了，可不是收拾包袱走人那么简单。

第二天早上在南殿集合，此去的年轻女杂役们自是专心打扮一番，南殿前一片莺声燕语，平日里姿色普通的女杂役，打扮后也变得俏丽了许多。覃川去得不早不迟，靠在树下与人说笑。她只收拾了一个小包袱，穿着一身干净灰衣，除此之外别无他物，不染半丝脂粉气。

赵管事把她单独拉到旁边说话，神色凝重："你向来乖巧，里面的规矩也不用我多说什么。只有一点千万记住，如果遇到玄珠大人，一定小心说话做事。她脾气素来古怪，说翻脸就翻脸，全然不给下人脸面情面。你如不小心得罪了她，便是我也保不住你。"

覃川心底有些暖暖的感动，赵管事平日虽然严厉刻薄，但对她实在是很好的。

"管事放心，我知道的。只是不知玄珠大人忌讳什么，万一遇上了，我也有个准备。"

赵管事叹了口气："我若知道，早早就说了。听闻玄珠大人拜山主为师之前，贵为一国公主，国亡了被迫蜗居在此，连山主也要敬她三分。她原为金枝玉叶，比常人傲气些也应该。”

覃川唇角小小掀了一下，笑得极淡：“我明白了，见到玄珠大人，行国礼便是。”

八十名杂役被内里的管事带着，排列整齐顺着南殿后的青石大道往前走。开始还有人兴奋地说话，走了半个多时辰，大家都安静了下来，四周只闻风声泠泠。大道两旁种着从未见过的树木，高耸入云，纵然在寒冬，叶片依然青翠欲滴。风穿梭过树林，叶片唰唰作响，雪花缓缓落在发上，令人自然而然生出一股肃穆谨慎之感。

足足走了两个时辰，眼前豁然开朗，一个极大的山谷盆地出现在眼前，盆地中亭台楼阁流水，美轮美奂，甚至有几座宝塔高楼，高出盆地许多，他们站在这样的高处，也只能仰头而望。

盆地被包围在一圈悬崖峭壁里，无数盘曲纤细的台阶自上而下分叉而置。间中或有瀑布，数道银龙倾泻如玉，虹光闪烁。顺着盘蛇般的台阶逐阶而下，洞天福地之中，奇花异草，飞檐画壁，诸般闻所未闻的美景足以令人窒息，俨然是一派富贵堂皇的景象。

看来就是仙人到了老年，也不能免俗地爱好这些享受。

覃川默然看着眼前或熟悉或陌生的殿宇庙堂，旧日回忆与今日经历重叠在一起，一时间只觉花非花，梦非梦，今日的自己与回忆里那个自己比起来，也是面目全非。时光如流水，如白驹过隙，那时的她，可曾体会过“物是人非”四个字的真正涵义？

队列的脚步忽然停下了，覃川正想着心事，冷不防撞在前面翠丫的背上，翠丫心不在焉扶了她一把。

“怎么了？”覃川低声问。

翠丫指着前方飞檐玲珑的小小殿宇，那里正聚集了十几个美貌少女，或站或坐围着白石台阶。台阶上斜斜倚着个男子，姿势慵懒，手里却拿着一根通体莹绿的横笛，抵在唇边悠然吹奏。

笛声清越，音色空灵，涤去体内诸般愁思哀怨，覃川精神不由为之一振。

领头的管事毕恭毕敬守在一旁，待他吹完这一阙，方朗声道："见过九云大人，小的们扰了您的雅兴，罪该万死。"

傅九云扶着下巴，将那根碧绿横笛放在指间把玩，饶有趣味地打量着眼前黑压压一群人，目光犹如融融春水，从一个个杂役们的脸上掠过，凡是与他目光对上的，都觉浑身暖洋洋的，微微醺然。

山主的弟子们个个都是姿容秀丽出众的美人，傅九云在里面算个出类拔萃的，往日只闻大名，却无人有幸得见。今日他就这么懒洋洋地坐在眼前，竟与众人心目中清秀瘦削的仙人模样截然不同。

他的肤色犹如古铜，长眉入鬓，甚至可以算得上英气，笑起来却仿佛暖风扑面，有一种独特的天真。左边眼角下偏又生了一颗泪痣，顾盼间便多了一丝凄婉忧郁。心软些的姑娘很容易就生出亲近之意，怪不得他吹吹笛子，周围就坐了一群少女如痴如醉地陪着。

翠丫显见着是被他的美色晃得两腿发软，靠在覃川怀里，声若游丝地感叹："好……好美……川姐别放手，我站不住了……"

覃川哭笑不得："才看一眼你就软了？"

"这么多人，不会是山主新收的弟子吧？"傅九云目光扫过众人，笑吟吟地问领头管事。

"回九云大人的话，这些人是外围杂役。因着下月白河龙王要来咱们香取山做客，所以安排他们进来做些准备。小的一定看好他们，不让这些俗人扰了诸位大人的清净。"说着便领众杂役远远地回避他们，自殿后绕路而过。

"川姐……我……我脚软，走不动路！怎么办啊？"翠丫哭丧着脸，死

死拽着覃川。

这孩子真是没见过世面，覃川无奈地架着她的胳膊，跟上人群。忽听叮的一声，翠丫怀里一个玉石镯子掉在地上，滴溜溜滚出好远。覃川记得那是翠丫她娘留给她的值钱遗物，急忙弯腰去捡，却有人早她一步弯腰拾起了玉镯，衣角随风舞动，上面用暗银线绣着一朵芍药，正是傅九云。

“玉石质地莹透，触手温润，乃是羊脂玉中的上品。是姑娘的？”他将镯子送到翠丫面前，微微一笑。

翠丫大约已经酥软得找不着北了，整个人瘫在覃川怀里，喃喃道：“是……是我娘的……遗物……”

傅九云嗯了一声，尾音绵长诱惑，忽地抬手，指尖轻轻捏住了翠丫的下巴，低下头，鼻尖离她红唇不到三寸，细细密密地打量她。

可怜的翠丫，快要晕过去了。

有风吹起，细细密密的幽香自翠丫身后若有若无地钻入鼻腔，傅九云双目微合了一下，忽又睁开眼，捏着她下巴的手指一紧，低声道：“好香……姑娘，可以吻你吗？”

咻的一声，覃川发誓那一瞬间她真的看到翠丫的魂魄从头顶冒出来，手舞足蹈状若疯狂地扭动着——过度刺激的兴奋下，她居然晕过去了。

杂役们一阵手忙脚乱，扶的扶，抱的抱，赶紧把这个丢人的丫头弄走。覃川趁乱跟着人群跑了，头也不敢回，耳根烫得好似刚煮过，也不知是尴尬还是后怕。

不会错，那晚的登徒子，就是这个人了。真想不到，他原来竟是山主的弟子。

覃川脱力地吁一口气，没来由地，陡生一种前途漫漫、凶险异常的感慨。

第二章

回首又见他与她

“他对我那么一笑，说：‘好香……姑娘，可以吻你吗？’啊……我真是做梦也不敢想！你说……你说他难道真的看上我这啥都没有的小丫头了吗？”

翠丫躺在床上鼻血横流，眼冒星光，第三十一次重复这句话。

覃川随口答应，她在忙着找东西，记不得自己有没有带进来了。

“他对我那么一笑，说……”

在第五十次重复的时候，覃川终于找到了自己想要的东西——女子梳妆必备之桂花油。

“他对我那么一笑……咦？等下，川姐你在做什么？！”翠丫腾地从床上蹦下来，目瞪口呆地看着她把一整瓶桂花油朝头上倒，“你……你疯啦？！味道那么重！”

覃川笑得格外亲切温柔：“嗯，这样才香。翠丫也来点吧。”说着把剩下的桂花油一股脑倒在翠丫身上，吓得她又叫又跳：“你真的疯了！领头管事会骂死我们的！”

“不会。”覃川慢条斯理地用梳子把油腻腻的头发梳整齐，“待会儿去凝碧殿，比咱们夸张的必然有大把，法不治众。”

翠丫闻闻自己身上，脸皱得像包子：“这么香反而过了，真腻！”

覃川难得在耳边簪了一朵珠花，薄施粉黛，奈何她脸色蜡黄，五官生得亦不好，上了脂粉反倒觉得更难看些。翠丫只觉惨不忍睹，隐约感到向来随和的川姐，今日很古怪，她又不知怎么开口问。

“那个……川姐，你真不觉得这香很腻人？”翠丫小心翼翼地问。

“不会啊，要香就得香得彻底。”

覃川看着镜子里的自己，满意地笑了。

两人一路顶着迷人的桂花香往凝碧殿赶，人人为之侧目。好在殿里已经集合了大部分的杂役，年轻女杂役们几乎个个戴花熏香，弄得一屋子乌烟瘴气，油腻的桂花头油香混在里面，反倒不那么出众了，只不过害得领头管事进来后打了十几个喷嚏而已。

“咳咳……我知道你们这些外围杂役能进到内里，心里很喜悦……但也不要喜得太过了……”领头管事提醒了几句，见没人理他，也只好作罢。他向来在里面管事，没接触过外围杂役，不知怎么相处，“算了……我来分配活计，叫到名字的上来领牌子。”

覃川的活儿是照顾琼花海，那里种着大片奇花异草，等白河龙王来了，便挑选开得最好的花朵，拿去装饰各大殿宇。

正把令牌仔细在腰间拴好，肩上突然被人一撞，翠丫虚弱无力的声音在耳边响起：“川姐……他……他又来了……快扶住我……”

怎么又软了？覃川莫名其妙地回头，只见傅九云倚在殿门上，捂着鼻子，既有趣又嫌弃地看着殿里乱糟糟的景象。

领头管事在一片哗然声中慌张跑过去，低眉顺眼地问：“九云大人，您有什么吩咐？”

傅九云点点头：“没人告诉过你，今天玄珠要用凝碧殿吗？”

那管事脸色都吓青了，结结巴巴：“什……什么？玄珠大人要用凝碧殿？怎……怎么没人告诉小的……这怎……怎么办？！”

傅九云眨眨眼睛，像是觉得吓他特别好玩，于是一本正经地告诉他：“原来你忘了，玄珠如今听说你弄了一群外围杂役把凝碧殿搞得乌烟瘴气，气得脸都白了。”

领头管事一声不吭，白眼一翻，利落干脆地昏倒了。

傅九云没想到他这般胆小如鼠，用脚轻轻踢了踢他，眼见此人是真的晕了，不由嗤笑：“咦？竟这样没用。”

他抬眼朝殿内扫去，见众多年轻女杂役穿红着绿，浓香扑鼻，心里好笑，捂着鼻子走下来，也不说话，只一个个仔细看过来，忽见翠丫浑身酥软双颊晕红地看着自己，他毫不犹豫走到她面前，柔声笑：“姑娘，又见面了。”

两行细细的鼻血顺着她的人中流下来，翠丫的声音如梦如幻：“九云大人……我……我愿意被您吻……”

这话大胆得令在场所有杂役大吃一惊，覃川从后面悄悄掐了她一把，翠丫浑然不觉，估计早已魂魄离体了。

傅九云并不惊讶，三根修长的手指轻轻捏住她的下巴，低下头，却是在她面上嗅了一下，失笑：“……你还真的是很香。”

翠丫如痴如醉：“山下杂货铺买的桂花油，五文钱一斤，是新鲜桂花……”

傅九云笑得更欢了：“既然如此，那你将眼睛闭上。”

翠丫毫不犹豫紧闭双目，睫毛瑟瑟颤抖，面上红晕如潮。覃川神色复杂地看着翠丫，倘若今日真的让傅九云在大庭广众之下吻了她，传出去名声有损还是小事，一片痴心被伤害才真是糟糕。她年纪小，等发觉所有的爱恋投注出去，却什么结果也没有，兴许这个男人转身就要忘了她，那就是一辈子的伤害了。

一念及此，她动作极细微地自荷包里抽出银针，在翠丫背上轻轻一扎，她立即软倒在地，覃川急忙扶住，大叫：“翠丫！翠丫？她好像又晕过去了！大家快来帮忙啊！将她抬到通风处！”

先时目瞪口呆的杂役们纷纷过来帮忙，把翠丫抬到靠窗的椅子上，打开窗户透气。

覃川见殿角花瓶里插着一把羽毛扇子，作势过去拿起，转身要替翠丫扇风，谁晓得回头却撞在一人怀里，被他轻轻扶住肩膀，低声问：“没事吧？”

那声音惊得覃川猛然间出了满身冷汗，神色木然地抬头，果然见傅九云站在眼前，饶有趣味地盯着自己。她赶紧点头哈腰，笑得满面春风：“小……小的没事，多谢九云大人！我们在外面都常听说您老待人亲切和善，今日一见才明白传言还未说出您老一半的好来。小的能进来，真是天大的福气呀！”

配着她惨不忍睹的妆容，那笑容说多猥琐就有多猥琐，鬓上珠花随着她点头哈腰的动作一晃一晃的，看起来可笑极了。加上一颗黑压压沉甸甸的油头，以及浑身刺鼻的桂花头油香，大抵世上男人能不被她打倒的已经是凤毛麟角了。

可是傅九云偏偏看得特别专注、特别深情，甚至若有所思地扶着下巴，左看看，右看看，上看看，下看看，最后还亲手替她把鬓边珠花扶了扶，对她温柔一笑。

覃川浑身发毛，不着痕迹退了一小步，指着翠丫：“小的担心姐妹，先去看看……”

手腕被他抓住，覃川本能地出了一身鸡皮疙瘩。他贴得极近，口中热气喷在耳郭上，又痒又麻，令她不由自主想到了那个阴暗的黄昏，猛然躲开。

“……你的荷包挺别致的。”等了半天，实在没想到他会说这么一句话。

覃川顺着他的目光往下看，她挂在腰间的旧荷包，包口是松垮垮的，显然被打开过。她急忙哈哈一笑，飞快地系好包口，连声道谢：“多谢九云大人的赏识，这是小的三年前在西边镇子买的，十文钱一个。”

“是吗？”他漫不经心应了一声，突然反手抓起那个荷包，淡道，“那借我看看吧。”

覃川一把扑了上去，死死抱住他的胳膊，声音颤抖：“大人，小的荷包里只有二钱银子，日后还得吃饭买桂花油……您……您手下留情！”

傅九云慢条斯理地扯着包口的系带，声音极温柔：“二钱银子也不少了，可以打两壶上好梨花白。”

“九云大人！”覃川叫得好生凄凉好生无助。

荷包被打开，里面寥寥几样东西都放在他掌心：银子一块，不多不少刚刚二钱；束发带一条，半旧磨损，洗得还算干净，如今上面也满满全是桂花头油香气；断了半截的木头梳子一把，梳齿间还绕着几根油汪汪的头发。除此之外，别无他物。

傅九云像是有些意外，朝空荡荡的荷包里看一眼，确定再没有任何遗留。他沉默了一瞬，将那块二钱银子捏在手里，抛了一抛：“果然是二钱银子，你没说谎，很是乖觉。”

说罢在她脸颊上轻轻拍了拍，微微一笑，把梳子并发带装回荷包，系回她腰带上，那二钱银子自然是顺手牵羊拿走了。

覃川哭丧着脸，假借将荷包收入怀里的动作，将方才暗藏在袖口内的银针同时收进怀内，背上一片冰凉，却是被冷汗浸透了。

“九云大人，那二钱银子……”她追上去，满脸尽是依依不舍。

“这里是在吵闹什么？”一个冰冷的女声突然在殿门处响起，声音虽然不大，却瞬间压住了满场乱糟糟的说话声，众杂役瞬间就安静下来。

覃川的脊背仿佛被鞭子抽了一下似的，人却站住了。

转身，呼吸，心跳平稳。在没有见到她之前，她也想不到自己竟然如此平静，可以挺直了脊梁，静静看着她。

玄珠站在凝碧殿门口，从气质到神态都冰冷高傲之极。可是她真的美极了，即使在当年狠狠羞辱她的时候，眼神刻薄，出言如刀，也刻薄得极美，挑不出一丝毛病。与面上那傲然的神情不同，她的手却柔顺地挽着另一只胳膊，紫色袖子的胳膊。

左紫辰就这么突兀地出现在覃川面前，与以前竟然没有一点分别，双目轻合，容光清极雅极。当年朝阳台上倾城一笑，仿佛还只是昨天的事。

直到猝然移开视线，覃川才发觉自己还没有做好见到他的准备。她的双手不知何时已经捏紧成拳，抑制不住地微微发抖，胸口有一种窒闷的疼痛。

那一瞬间，覃川想起很多很多事情。不知道是不是世人皆如此，温情美好的东西忘记得那么快，到最后，留在记忆里的，永远只是那些苦涩痛苦到难以言说的片段。她想起自己是怎么几夜不睡赶到香取山，想起倾盆大雨是怎样肆虐，想起在左紫辰房门前跪了一天一夜，抛却了所有的自尊，却依然求不到半点回应。想起玄珠冰冷的声音："他只怕你死得不够快。"

想忘掉，却记得越发深入血肉，无论如何也忘不了。偶尔午夜梦回，却总是梦见他少年时执着那根长柳，轻轻敲在她头上，声音温和："傻丫头，怎么拔了柳树精的胡子？"

最后一天醒来的时候，没有泪也没有痛，她所余的只有茫然。突然大彻大悟。

大抵人的心能装的感情也只有那么些，再多就不行了。她喜欢人心的这种脆弱的自我保护，还有自我欺骗。

现在好像能比较平静地抬头了，覃川扭动僵硬的脖子，朝左紫辰那边看一眼，再看一眼，再看一眼。

"怎么了？你眼皮在抽筋？"傅九云突然开口，大约是终于受不了一个丑女在自己面前作怪。

覃川赶紧低下头："没……没有……那两位大人如此美貌，简直是天人下凡，小的看傻了……"

她的声音不大，可是殿里突然安静下来，这句话就显得极为突兀，人人都不由自主望着她，觉得她胆子不小。

左紫辰突然退了一步，捂着鼻子打个喷嚏，没过一会儿，又打了个喷嚏。众人傻傻地看着这位天人般俊美的男子，接连不断地打喷嚏。形象……那个，当然还是很光辉的。

覃川别过头不看他，原来他这对香味臭味都敏感的鼻子就算修仙也没修好。

玄珠眉头微蹙，声音冷若寒冰："殿内臭气熏天，取水来。"

她身份特殊，在香取山仍有四个婢女服侍，一声吩咐，四个婢女早从外面的清池里舀了满满四桶水，提到门口。

玄珠淡道："泼。"

哗啦啦——覃川突然觉得全身一凉，她站得靠前，四桶水倒是有大半都泼在她身上了，淋个透心凉。

"再泼。"玄珠望着殿梁上的游龙戏凤，语气淡漠。

直到泼了十几桶冷水，杂役们才突然反应过来，哭喊着跪地求饶。她却视而不见，只从怀中取出一个瓷瓶，拔开瓶塞，在左紫辰鼻下晃了晃。

四个婢女察言观色，厉声高喝："没眼色的蠢货，还不滚？！"

杂役们小声哭泣着，连滚带爬地逃出凝碧殿。覃川在脸上抹了一把，却弄了满手脂粉，不由苦笑，自知现在的容貌必然荒谬无比。她顾不得擦干净，拔腿跟上人群，继续趁乱走人。

傅九云抱着胳膊在旁边闷笑，好整以暇地看着她从身边擦肩而过，一股淡而幽然的体香忽然钻入鼻腔，虽然味道极淡，被桂花头油的香气盖着。可能是由于浑身湿透，头油也被冲掉不少，那味道便一闪而过。

他闪电般伸手，一把抓住了覃川的胳膊。她吃了一惊，急忙回头，惊疑不定地看着傅九云，他在笑，眉眼展开，有一种独特的天真。

"看你可怜，二钱银子还给你吧，下次买个好点的桂花头油。"

把银子塞进她冰冷潮湿的手里，再拍拍她花里胡哨不成样子的脸，放开了手。

他的心情突然变得很好。

进入内里的第一天就是那么不平凡，听说当晚领头管事差点儿被赶出去——玄珠恼他将凝碧殿弄脏，当场就要他收拾包袱滚蛋。领头管事那么大的年纪，哭成个泪人。后来还是别的弟子劝解，说他在这里做了二十年，也算个老人家了，总得给他几分面子，才保住他继续做内里管事。

众杂役见识了玄珠的威严，顿悟内里原来并不是什么仙境宝地，反倒比外围还要可怕。人家管事二十年的老脸面都没人理会，何况他们这些庸人？自此专心干活，男杂役们舍弃一切勾搭之心，女杂役们脱下所有精心打扮，将那些胡思乱想的心思尽数收拾起来。

所幸内里地方大，房子多，每两人住一个空荡荡的大院落，待遇比外围好了十倍不止。

那天晚上，除了翠丫一直懊恼关键时刻再次晕倒，没见到紫辰和玄珠两位大人，让覃川的耳根不得清净之外，其他一切都还是很顺利的。

隔日起个大早，各自拿着令牌去临时开辟出的杂役房领工具，覃川因见翠丫依旧嘟着个嘴，闷闷不乐的模样，便笑："你到底是气没被九云大人亲到，还是气没见着玄珠大人他们？"

"都有。"翠丫揉着眼睛，这孩子一夜气得没睡好，眼泡肿得好似被人打了一拳，"川姐，你说我怎么那么没用，总在关键时刻丢人现眼？"

覃川心里有鬼，呵呵干笑两声，试探着问："那……那要是你真的被九云大人亲了，你怎么办？"

"什么怎么办？亲就亲呗……我又没想要嫁给他，要个吻也算圆个梦。"

原来……原来人家这么想得开，倒是她多事了。覃川想起自己昨天险些被傅九云认出来，这次轮到她懊悔了，把牙咬得咯吱咯吱响。

临时杂役房门口已经排了老长的队，杂役们有条不紊地凭令牌取工具。轮到覃川的时候，交出令牌，却只拿到一个小瓷瓶、一个长柄银勺。她仔细研究了很久，也没弄明白这两个东西怎么用。

“照料花园，难道不用水桶啊扁担啊什么的吗？”覃川虚心向女管事请教。

女管事很年轻，很漂亮，一脸天真地反问：“水桶扁担要来怎么用？”

“就是挑粪水啊，灌溉花园，没肥料花怎么开得好看？”

“粪水？！”女管事花容失色，“那么脏的东西怎么能带进琼花海！你……你千万不要乱来啊！”

覃川赶紧低头承认错误：“小的不敢，请管事赐教。”

女管事心有余悸：“琼花海种的都是仙花仙草，每日只需用瓷瓶去天上池舀满了水，分花草的种类一日一滴到数滴不等，很简单的。”

果然很简单。

覃川觉着自己在女管事的眼里，左脸印着粗鄙，右脸印着浅薄，额头上大大的“俗人”二字闪闪发光，于是俗人很聪明地告退了。

走了一半，突然又折回来，小心翼翼地赔笑：“那……请问天上池又在哪儿？”

女管事看着她的眼神，让她明白自己头顶再添“蠢货”二字。

覃川上两次来香取山，一次只是粗粗而看，一次是无心观看，八成以上的地方都没去过。今日既然可以站在内里，索性坦荡荡看个够。仙山福地，诸般景致不但美，更多的是令人惊叹其违反常理的设置。譬如这琼花海，在严寒气候里照样绽放绚烂，每朵花都有巴掌大小，粉紫霞红，团团锦簇，一直铺到看不见的视界外。这般五彩缤纷，过于明丽的花海，少了一分仙家肃静，却多了一丝富贵喜庆。

花海四角尽头，甚至不需寻找，是个人都能看见那四条自虚无半空直坠而下的细细瀑布，仿佛四条银光闪闪的龙，那便是天上池了。

覃川随手折了一朵大红花，放在鼻前一嗅，没有一点儿香味，莫非仙家品种的花草是没味道的？她把玩着朝东角的瀑布走去。

仙花碧水中，有一座白石小亭。亭里坐着个紫衣男子，乌发如檀，双目微合，手里端着冻石杯子，正在独自摆着棋盘。一道细细瀑布自亭后湍湍而泻，飞珠溅玉般，却在离地面三寸处归于虚空，半滴也不会溅出来。

覃川像被雷劈了似的，转身就走，到底迟了一步，左紫辰清冷的声音自亭中传来："外围杂役，怎会来到这里？"

躲不过去，隔着重重鲜花，她缓缓行礼，声音平静："见过紫辰大人，小的刚来，不识得路。惊扰了大人的雅兴，罪该万死。"

他没有回头，捻着一颗竹棋子放在棋盘上，淡道："你要去哪里？"

"回紫辰大人的话，小的在找天上池，打了池水去灌溉琼花海。"

"这里就是天上池，过来打了水，速速离去吧。"

覃川答应了一声，垂头走到瀑布旁，灌了满满一瓷瓶的水。耳中先时犹如擂鼓般，咚咚直响，慢慢却平静下来了。

四周是那么寂静，她可以清楚地听见他指间竹棋子落在棋盘上的清脆响声。记得以前他就爱自己跟自己下棋，她那时候年纪小，缠着他非要对弈一盘，他拗不过她，只得神色古怪地答应了。连下三盘，他败得一塌糊涂惨不忍睹。她简直不敢相信，呆呆地看着他微微泛红的脸，结巴道："你……呃，你是不是在让我？"他别过脸，面上闪过一丝懊恼，冷冰冰干巴巴地说："你方才不是问我为什么总是自己与自己下棋吗？这就是原因。"

左紫辰能干聪明，做什么都是最好，可他偏偏棋艺烂透，下几盘输几盘，纵然心底十分喜欢下棋，也只能自己跟自己下了，大抵是为了遮丑，顺便塑造高不可攀贵公子的形象。

不知过了这么些年，他的棋艺是不是提升了些。

覃川觉得自己现在可以平静地想起这些往事，手不抖，呼吸不颤，眼泪不流，实在太厉害了，自己都忍不住要佩服自己。

小心翼翼捧着灌满水的瓷瓶，她面朝左紫辰，倒退着走了十步，松了一口气。转身，往前走，刚松下去的那口气突然又被提起来，覃川险些被呛死，急急忙忙捧着瓶子跪在路边，叩首于地——行的是国礼。

“小的见过玄珠大人。”

对面施施然众星捧月般走来一行人，为首的正是玄珠。对跪在地上的覃川，她看也不看一眼，经过她身边的时候，却微微停了一下。

身后的婢女立即会意，冷冰冰地问道：“你是何人？为何在此徘徊，打扰紫辰大人的雅兴？”

覃川十分乖巧地说道：“小的是负责照料琼花海的杂役，今日来此是为了取天上池的池水，不敢打扰紫辰大人。”

玄珠这才瞥了她一眼，继续往前走去。

那婢女冷道：“既然是职责所在，玄珠大人也不会责怪你。明日起，不许再来东角这里取水。”

覃川说个是，默然看着一行人走向白石凉亭。左紫辰放下棋子，起身挽住了玄珠的手。她平淡地移开视线，花海的风好大，吹得双眼发涩。她眨了眨眼睛，缓缓起身，将衣服上的尘土拍净，加快脚步往相反的方向去了。

以前玄珠就一心一意缠着左紫辰，对所有靠近他身边的女子都心怀仇恨，如今大约终于得偿所愿了。

将瓷瓶里的水倒出两滴，长柄银勺盛了，洒在蔷薇花丛里，只一瞬间，那些蔷薇仿佛被仙水洗涤过，从上到下从里到外都变得莹润妩媚，花瓣上依稀还残留着微尘般的晶莹水滴，在阳光下闪闪发亮。

覃川忍不住伸手摸了摸，这也太神奇了，两滴水而已。

脑后的发辫突然被人自身后捞起，傅九云醇厚里带着酥软的声音冷不防在她耳旁响起：“怎么？今日用的还是廉价桂花油？”

覃川惊得差点把瓷瓶砸了，几乎是跳着转身，瞬间就退了三四步，扑倒在地，大约是为了掩饰失态，声音特别响亮：“小的见过九云大人！”

傅九云抱着胳膊，笑吟吟地道："咦？你很怕我？"

覃川赶紧摇头，讨好地解释："九云大人亲切和善，小的怎会害怕？小的是为了表达内心的尊敬之意……"

傅九云笑得更欢，柔声道："香取山下人虽然多，你却是第一个这般热情表达仰慕之情的。大人我很感动。你叫什么名字？多大了？"

覃川忍着背上一片片耸起的鸡皮疙瘩："小的叫覃川，今年十八岁了。"

傅九云又好笑，又有些嫌弃地打量她瘦弱的身体："一八岁？不像啊。"

"这个……小的自幼体弱……生得瘦了点……"

他点点头，半晌不说话。覃川以为他又要搞什么幺蛾子，不由心生警惕，谁知他却转身飘然而去，醇厚的声音被风吹动，直送到她耳朵里："小川儿，桂花油擦再多，也做不了美女的。"

覃川愕然抬头，他早已去得远了。

当晚，年轻漂亮的女管事领着一行敲锣打鼓的抬轿杂役，众目睽睽之下来到了覃川所住的那个小院落。

"覃川，你出来。"女管事高声叫她的名字。

覃川忙了一天，累得连饭也没吃，躺在床上半睡半醒。翠丫一个劲推她，如临大敌："川姐！快……快起来呀！管事点着火把来找咱们麻烦了！"

覃川一头雾水地披衣出去，外面黑压压站了一片人，有看热闹的，有羡慕嫉妒的。

"大人，那个……小的是犯了什么错吗？"她小心翼翼地问女管事。

女管事神色复杂地看着她，摇摇头，朗声道："九云大人传下话来，兹有杂役覃川，为人甜美可爱、谈吐活泼，吾心甚爱之，命她今晚前来伺候。"

哗——周围顿时炸开了锅似的，吵吵嚷嚷。覃川傻了，直到有人过来用布条要蒙住她的眼睛，她才急忙一跳："等……等下！管事大人，这是怎么……"

女管事叹了一口气，又羡慕又好奇地打量她："别问我，这是怎么回事，我还想问你。九云大人到底是看上你哪点？”

她一挥手，立即有人上前不顾反抗，硬是把覃川的双眼用布条蒙上了，然后将她塞进轿子里。一声起轿，众杂役又和来时一样，敲锣打鼓放鞭炮，轰轰烈烈地离开了，好像生怕别人不知道他傅九云今晚要找一个外围女杂役来伺候。

一路摇摇晃晃，不知走了多久，覃川只觉轿子停了下来，有人过来搀扶，领着她绕来绕去又走了好一会儿，最后终于停下了。

她内心惶惶，不知傅九云葫芦里卖的什么药。布条覆在脸上难受得很，也不敢抬手取下来。呆站了半日，不见有人来招呼，她怯怯地伸手出去乱摸，忽然摸到一把头发，下意识地拽了拽，对面立即传来哎一声，正是傅九云的声音。

覃川一把摘下布条，扑倒在地：“小……小的见过九云大人！”

第三章

东风桃花

这里是一方庭院，积雪皑皑，月贯中天，满目皆是琉璃色。

傅九云跷着二郎腿，正坐在石椅上剥橘子。他不说话，覃川也死死闭着嘴，怔怔看着他把橘皮慢条斯理地剥下。他手指修长有力，偏偏把橘皮剥得如此暧昧，拇指抵在橘腹下，食指在橘皮上轻轻破个口，将薄软的皮小小撕下一条来，仿佛在为心爱的女子宽衣解带。

一整张橘皮光溜顺滑地被剥下，放在石桌上。傅九云又开始专心致志撕橘肉上的白色筋络，忽然低声道："小川儿，女人和水果差不多。有的外面长了许多刺，胆小的男人便会远远躲开，譬如凤梨。只有胆大不怕扎，方能体味其中无上的美味。有的从里到外都是甜美柔软的，大多数男人都喜欢，譬如草莓。"

覃川暗暗忐忑，不知他到底什么意思，只得干笑道："九云大人的话高深莫测，小的浅薄之极，听不懂。那个……天色不早了，您找小的，莫非有什么要紧事？"

傅九云没有回答，径自将橘子剥得干干净净，只剩橙色柔软的果肉，这才放在掌心掂了掂，含笑道："橘子这种水果最坏，外面圆滚滚金灿灿，看着怪喜气，谁想暗藏坏心，橘皮酸涩辛辣，不能入口，兴许里头还包着一团烂肉。眼下，这个橘子被我剥光了，你说说，是甜还是酸？"

覃川低眉顺眼，一本正经地回答："这个……大人如果怕酸，小的愿意先为您效劳尝味。”

傅九云委实没想到，她回答得这么油滑，直接回避了一切敏感的发展。他笑了笑，把橘肉丢在她怀里，覃川赶紧接住，却见他起身朝自己走过来，伸出一只手。她本能地把眼睛一闭，那只手却只是在她头上摸了摸，他声音很温柔：“小川儿，我喜欢机灵的孩子，你就挺机灵的。今晚随我出去赴宴吧。”

覃川松了一口气，原来他所谓的“伺候”，是这样的。她正要点头答应，傅九云又笑道：“不过你这模样实在寒碜，洗个澡换身衣服再说。”

她急忙摇手：“啊？要洗澡换衣？这……小的还是不去了……”

傅九云蹲下来，伸出手指将她的下巴抬起，细细打量：“我说了，美女可不是擦桂花油擦出来的。小川儿，不如让大人我教你怎样做个美女？”

覃川硬着头皮道：“小的立志做好杂役，美女什么的……天资不够……”

傅九云嗯了一声，站起身来，笑道：“既然如此，那我就一个人去。小川儿要做好杂役，便替我把院里的衣服洗了。”

覃川顺着他的手指回头，只见庭院角落足足装了五大盆衣物，每个都有小山高，她顿时倒抽一口凉气——此人究竟堆了多少年的衣服在这里？

“对了，”仿佛突然想到什么，傅九云回头继续交代，“记得洗干净点，我不爱穿着脏衣服。劳烦你了。”

眼见他笑得两眼眯起，覃川恍然大悟，什么伺候、赴宴、美女丑女橘子草莓，都是要她玩儿呢！他只是喜欢折腾她，看着她拼命挣扎的模样，大约觉得很好玩。

覃川暗暗咬牙，干笑道：“能为大人洗衣打扫，是小的前世修来的福气。”

一辆自空中飞来的金碧辉煌的马车将傅九云接走了，覃川仰头望着渐渐在月亮里消失的那个小黑点，长长吐出一口气。回头看看，五大盆小山似的衣物正在月光下无声地向她招手。

嗯，洗衣服是吧？覃川和气地一笑，撸起袖子走了过去。

傅九云回来的时候，天色已然蒙蒙亮。他素来善饮，千杯不倒，此刻只是身上略带酒气。因见庭院里静悄悄的，不像有人在，他不由略感意外。莫非她胆大妄为，竟敢擅自走人？

沉着脸朝后院走去，忽见小书房的门大敞着，傅九云探头一看，却见覃川正捏着一块抹布，很努力很小心地擦拭着书架上的古董小花瓶。她个子不高，踮着脚站得颤巍巍的，花瓶也被她擦得东倒西歪，摇摇欲坠。

傅九云叹了一口气："为什么不拿下来擦？"

覃川吓得大叫一声，那花瓶直直掉下来，很清脆地在地板上裂成了千万块碎片。她痛哭流涕地扑过来抱他大腿，眼泪鼻涕糊得满脸都是，纵然老练如傅九云，都禁不住吸一口凉气："你……可真脏……"

"九云大人！您可算回来了！小的罪该万死啊！"覃川简直痛不欲生。

"怎么了？"傅九云又好奇又好笑，眼见她的鼻涕眼泪要落在自己衣服上，他一把推开她，"去，到那边把脸擦干净。"

覃川颤巍巍地取了手绢擦眼睛，一边擦一边继续哭："大人您吩咐一定要把衣服洗干净，小的不敢怠慢，奋力搓揉。可是您衣服的料子特别软，搓两下就烂了……"

傅九云脸色一变，不等她说完，拔腿就往后院跑。后院竹竿上晾满了湿淋淋的衣裳，随风无精打采地晃动着。他随手捞起一件长袍，迎风一展，背心处赫然一个大洞。再抓起一条长裤，膝盖处惨兮兮裂了好几条口子。整整晾了一后院的衣服，居然没有一件是完好的。

他猛然转身，覃川正怯生生地站在后面，两眼通红，眼泪哗啦啦往下掉。

"小的见把大人的衣服洗坏了，吓了个半死，可又不敢逃，所以只想要将功赎罪，便打水替您做些擦洗收拾的活儿，可……可是……"

"不用可是了。"傅九云打断她的话，像看怪物似的瞪着她。他不笑的时候，神态里隐隐有种森冷，映着眼角的泪痣，显得既忧郁，又淡漠，“你去了哪些房间？说。”

“呃……就是左手边第一间、右手边一二两间……小的是诚心实意想为您办点事！悠悠我心，可昭日月……”

傅九云自走廊上回来的时候，脸色铁青。毕竟谁一大早回到自己家，发现东西被砸得乱七八糟满地碎片，心情都不会很好。

“九云大人……”覃川怯怯地看着他，“您责罚小的吧……小的罪该万死……”

他淡淡瞥她一眼：“看来，你辛苦了一整夜。”

“多谢大人嘉奖。”覃川低头抹着眼泪，吸了吸鼻子，“可是小的笨手笨脚，什么都做不好，不值得夸奖。”

傅九云忽然笑了，笑得又温柔，又甜蜜，好像眼前假惺惺掉眼泪的小杂役不是把自己的庭院弄得一团糟，反而替他做了件大好事似的。

“没关系，”他体贴入微，暖如春风，“咱们……慢慢来。”

覃川顶着大大的黑眼圈回到自己的小院落。这会儿天已经亮了，翠丫正拧着毛巾擦脸，一见她回来，尖叫一声便扑上来。

“川姐！”她叫得特别响，跟着又猛然压低声音，兴奋得满脸通红，“怎么样怎么样？昨晚九云大人他是不是很厉害？你是不是欲死欲仙啊？”

这孩子到底是从哪里学来的这些不正经的词？

覃川无力地推开她，自己也拧了条热毛巾擦脸，喃喃道：“他确实很厉害，我也几乎要欲死欲仙了。”

翠丫又是一声尖叫，满脸梦幻向往：“川姐我好羡慕你呀！我早知道九云大人和别的大人们不一样，从来不会看不起咱们外围杂役。”

“那叫饥不择食才对。”覃川把毛巾往盆子里一丢，揉着眼睛出门干活。

“川姐你别这么说……”翠丫赶紧追上，“咱们自然是没资格嫁给这些大人们，再说了，谁也没想过这事儿。大家趁着年轻，男欢女爱，只求圆个梦想而已。”

覃川停住脚步，看了她一眼：“你还真把这里当皇宫，把这些修仙弟子们当皇帝了？皇上临幸下面的宫女还得记牌子呢！想要谁就要谁，直接一顶轿子抬走？山主怎么不管管……”

翠丫像看老顽固似的瞪着她：“你可真老套，都什么年代了？山主从来不禁止这些事，修仙又不是禁欲！再说了，还有男女双修呢！”

覃川没力气和她辩，她眼睛疼得厉害，一是累的，二是哭的，眼下浑身发软，只想找个地方狠狠睡一觉，奈何干活的时辰快到了。

“川姐！”翠丫继续追上，脸蛋红红的，“那什么……你和九云大人，昨晚到底……”

“昨晚他耍主子威风很厉害，我干活干得欲死欲仙。”

覃川一句话把她打发了。翠丫愣了半天，失望地喃喃道：“干活？不是伺候他吗？莫非九云大人他……不行？”

临时杂役屋今天很热闹，人人都在讨论昨晚覃川麻雀变凤凰的奇遇。昨天那场动静像是要向整个香取山宣布覃川从此是他傅九云的人，那一阵敲锣打鼓鞭炮响，真是惊天动地，一百年也未必有一次这种热闹。

覃川来了之后，所有声音突然消失了，人人都让到一边，空出一条大路来给她走。众目睽睽之下，覃川显得分外淡定，她的脸皮经过千锤百炼，城墙也自叹不如。年轻的女管事含羞带怯地看着她走过来递上令牌，眨巴着眼睛把她眼底下的黑眼圈狠狠看了好几次，这才继续含羞带怯地把工具给她。等覃川转身走了，她便和身边的人小声赞叹：“九云大人果然天赋异禀，精力过人……”

覃川困得眼睛都要睁不开，耷拉着眼皮，两脚感觉是飘着走，一路来到

琼花海，被地上的什么东西绊了一下，摔在花丛里，竟然也不知道疼，打着呵欠睡着了。

不知为何，却梦到了左紫辰。当年她一怒之下刺瞎了他的双眼，彼时还暗自发誓绝不低头、绝不回头。可是没过几天，却又不得不放弃一切自尊，冒雨飞马赶来香取山跪地求饶。人的自尊是个很奇妙的东西，有时候千金难换，有时候却一文不值。你将它看得很高，捏得太紧，一旦送出去，却未必能换回自己想要的。

和做买卖不一样，金钱可以拿回来，自尊却是送出去就要不回了。暗自悔恨也好，硬着脖子假装不在乎也好，背过身子决定遗忘也好，失去就是失去了，简单又残酷。年轻气盛的她，那时候才明白，有时候不是跪地求饶承认错误、双手捧上自尊，事情就可以圆满解决的。

只是，她那个时候所剩的也只有自尊了。

鼻子好像被什么东西堵住，没办法喘气，覃川拧着眉头，把手不耐烦地一挥，喃喃：“好大胆……拖出去扇耳光！”

有人在耳边哧哧地笑，热气喷在脸上，轻声道：“你要扇谁？”

覃川一下子从梦里惊醒过来，猛然睁开眼，就见傅九云一张大脸离自己不到两寸，几乎是额头贴着额头。他两只眸子里，流光灿若星辰。

她傻了，呆了半天，嗫嚅道：“小……小的给九云大人请安……”

唇间发际幽香四溢，傅九云笑得更加和气，捏着她的鼻尖低声道：“我抓到一个偷懒的小杂役，要怎么惩罚？”

覃川终于清醒过来，不着痕迹地想推开他，奈何对方纹丝不动，她只好苦着脸，声音委屈：“小的昨夜一刻不敢歇息，故而今早实在撑不住，请九云大人宽宥。那个……您能让小的起来吗？”

傅九云把身体斜过来让了让，她像只兔子似的哧溜爬起来，掸掸头发上

的草屑，尴尬地笑："大人找小的，是有什么吩咐？"

傅九云一面替她把衣服上的草屑捻下来，一面道："你把我的衣服都洗坏了，瓷器花瓶什么的也砸了个稀巴烂，难道不该赔给我吗？"

覃川更加尴尬："该赔该赔……可小的只有二钱银子……"

"没钱……那也没关系。"他笑眯眯地看着覃川阴转晴的脸，又加了一句，"做苦力来还就行了。"

雪后的香取山是许多人的最爱，山主的弟子们平日里要摆出高高在上的模样，实际上大多数都是十几二十岁的年轻人，个个爱玩。覃川一路过来，已看了不下几十个雪人，许多堆得稀奇古怪，猜不出是什么东西。

里面有个雪人却做得极好，纤腰楚楚，皓腕薄肩，虽然做的那个人没有雕琢出五官来，却已尽显风流姿态了。

覃川伸长了脖子频频回头看，脑后突然被什么东西砸中，冰冷的雪水顺着脖子往下淌，冻得她哎哟一声，一个劲哆嗦。

"跟上，到处瞎看什么？"

傅九云在前面招了招手，他手里还捏着个雪球，作势要对她脑门来一下。覃川暗暗咬牙，小碎步跟上，赔笑解释："大人，您看那雪人……怪好看的。"

傅九云笑了笑，道："看不出你一个小杂役还挺有眼光。"他看看那个雪人，又回头看看覃川，上下打量一遍，才又道，"那是我做的。"

覃川极口夸赞："原来是大人做的！小的就说，那堆雪的手法就不是一般人能做到的。堆个雪人都可以堆出国色天香的味道来，九云大人好手法！那雪人没有五官，是大人还未做完吗？"

傅九云却没立即回答，淡淡瞥了她一眼，过了片刻，方道："美人似真似幻，至今尚未让我见到她的真容。索性让她做个无脸人好了。"

覃川仿佛一无所觉，只连连点头称是。一时间两人倒是无话，踏雪行过

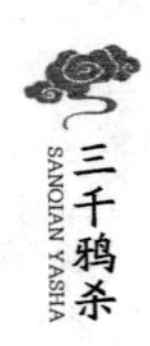

一片小花园，迎面飘来断断续续的丝竹之声，曲调只隐约可闻，却是悠扬婉转，犹如春莺脆啼，清泉流泻，令人顿生悠然向往之意，忘却严寒之苦。

覃川似是听得入迷，喃喃道：“这是《东风桃花曲》……”

“你倒有些见识。”傅九云背着双手，加快前进的步子，“《东风桃花曲》乃是东方大燕国乐师公子齐所作的群舞之曲，舞姬不单要舞尽天女之态，还要辅以琵琶，不知难倒了天下间多少绝色舞姬。”

覃川扯着嘴角笑了两下，轻声道：“是啊，反弹琵琶之技，百人里也未必能出一个。”

“知道得还真清楚。”傅九云摸了摸她的脑袋，“莫非小川儿做过舞姬？”

她赶紧摇头：“小的笨手笨脚，哪能去跳舞！只不过……只不过小的故乡是大燕国，小时候有幸见识过一次《东风桃花曲》……”

傅九云默然片刻，第二次摸着她的脑袋，声音柔和了些：“大燕国已灭，小川儿也吃了不少苦。”

覃川没说话。彼时那丝竹声已近在眼前，自一座玲珑殿宇内流泻而出。傅九云走到殿门前，只探头看一眼，里面便传来一声清叱，寒光一闪，一柄小小飞刀对准他的眼珠射过来。他一把接住，将那晶莹可爱的小刀在手中抛了抛，苦笑：“青青，轻些。险些杀了我。”

里面走出个绿衣姑娘，一张芙蓉面，长得极艳丽俊俏，似笑非笑地看着他：“什么风把你吹来了？前几天还听说你抢了个外围杂役，越发胡闹了。”

傅九云摇摇头：“我不过是请了个利索的杂役帮忙做些清扫收拾的活，谣言传得倒快。”

“信你才有鬼。”她笑了笑，下一刻却是春风满面，抢过他手里的小刀收回袖中，又道，“今天来这里做什么？看排练吗？”

傅九云含笑道：“来送个做事的杂役，她能干得很，你们只管使唤。”说罢朝覃川招了招手。覃川原本见架势不对，闪身就躲到了安全的地方，幸灾乐祸地看热闹，冷不防他扯到自己，只得点头哈腰地出来行礼：“小的覃川，见过青青姑娘。”

青青略打量她一番，有些嫌弃地皱皱眉头。

“就是她？”她问傅九云，他点点头，青青便笑道，“那也罢了，你这眼高于顶的家伙会看上这样的货色，比天塌了还不可信。九云，咱们许久没见，原本今晚约了姓江的小子，但你若来，我便推了他。”话说到这里，挽住他的胳膊神色已然妩媚之极。

傅九云淡淡一笑：“既然约好了人家，何必推掉。最近我有事要忙，你自己玩得开心吧。”

说完把胳膊从她手里抽出来，拍拍她的脑袋：“我还有事，告辞了。这孩子今天就留在这里干活儿，你好好督促，别叫她偷懒，更不许她离开这大殿一步。晚上我来接人。”

青青也不纠缠，直接答应：“好，那你去吧，空了记得来找我。”

覃川登时明白他是借着做苦力的借口，要把自己困在这里，心中不由暗惊。但仔细回想，不觉自己有露出什么破绽，他是怎么发觉的？

这个问题当然没人会告诉她答案，傅九云施施然离开，忙自己的事了。青青脸一板，指着殿内满地桃花吩咐：“你发什么呆？快云收拾呀！”

一进门，暖风香气扑面而来，殿内或站或坐几十个妙龄女子，长袖蜿蜒，垂髫妖娆，正在排演《东风桃花曲》。青青站在最前，怀里捧着一把金色琵琶，玉指如梭，铮然拨动细弦。那琵琶被她或抱或举，时而抡，时而倒置，音色却纯而不散，令人眼花缭乱。

曲调越来越明亮欢快，青青手里的金琵琶仿若金蝴蝶，穿花翩跹，忽而倾倒于地，琵琶为她反举在身后，五指轮弹，犹如骤雨急下，揪着人心，吊着一口气，舍不得吐出来。

腰身一折一弯，人已从地上立起，开始转动，由缓而急，流云般的长袖舞成了一道绿圈，里面粉色桃花纷纷四散落下，如雨如雪，引证的是“天女散花”的典故。

覃川忽然摇了摇头，叹一口气。下一刻，音色便乱了，青青懊丧地把金琵琶摔在地上，怒道：“什么反弹琵琶！根本是为难人！”

周围的女弟子们纷纷过来安抚，青青大发一场脾气，金琵琶也被她砸成两截。

下个月白河龙王来做客，听闻这位龙王也是个好风雅的老人家，同样养了许多俊美的少年男女，还给他们分许多部，专擅歌舞。为了不落人后，香取山的弟子们便排演起《东风桃花曲》，奈何最后的反弹琵琶太难，怎么也无法成功。青青连着弹错三次，自然气急。

“我就不信有人能跳完这首破曲子！”青青满头大汗，虽是气急，看上去倒有些可怜。旁边有个女弟子接口道：“怎么会没人能跳完呢？公子齐能作完这首《东风桃花曲》，也正是因为当年大燕国有人能跳完，我前几年还见过一回……”

话未说完，门外便有人笑吟吟地说道：“不错，确实有人能跳完。而且能跳完的人，还是个公主。”

语毕，殿内便走进一行人，为首的却是玄珠。先前说话的，是她身后的一名婢女。

青青当场就冷下脸，淡道：“哦，我说是谁呢？原来是这位公主殿下！公主殿下自然厉害得很，岂是我们这些荒野小民能比的？”

玄珠在内里弟子们面前，倒不像面对杂役时那么高傲冷漠，她居然带着一丝笑，施施然行了个万福，道：“青姐说笑了，婢子胡言乱语，何必与她一般见识？”

青青别过脸，假装与别人说笑，居然半分面子也不给她。她身边先前说

话的那个女弟子倒是拍手道:“说得不错，我前些年见的正是大燕国的小公主！听说那年她刚满十三岁，在朝阳台上跳了一曲‘东风桃花’，我在下面看着……呵呵，说来惭愧，居然看傻了。自那之后，再也不见有人能将‘东风桃花’跳得如那位小公主一般美妙。”

青青立即转过头，笑问：“咦？是那个被灭的大燕国？大燕国的小公主？玄珠，你好像也是大燕国的公主，那个小公主，该不会是你吧？”

玄珠脸色淡漠，声音亦是淡淡的：“惭愧，我只是大燕诸多诸侯国中一个公主罢了，怎及得上帝姬？只是如今大燕已灭，往事多说也无益。青姐何必揭人伤疤？”

青青微微一笑，走过去将她扶到殿中，柔声道：“开个玩笑，不要当真。玄珠既然来了，自然也是想为下月龙王做客做准备。那《东风桃花曲》我自知无法跳完，妹妹何不试试身手？”

玄珠客气含笑道:“小妹能有什么身手？只是近日总是闻得《东风桃花曲》，难免勾起思乡之意。跳得不好，青姐莫要笑话。”

青青咬牙退到了外围，挥手让女弟子们奏乐。玄珠脱去外面的黑色罩衣，内里却是一袭水红长裙，捧着备用的金琵琶，凭空便多了七分妩媚之色。

覃川缩在人群后面，面无表情地看着她挥袖抡弹。玄珠向来是好胜心强的人，从不肯被人压下，当年更是为了把帝姬的“东风桃花”比下去，练舞练到要吐血。一个人如果宁可死也不认输，总是想尽一切方法在别人面前展示自己，那总不会令人感到舒服，玄珠无论从前还是现在，这点都没变。

殿中人人都被玄珠曼妙的舞姿吸引住目光，覃川趁人不备，轻手轻脚地往殿外爬。她可不认为青青会好心到放自己出去解手，这种时候，果然还是得自力更生。

爬啊爬，终于爬到了殿门口。覃川蹑手蹑脚地站起来，回头看看，大家都忙着看玄珠，没人理会自己，她转身便走，谁知迎头差点儿撞上一个人，惊得退了两步。正打算跪下去赔罪，却听那人低声道：“此处是歌舞排演的地方，外围杂役怎会在此？”

是左紫辰的声音。

覃川顿了一瞬，缓缓跪下：“小的见过紫辰大人。是九云大人吩咐小的在这里收拾杂物，教大人们练舞的时候省心些。”

“起来。”他向前走了一步，“既然收拾杂物，为何又要离开？”

覃川顺从地起身：“小的早晨水喝多了，正要去方便。”

左紫辰沉默片刻，突然道：“等一下，你……把头抬起来。”

覃川只觉胸膛里那颗心脏又开始疯狂擂动，耳中什么声音都听不见了。她缓缓抬起头，定定看着左紫辰。他的双眼是闭着的，长而浓密的睫毛在脸颊上投注了细微的阴影。不错，当年是她刺瞎了他的眼睛，可是现在他又能看见东西了，是因为修炼的仙法吗？

左紫辰很久都没说话，双目虽然紧闭，覃川却分明能清楚地感觉到他是在打量自己。过了一会儿，他突然问道：“姑娘，我们以前……曾见过吗？”

第四章

谜底都不是能随便说出来的

姑娘，我们以前……曾见过吗？

只是短短一句问话，覃川却不知道该怎么回答。那一个瞬间，她心里升起无数个感慨。有在他门前跪了几天几夜后万念俱灰的恨，也有被亲密之人背弃的怨。那些都曾是把自己困住的回忆，她曾以为自己一生都会怨恨他，有生之年每日每日在心底诅咒他。

有人说过，你越是爱一个人，当他背叛你的时候，你就会越恨他。她在爱恨这个怪圈里徘徊循环无数次，每一天都是一个轮回，轮回复轮回，仿佛永无尽头。也曾想过，有朝一日重逢，要把这种蚀骨的痛楚加倍还给他。

可是，人会长大，她终于也会明白，这些爱、这些恨，困住的人只有她自己而已。在离开的人心里，她已经淡漠如路人，就像现在，相逢也如陌路人。那样，把自己的有生之年都困在那一方囹圄里，岂不是很可笑吗？

覃川不是个喜欢自怨自艾唱独角戏的人，她也是过了很久很久，才明白这个道理。

昨日种种，如烟如雾，如露如电，转瞬即逝，再不留一丝痕迹。生死大劫后，只愿此心如飞鸟，此身似清风。这世上还有更加重要的事情等着她做，为何不在死去前活得潇洒放纵些？

她退了一步，心底莫名腾起的喧嚣渐渐沉淀下去，周围的风声、丝竹声、桃花簌簌落地的声音，一一回到耳中。

“紫辰大人说笑了，小的何曾有福气能与大人相识？”她笑得讨好又卑微，大有想攀上枝头做凤凰，却没那个贼胆的架势。

左紫辰不为所动，上前一步轻轻抓住她的胳膊：“你让我觉得很熟悉。你……叫什么名字？”

覃川想起五年前与左紫辰第一次相遇，他也是这样一句话。当时晚霞如烟，远方青天山峦犹如泼墨山水，一切都朦朦胧胧，他还是个刚过冠礼的少年，眉宇间有青涩的少年志气，不知是霞色倒映还是什么别的原因，他的脸有点红，眼睛特别亮，声音略带沙哑：“……我好像在哪里见过你，很熟悉。你叫什么名字？”

……

她低头看着左紫辰的手，喃喃：“紫辰大人……这可要不得！要是……要是让玄珠大人见到了，小的可完蛋啦！”

“名字。”他固执起来亦是寸步不让。

她只好一边贼头贼脑往殿内打量，一边小声告诉他：“小的叫覃川，您老人家快放手吧！这光天化日的，是要小的命呢！”

“覃川……覃川……”左紫辰眉头微蹙，喃喃地一遍一遍重复这个名字，竭力从记忆里找出有关她的一切事情，却什么也找不到。可是捏着她胳膊的那只手却越来越紧，似乎是身体本能的反应，无论如何也不想放她走。

覃川这会儿真有点急了，玄珠在里面随时会出来，要是让她见到左紫辰抓着自己死活不放，那她这个杂役真是做到头了！

情急之下，突生妙计，她突然扯开束发的带子，连老天都很配合地帮忙从后面吹来一阵风。桂花头油迷人厚重的香气扑了个满怀，左紫辰眉头马上就皱了起来，捂着鼻子开始狂打喷嚏。

哼哼，一整瓶桂花头油，五文钱一斤，山下杂货铺用的新鲜桂花，熏不死你！

覃川用力甩了甩手，谁知道他打喷嚏打得昏天暗地，那只手却比糨糊还黏，就是不放。殿内丝竹之声已经停下，她肚子里大叫不好。

果然玄珠的声音在背后响起，比平常更冷上十倍："紫辰？你在这里做什么？"

左紫辰猛打喷嚏，哪里能说话，覃川灵机一动，急忙扶住他的胳膊，大叫："紫辰大人，您不要紧吧？小的扶着您去里面歇息一下？"不由分说硬是把他往殿里推。

玄珠身后四个婢女比鬼还精，早就上来前后左右把她挡住，推了一把："你好大的胆子！谁准外围杂役靠近这里了？"

覃川小心翼翼地赔笑："几位大人姐姐，有话好说……小的是奉了九云大人之命来这里收拾杂物的。方才出门想解手，却见紫辰大人不知为何喷嚏不断，小的一时护主心切，便上前搀扶，绝对无心冒犯，大人姐姐们明鉴。"

四个婢女鄙夷道："你是什么东西！轮得到你来搀扶紫辰大人吗？"

"是是……小的什么东西也不是……"她连连点头称是。

玄珠扶住左紫辰，因见他这次发作得特别厉害，便再也顾不得久留，搀着他的手便往外走。经过覃川身边的时候，她冷冷看了她一眼，淡道："近来山中乱得很，什么三教九流的人都敢胡来，弄得这里臭气熏天。"

四个婢女立即明白了，马上跑去提了四桶水，骂道："你这下贱的奴婢！身上熏的是什么香？一个杂役不做好本分活，成天只想攀龙附凤！看你下次还敢不敢搞这些狐媚子了！"

说着四桶水一起泼上去，又把覃川泼个透心凉。这会儿可是滴水成冰的冬天，她冷得直跳，嘴唇一下子就没了血色。

"还不去跪下！不叫你起来不许起！"婢女们把她推到殿外的平地上，按倒在地。

覃川大叫："这么冷的天，会死人啦！我真的会死哦！死了可难看了！"

还没叫完，青青就走出来冷笑："这是做什么？公主殿下和一个外国小杂役计较什么？她的命固然不值钱，你也不必为了一点儿小事就让她冻死吧？这里是香取山，不是大燕的皇宫。"

玄珠冷道："下人做错事，自然要罚。时候到了就让她起来，我心中有数，不会伤及性命。"

"就是打狗，也得看主人。这是九云带来的杂役，不用公主殿下越俎代庖。"青青走过来，直接把瑟瑟发抖的覃川拉起来，推进温暖的殿内，又道："我负责晚上把人完完整整还给九云，公主殿下这就请吧。"

玄珠定定地望她一眼，没说话，扶着左紫辰走了。青青看着她的背影，继续冷笑："德行！亡国的公主，又不是真公主！真以为香取山是皇宫呢！"

她施施然走回殿内，这回轮到覃川打喷嚏了，浑身上下湿淋淋的。她本来就瘦弱，这下越发显得可怜之极。因见青青过来，她赶紧道谢："青青姑娘，多谢您……"

"谢什么！"青青不甚在意地挥手，"方才谁叫你自己跑出去了？"

覃川苦笑："小的尿急，这会儿快出来了……您发个慈悲，容小的先去方便一下……"

"去吧去吧！"青青见她那模样又可怜又难看，不由皱眉，"去了别过来了！换身干衣服！不然真要出人命了。"

覃川这回真心实意地道了谢，一路飞奔回自己的小院落。等擦干头发，换上暖和棉衣，已经冻得嘴唇乌紫，浑身发抖。

她关上院门窗户，盘坐在床头，开始调整内息，直过了两盏茶的工夫，脸色才渐渐红润。玄珠这次的责罚还真算轻的，记得以前玄珠自己带来的一个贴身婢女，跟了她四五年，就因为和左紫辰多说了两句话，笑得开心了点，回头就被她命令掌嘴，满嘴牙都打掉了。

左紫辰知道这件事之后异常震怒，当着她的面直斥：心肠狠毒！草菅人命！骂得玄珠大哭一场，居然又把那个被打死的婢女的尸体挖出来，令人狠狠鞭尸一番，心底才痛快了。左紫辰也对她这种偏执毫无办法，骂她、冷落她之类的行为，只会让她更疯狂。

不知为什么，覃川想到左紫辰最后还是被玄珠缠得死死的，心底倒有些快意。他就和一个疯子共度一生吧，两人挺配的。

黄昏的时候，翠丫回来了，一脸惶急之色，见到覃川神色如常，才松了一口气，带着哭腔道："川姐！今天吓死我了！他们都说你得罪了玄珠大人，差点儿被打死！我急得直哭！到处找你也没找到……你没事吧？"

覃川笑眯眯地拍拍她的脑袋："有事才怪，你川姐身子骨硬得很，打不死冻不坏，少操心啦。"

话才说完，门外就响起一个张狂的声音："覃川，玄珠大人传你！快出来！"

翠丫脸色顿时白了，突然咬咬牙，从门后抄起扁担，低声道："川姐！他们不放过你哪！你快走！这里我替你顶着！快走呀！别让他们看见！"

覃川心里又一次泛起暖暖的感动。香取山是一个缩小的世界，纵然不尽如人意的事情很多，可是，正因为有这些可爱的人陪着她，她才能每天发自内心地笑。无论是怎样的乱世流离，世情冷漠，人的心依然有温暖的一面，让她感到幸福。

"我没事，你别担心。"她摸摸翠丫的头发，声音温和，"我去去就来。"

"不行！我……我不让你去！"翠丫犟起来，也是寸步不让。

覃川在她脖子上轻轻一摸，翠丫顿时软了。覃川把她拖上床，低声道："抱歉，又要让你昏睡一会儿。傻孩子，要学会保护自己啊。"

她早知道，按照玄珠一贯的性格，肯定不会放过自己。凡是擅自靠近左紫辰的，只要是女人，她都刻骨仇恨。方才在殿前是碍着青青的面子，这会儿估计是真要给自己好看了。唉，她好歹也是堂堂一个诸侯国的公主，为什么生得这么偏执疯狂呢？真不晓得她家大人是怎么教的。

推开门，果然外面站着的是玄珠的四婢女之一，鼻孔朝天，脸色很不好看：“这么迟才出来！做什么了？”

覃川微微一笑，耸耸肩膀：“什么也没做，走吧。”

玄珠身为公主，住的地方都与旁人不同。祥龙瑞凤之类的东西在香取山自然不能用，她门前效仿王公贵族，放了两只雪白的石瑞兽，一人多高，气派非凡。

“这里跪下候着，叫你的时候才准起身。”那个婢女冷冷交代一声，径自推门进去了。

覃川答应着，四处张望几下，不见有看门人，周围亦是相当僻静，大声嚷嚷估计片刻间也不会有什么人赶来。果然是杀人放火、抢劫强……那个啥的好地方呀！

正看得发呆，大门突然吱呀一声又开了，先前那婢女出来，怒道：“大胆！为什么不跪下？四处乱看什么？”

不等她说完，覃川扑通一声跪得又利索又好看，笑眯眯地解释：“小的有幸能见到玄珠大人的府邸，心中倍感荣耀，不由得看傻了。”

婢女脸色稍霁，又把脑袋缩回去了。门内传来隐约的笑声，很有些不怀好意，紧跟着大门又是一开，呼啦一下泼出水来。覃川反应极快，就地一滚，滚得那叫一个漂亮，那叫一个利落干脆。好险不险，居然让了过去，换个地方再仔细跪下，脸上笑得讨好极了，对着脸色铁青的婢女柔声道：“没事儿，小的运气好，您老不用担心。”

“死奴才，身手倒挺灵活……”婢女恨恨地低声咕哝，把大门用力一关，倒也不见再有什么乱七八糟的东西泼出来了。

这就叫主子得势，下人也猖狂，仗着玄珠的风头，平日里可能连那些新进的小弟子都敢欺负，更不用说覃川这样的杂役了。说起来，香取山山主未免太好说话，好好一个修仙养性的地方被弄得乱七八糟，他居然一句话也不说，仙人都是这么好脾气的？

覃川乖乖地在地上跪着，眼看日头落了，天色暗了，漫山遍野的灯笼亮了，像嵌在黑宝石上的点点明珠。她长长地吸一口气，再利落干脆地站起来，拍拍膝盖，绕着府邸门前空地开始小跑，大刀阔斧地做各类诸如甩臂踢腿的动作。

紧紧闭着的大门再一次被打开了，婢女们脸色青里带着黑，个个对她怒目而视："你又在做什么？谁准你起来了？"

覃川搓着脸，颤巍巍地问："姐姐们，请问玄珠大人何时才会见小的？小的要冻死啦！只能动动身子取暖。"

婢女怒道："玄珠大人有事在忙！你好好等着！快跪下去！"

眼看大门又要合上，覃川赶紧叫道："等下等下！小的尿急，附近有茅厕不？"

"忍着！"婢女们怒不可遏，以前从没见过这么麻烦的下人，大多数人听到被玄珠大人叫过来，就已经傻了一半，过来在门口跪上几个时辰，就傻了另一半。等真见到玄珠的时候，除了垂头丧气，什么都说不出来。

这等打杀下人脸面信心的法子，百试百灵，今日不晓得为啥，好像不太灵了。

"这……这怎么忍呀？"覃川快哭了，"人有三急，神仙老子也忍不了！姐姐们行行好，告诉小的茅厕在哪儿吧！"

"你怎么这么啰唆？"好像有人忍不住想跳出来打人了。

覃川长叹一声，视死如归："既然如此，小的只好大不敬了。"说罢便开始解腰带。婢女们呆呆地看着她把腰带一丢，裙摆一撩，显见着是打算在门口就地方便，个个吓得尖叫起来，扑上前便要阻拦。

"茅厕往东走啦！混账东西！太放肆了！快滚过去！把皮绷紧些，今日非要玄珠大人狠狠责罚你才行！”

覃川微微一笑，重新系回腰带，抱拳道：“多谢各位姐姐，小的这便去了。”

转过身去，正要大步往茅厕赶，却见不远处树下斜斜靠着一个人，抱着胳膊，显是看了有一阵子，两眼闪闪发光，满面忍俊不禁，分明看得特别起劲。

覃川一见他，头皮就要发麻，又不得不抖着嗓子大叫一声：“九云大人！”声音里委屈欣喜，种种复杂情绪，如杜鹃啼血，如怨妇思夫，委实感人泪下，心中酸涩。叫罢狠狠扑上去，滚在地上抱住了他的大腿。

“九云大人，小的好想您啊！”她哭得鼻涕眼泪乱流，一股脑擦在他靴子上。

傅九云眉头嫌弃地拧起来，又好气又好笑：“脏！不是叫你跟着青青姑娘好好做事吗？怎么又得罪了玄珠？”

“小的什么也不知道呀……”她抬起头，眨着眼睛，眼泪一颗颗从里面滚出来，狠狠一吸鼻子，无辜之极。

傅九云点头微笑：“你胆子真不小，把大人我的衣服洗坏、东西砸烂，叫你做苦力来补偿，又给我捅娄子，果然毫无悔改之心。今儿就让玄珠给你尝尝竹笋炒肉丝的滋味好了。”

覃川见他拔腿要走，急忙抱得更紧：“小的吃不得竹笋！一吃便要浑身起红斑！吃不起吃不起呀！”

傅九云低头看她：“怎么？你是不是想叫大人我救你？”

她一个劲点头，可怜极了。

傅九云索性蹲下来，突然伸手揪住她的脸皮，用力拉了两下——覃川满脸鼻涕眼泪，傻兮兮地张着嘴，被他拎着脸皮做出各种怪异表情。

“要大人我救你，给我什么好处？”他慢条斯理地问。

覃川把牙一咬，眼睛一闭：“小的愿意献身！”

“那你自生自灭吧。”傅九云松开手继续走人。

覃川哪里肯放，忙不迭地把自己的荷包送上去："这里……小的全部家当……都给您了！"

"太少。"继续走。

"那……那我把什么都告诉您！"覃川豁出去了。

脚步突然停下。傅九云定定看着她的脸："你终于肯说了？我还当你要继续装傻充愣，把大人我当孩子耍呢。"

覃川干笑两声，下一刻整个人突然被他抱起来，脸颊撞在他胸口，听见他低沉的声音撞击胸腔："脏死了，把脸擦干净。"虽然是嫌弃，语气里却意外地有温柔之意。覃川心底莫名一动，假惺惺的眼泪说什么也流不出来了，默然用手帕把脸擦干净。

傅九云抱着覃川，大摇大摆从玄珠府邸前走过去。一直在门外偷看的几个婢女急忙叫他："九云大人！那个杂役正被玄珠大人传呢！能不能劳烦您把她留下？"

他嗯了一声，声音淡漠："这是我的人，玄珠找她何事？"

玄珠和傅九云平日来往不多，加上此人素来放荡风流，玄珠爱惜名声，也不会和他多处。婢女们不了解他，大着胆子回道："这杂役得罪了玄珠大人，正要处罚呢！九云大人先回避吧？"

傅九云冷冷一笑："什么时候，我傅九云的人也有人敢动了？"

"可是这个杂役她胆大妄为，竟敢做出玷污玄珠大人府邸的行为！就算是您的人，难道得罪玄珠大人的事情就一句话带过去吗？"

婢女们仗着在自家门前，胆气硬是壮了十分。

傅九云低头问："小川儿，你得罪了玄珠？"

覃川娇弱地缩在他怀里，微不可察地点点头。他朗声笑道："做得好！既然得罪了，索性得罪个彻底。"

说罢长袖一挥，众人只觉数道寒光激射而出，门口两尊白石瑞兽轰然裂开，眨眼就变成碎末，撒了一地。婢女们浑身僵住，眼睁睁地看着他歪头打量一番，似是很满意：“这样顺眼多了。替我带话给玄珠：‘既然来了香取山，就要有个修仙的样子。若是怀念先前的公主生活，不妨离开，我想山主也不会过多挽留。’”

语毕，抱着覃川扬长而去，谁也不敢出言挽留。

“爽不爽？”回到傅九云的院落，他劈头就问了一句孩子气的话。

覃川老老实实点头：“爽！”

傅九云嘻嘻一笑，将她丢下地：“爽了就说吧，什么也别隐瞒。”

覃川在地上滚了一圈，慢吞吞地爬起来，两只眼骨碌碌乱转，赔笑道：“大人可否容小的先去方便一下？”

他笑眯眯地摇头：“不行，说完了再去。你如果忍不住，当着我面也行，大人我不在乎的。”

覃川毫无办法，只得低头沉思半晌，才轻声道：“我……我有个青梅竹马倾心相爱的人，十六岁的时候听说他上山修仙去了，我四处找四处问，知道这里有个香取山，所以进来做了杂役，想找到心爱的人。可惜的是，他好像不在这里……”

傅九云摩挲着眼角那颗泪痣，语气极淡：“继续说。”

“……时间久了，我觉得就是找到他也没什么意义。他既然能抛下我去修行，证明在他心里做神仙比和我在一起来得快活……对了，那几根针……”

她从怀里取出一张半个巴掌大小的硬纸，上面裹着丝线，密密麻麻束着一圈银针，放在傅九云面前的桌子上：“我爹是个武师，我自小也跟着他学了几天武功。这些针还有上面的麻药，都是我用来防身的。上回……上回扎伤您，实在是情非得已，您大人有大量，别往心里去。”

傅九云默然片刻，忽然问：“你那个青梅竹马，叫什么名字？你爹是谁？”

覃川猛然一呆，因见窗台上放着几颗串好的红豆，大约是喜欢傅九云的女弟子们做的小玩意儿，立即答道：“呃，他……姓窦名豆，我就叫他豆豆哥。我爹是大燕国春歌郡的一个武师，叫覃大有。”

傅九云依然面无表情，抬头看了她一眼，慢条斯理道：“好，我知道了。你把刚才的话，倒过来再说一遍。”

此人真是满肚子坏水，根本一点儿都不相信她。如果是临时撒谎，突然让倒过来说一遍，只怕就要露出破绽了。幸好覃川早先就打好腹稿，以便应对一切突发情况，当下倒背如流又说一遍，毫无停滞。

傅九云把手一拍：“很好，既然如此，那这东西也该还给你了。”

他从怀中取出一个半旧的鹅黄色囊包，丢给她。覃川大吃一惊，这东西她早些日子不知丢到哪里去了，四处找也没找到，谁晓得居然是被他拿走了！

覃川只觉一颗心突然开始狂跳，怕被他发现什么，低头慢慢打开囊包，里面只有一面小小铜镜，做工巧夺天工，不到巴掌大的镜背，居然雕满了无数花纹，一只燕子高高飞起，下有麒麟腾云，栩栩如生。

傅九云喝一口茶，状似不经意地说：“瑞燕麒麟，如果我没记错，应当是大燕皇族的花纹？”

覃川的脸一下红了，又是害羞又是尴尬：“呃……大人您看不出这是个赝品吗？其实这种花纹在大燕每个姑娘家的镜子后面都有，很常见的……皇族用的镜子，应当是黄金玛瑙做的吧？必然比这个漂亮多了……”

“原来是这样。”傅九云亦是恍然大悟，对她温和一笑，“好了，事情都说开，大人我一桩心事也了了。天晚了，你服侍我睡一晚，明早我和管事说一声，你就留下给我做个下人吧，大人我很是欢喜你。”

什么什么？覃川如遭雷劈，目瞪口呆地看着他：“服……服侍？！”

“嗯……”他起身，慢慢靠近，握住她一绺长发，缓缓梳理，姿势暧昧之极，“服侍我，要尽心尽力。”

撒了那么大一个谎，也怪不容易的，怎能不好好犒赏一番？

“尽心尽力”服侍，那是什么意思？覃川胸膛里那颗可怜的小心脏七上八下，掉来掉去，就没一刻安生的，这样下去，迟早被折腾出毛病来。

奈何人家说了这话就没别的举动了，半倚在廊下，用小米逗架子上的八哥，教它说话：“骗子、坏蛋，自作聪明。”

覃川越发心神不宁，坐立不安。

傅九云将一把小米喂完，这才懒洋洋地看着她，开口道：“你要把大人我饿死吗？发什么呆？”

覃川赶紧点头：“是……哦，不是！那个，大人……小的什么也不懂，您平日是怎么用膳的？”

“去厨房看看就知道了。”傅九云起身，伸个懒腰，坐在桌前等晚膳。

覃川一路小跑朝厨房去，虽说平日里这些内里弟子们的膳食都是由外围厨房提供，但每个弟子的院落还是建了小厨房，专给他们开小灶用的。

说起来，在香取山修仙，比真正的神仙还快活逍遥。这里不忌口，不忌男女之欲，还成天好吃好喝供奉着，甚至那些偷懒的弟子们，不努力修行也没什么关系。反正只要长得花容月貌，无论天赋如何，山主都会收进来当弟子，宠着爱着。在这么个乱世里，还有一方乐土养着一群无所事事的猪，难怪外面的人成天削尖了脑袋要找洞天福地。

厨房的灶台上放着一只大漆木盒子，揭开一看，里面三荤三素，糕点汤品，香米白饭一应俱全，只不知道是怎么送进来的。

覃川把盒子提回去，小心布置在桌上，恭敬说道：“九云大人，请您用膳。”

傅九云朝她招招手：“坐下，一起吃。”

“这……不太好吧？小的是奴才……”她连连摇手。

他直接将她扯过来坐在身边，不由分说倒了一杯酒塞进她手里，笑得特别和气："喝一杯，只当是庆贺今日你没被玄珠请吃竹笋炒肉丝。"

杯中白酒气味浓烈，一闻就知道是烈酒，此人心怀叵测，只怕是想灌醉她。覃川一个劲推辞："小的不敢喝酒……"

"你怕什么？"傅九云扶着下巴笑眯眯地看着她，"大人我才看不上你。"

覃川眼见是不能推了，索性端着杯子一口喝下，辣得直咳嗽。

"爽快！"傅九云又给她满上，"再来一杯，就当是庆贺你过来做了大人我的奴才，皆大欢喜。"

覃川抬眼看看他，那烛火下，他笑的模样像春花绽放，只可惜一肚子坏水，委实靠近不得。

第二杯酒她喝得更快，刚一沾唇便已下肚，脸色丝毫不变，端起酒壶，反手替傅九云倒酒，手不颤，酒不撒，刚刚好倒满一杯，毕恭毕敬地双手捧给他："九云大人，您请。"

傅九云若有所思地看着那杯酒，再看看她，突然点头："好！"

一饮而尽。

第五章

身心之争

傅九云素来是千杯不倒的体质，时常出门与友人喝酒，只有别人倒在脚下的份儿，也早见惯了喝醉之人荒唐的举止。

对面这丫头，喝到三十五杯的时候，全身上下只有两颗耳坠在抖，其他地方静如山峦，一根眉毛也不动，俨然是个无底酒桶。饭菜在桌上早已凉透，根本没人动，他俩只不停地喝酒，喝到月上中天，覃川依然像个木头人，半分醉意也没有。

傅九云不由暗暗叫绝，又替她满上酒，笑道："川儿，醉了吗？"

覃川诚惶诚恐地低头："不敢不敢！小的怎敢醉在大人前面？"谈吐清楚，反应灵敏，果然是个无底酒桶。

傅九云叹一口气："可是大人我好像要醉了，困倦得很，收拾一下，服侍我睡觉吧。"

覃川一直没抖的手，这次终于狠狠抖了一下，酒液撒了大半。她干笑着赶紧起身说是，匆匆收了碗筷酒壶放回厨房，回来的时候便见傅九云斜倚灯下，长发已然散开，披在肩头，那双眼有一种迷蒙的亮，只管盯着她看，笑得浅浅淡淡。

她脆弱的小心脏又开始狂蹦乱跳，怯生生地走过去，低声问："大人，要梳洗一下吗？"

"不用。"他摇晃着起身，揽住她的双肩，酒气扑面而来，"替我……铺床。

再从那边橱子里取一床出来，你以后要睡这里，没被子可不行。”

覃川只恨不得拔腿就跑，偏生跑不得，奋力扶着他来到床边，先放在椅子上坐一会儿，她飞快地把床铺整理好，这才转身：“大人，好了……”

一回头就差点儿撞在他下巴上，傅九云不知什么时候凑那么近，鼻尖离她的额头只有不到两寸。覃川全身都僵了，血液一个劲往头顶冲，勉强说道：“大、大人……您……您上……上床歇息吧……”

他呵呵低笑，握住她肩膀，问：“你先上去？”

覃川几乎要跳起来，结结巴巴地抗议：“我……小……小的心里只有……只有豆豆哥！就……就算是九云大人，你……你也不能……”

“你的豆豆哥早就不要你了。”傅九云缓缓将她的发带解开，用手指轻轻梳理，“再说了，豆豆哥有九云大人好吗？”

“豆……豆豆哥是世上最……最好的！”她竭力找理由。

傅九云不耐烦与她辩，把她一推，覃川站立不稳，朝后摔在床上。她死死抓住领口，欲哭无泪，色厉内荏：“九云大人……你……你就算是得到了我……我的身体，也永远得不到我的心！我的心，永远是……是豆豆哥的！”

傅九云跨坐在床边，放下帐子，手指在她下巴上一抬，浑不在意：“大人要你的心做什么？大人要的就是你这个人。”

覃川真的哭了，扑上去抱住他的胳膊：“那……那我还是把心给你吧！身体就别要了，好不好？”

傅九云静静看着她，目光温柔，大有不舍之意，喃喃道：“真的？从此后对大人我一心一意、忠贞不二，眼里除了我就没别人？”

覃川一个劲点头，十万分地真诚。

傅九云放开她，甚是可惜：“这么不愿意替我把被子焐热？大人我本来只想让你先暖个床，等被子不凉了再进去。”

一口气，憋在胸腔里，覃川有种要吐血的冲动。傅九云！她浑身发抖，无声地仰天长啸。

“那你自去取被子，就睡在床下吧，有个床板可以抽出，铺在上面就行。”

傅九云自己脱了外衣，倒在床上，没一会儿就见周公去了。

覃川恨恨看他一眼，万般悔恨地取了被子铺好，吹灭了烛火，在床板上翻来覆去，牙咬得差点儿碎掉。

怀里有一个硬硬的东西硌着，她掏出来放在手里摩挲，却是那只失而复得的鹅黄色囊包。

覃川轻轻把铜镜从里面拿出来，窗外月色逼人，满室雪亮。铜镜里映出少女的脸，细眉细眼，薄唇塌鼻，怎么也找不到好看的地方。只有她知道，这张并不出众的脸，曾经笑起来是多么温暖。脸的主人把所有的爱和关怀都给了她，她却什么都没来得及回报。

傅九云已经睡熟了，鼻息微沉，仿佛还在喃喃着什么梦话。覃川却一直无法入睡，那空空的月色、空空的苍穹、空空的屋子，令她感到茫然与疲惫。只有在这样安静无声的夜里，借着微微的酒意，她才敢想起，世上爱她的人都已经去了，这么广阔的世界，纵然心如飞鸟，也只是孤单一人。

她每一刻都在恐惧，她怕，可是她要继续。

胸口仿佛有什么久违的东西在沸腾，今晚到底还是喝多了些，覃川紧紧闭上眼睛，把铜镜塞回囊包，小心收入怀内。

脑海里依稀响起一个慈祥的声音：“傻孩子，女孩儿大了都要嫁人的，你成日说不想嫁，成什么样子？”

她那时候的声音还很稚嫩，很欢快：“我只愿陪在父皇母后身边，嫁人了会被欺负，也没人护着我了。”

“呵呵，就算你一辈子留在母后身边，父皇母后也有老去死去的一天，一样没人护着你呀。那时候被欺负了，可怎么办？”

“我……我陪着你们一起去！”

……

覃川翻个身，眼泪从睫毛下面掉了出来，将被子打湿一大片。

傅九云突然呢喃一声，啪一下，胳膊掉在她身上，沿着肩膀向上攀升，抚在她头顶，暧昧挑逗地说着梦话："嗯……青青……"

那只手乱摸，摸到她脸上，指尖触到了一片潮湿。他忽然停了。

覃川抱住那只手，贴在脸上，号啕大哭："豆豆哥！你为什么要走？"

那只手僵了半天，在她脸上狠狠捏了一下，却没离开，有些粗鲁地把眼泪擦干净。

"小骗子……"

他好像又说了句模糊的梦话，手掌安静地放在她脸颊上，掌心的暖意覆盖她冰冷的肌肤，依稀驱散了这孤寂之夜的寒意。覃川终于撑不住，缓缓睡去。

她是突然醒来的，醒了之后还被吓了好大一跳——不晓得什么时候，她居然被人抱上了床，身上盖着两床被子，热得要流汗。只是那些汗马上就变成了惊吓后的冷汗。

傅九云披衣坐在窗前，把小米顶在指尖上，喂那只馋嘴八哥。它已经学会说话了，吃一口骂一句："骗子！坏蛋！"逗得他忍俊不禁，连声夸奖："聪明！真聪明！"

覃川有些哭笑不得，略动了动手脚，衣服都在身上，也并无什么不妥，这才放下心，一把推开被子跳下床，小心赔笑："小的该死了……居然起得比大人还迟……还不小心霸占了您的床。"

傅九云对她笑了笑，那笑容居然温柔万端，声音也腻得起油："你既然以忠贞不二待大人我，大人自然也不会小气，何必说这么见外的话？"

覃川猛然想起昨天被他狠狠耍了一把的事情，窘得几乎要把银牙咬碎，干笑两声："应该的，应该的……"

因见傅九云头发披着，衣服也没穿整齐，显见梳洗服侍的任务是轮到她来做，赶紧去厨房烧了热水，替他洗脸更衣。傅九云平日里头发束得相当随便，斜斜一根簪子，弄起来非常方便，覃川拿着梳子将他的头发梳通，正要绾个髻，却听他吩咐："全部盘上去，配青木冠。"

覃川愣了一下，青木冠是山主男弟子正式场合下才会佩戴的饰物，女子则是佩戴青木额环，山主不喜金银珠宝饰品，故正式场合只能佩青木。从抽屉里取出青木冠，小心翼翼束在他盘好的发髻上，再换上青黑赤褐双色外罩礼服，傅九云平日里风流放荡的气质顿时收敛了不少，看上去终于有一点儿正经修仙弟子的风骨了。

"今日先随我去披香殿，给山主上香。他今日出关。"傅九云嫌她带子系得不好看，只得对着镜子自己重系。

覃川心中一动："出关？山主也会闭关？"

"山主每年冬季三月都会闭关三次，这次提早出关大约是为了白河龙王来做客的事。"

带子终于系好，傅九云见覃川依旧蓬头垢面，呆呆地不知在想什么心事，便催了一声："快收拾！上香不可迟了。"

覃川犹豫了一下："小的……小的不配去披香殿，您还是自己去吧。"

傅九云把窗户一推，笑得嘲讽："不想去？那也随你。"

窗外有人影一闪，却是有人趴在墙头朝里面张望，虽然躲得很快，覃川到底还是看清了，那是跟在玄珠身边的几个婢女。她心里暗暗苦笑，傅九云砸碎人家府邸的两尊瑞兽，解气是解气，玄珠能放过他俩才有鬼。

"去不去？"傅九云慢吞吞地又问了一句。

覃川立即换好衣服，笑得春风满面："小的怎敢不去？去去！一定去！"

披香殿在仙山福地的中心，宽敞的白石台阶节节垒上去，大殿金碧辉煌，祥云五彩，有一种与人间帝王家截然不同的气派。殿前四尊青铜大鼎，青烟袅袅，香气幽而清远，若有若无，是俗世中千金难买的仙家檀香。

殿前平台已经来了许多弟子，男的个个身姿挺拔，器宇轩昂；女的人人姿色俏丽，雪肤花貌。覃川见到这种气派，也不由得在心底感慨，这个山主真会享福，就是人间帝王家，俗称后宫佳丽三千，又哪里能见到这么多标致少年人？美人聚集在一起，委实赏心悦目之极。

傅九云俨然是里面最受欢迎的一个，刚来就被一群莺莺燕燕的小女子团团围住，又是笑又是说。覃川被挤到老远的地方，险些摔了一跤，赶紧扶墙站直。

风流浪荡子……她在心底狠狠骂了一句，第一次在内里遇到他的时候，好像也是这么个情形。眼看他在一大群莺莺燕燕中，容光焕发，谈笑自若，分明是见惯了这种场面的，此人某些方面的品格，实在有待商酌。

“九云哥哥，好几天都不来找我们玩啦！是不是嫌我们烦了？”一个娇滴滴地问。

“九云哥哥……人家学会怎么做细点了，你下次一定要来尝尝呀！”一个柔腻腻地说。

“九云哥哥”四个字此起彼伏，覃川摸摸胳膊，上面起了一层鸡皮疙瘩，悄悄走远点，只恨自己不是隐形人。

“九云！”青青姑娘的声音赫然响起，覃川正蹲在角落里把自己当作影子，见她来了，到底忍不住抬头望过去。不知道为什么，竟想起昨晚傅九云睡梦中叫着青青的名字，当时他抚过来的手掌，温柔得令人心动。

青青恍若一只黑色凤蝶，轻巧巧地突破人群，挽住了傅九云的胳膊，笑靥如花。覃川感到一阵突如其来的茫然，抬手摸了摸自己的脸，不太明白是怎么回事。

“《东风桃花曲》排演得如何？”傅九云哪壶不开提哪壶。

青青的脸色瞬间就沉了下去，半晌才冷道：“还能如何？既然咱们有个

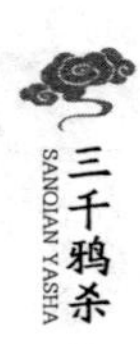

公主殿下事事喜欢抢先，我等荒野小民岂敢不让道？”言下之意那领舞已经不是她，换成了玄珠，毕竟人家比她跳得好是事实。

傅九云淡淡一笑：“是吗？我倒觉着你跳得比她好。”

虽然一听就知道是敷衍的安慰，青青还是高兴地笑了，得意扬扬：“你太客气了，我哪里敢与公主殿下相提并论？人家就算国家亡了，好歹以前也是个金枝玉叶呢！公主架子端得比谁都十足。”

话音刚落，便听身后玄珠接口道：“青姐说笑了，小妹岂敢？”

平台上的弟子们嗡一下散开，默然看着玄珠挽着左紫辰的胳膊，攀上最后一级台阶。

覃川赶紧把身体藏在阴影里，只露一双眼睛出来看热闹。

青青虽然说话刻薄了些，倒也是个直脾气的姑娘，喜欢谁不喜欢谁，脸上直接表现出来。很容易就能看出，她讨厌玄珠，所以说话也分外不客气：“应该是我不敢才对，公主殿下。”

这次有左紫辰在身边，玄珠并不发作，只浅浅笑了笑，声音温婉：“国已不在，青姐何必总以公主称呼小妹？”

“哦？原来有人心里也清楚自己不是公主了，可是架子还是不小呢。”

玄珠终于被她刺得沉下脸：“青姐，你何苦总是言语攻击？小妹自认并未得罪过你。”

青青哼哼冷笑：“攻击？我以为我是在说大实话！”

两个女人终于憋不住火气在殿前冷嘲热讽起来，傅九云抱着胳膊在旁边看得饶有趣味，两眼亮晶晶的，此人显然有着绝顶的恶趣味。

覃川眼见众人都被争吵吸引过去，赶忙手脚并用地爬啊爬，打算离开披香殿，找个安全安静的地方躲上一躲。

“覃川。”头顶有个低沉的声音突然唤她。

她一下僵住，慢慢抬头，左紫辰的脸出现在视界里。为什么？每次遇见他，她都是在爬？

“小……小的见过紫辰大人！”她急忙跳起，憨笑连连。

以为他又会像上次一样紧紧抓住胳膊不放，她警戒地退了一步，以便应付突发情况。谁知他却转过身，轻轻俯在殿后白石栏杆上，淡道：“今日天气很好，风很舒服。”

他头顶戴着青木冠，两道与礼服同色的长带垂在耳边，随风舞动，满面宁静祥和之色。这样的神情，就是在以前，覃川也很少见到。左紫辰总是面无表情的，要不就是皱着眉，满腹心事的模样。

她站在他身后，不敢出声，也不敢离开，只好低头看着自己的鞋尖。

“昨天，我知道玄珠要责罚你的事，抱歉，没能来得及阻止。幸好九云救了你。”左紫辰像是在说家常，异常温和轻松，“玄珠她脾气素来如此，国破家亡，对她的打击也很大。只是她心地并不坏。我已与她谈过，她也答应以后再不责罚你。只管放心便是。”

覃川默然片刻，点了点头：“紫辰大人言重了，小的受不起。”

左紫辰忽然转头，紧闭的双目对准了她的视线：“现在说说你吧，覃川。你是不是认识我？”

覃川干笑道：“紫辰大人天人之资，香取山里又有谁会不认识您？小的自然也认识……”

“不要撒谎。”他语气平淡，“我看得见。”

她一下子哽住，什么也说不出来。风声穿梭在两人之间，平台前的争执声仿佛离开了好远，过了好久好久，她还是什么也说不出。

左紫辰低声道：“我有很多事都记不清，心底觉得应当认识你，偏偏想不起来。但，如果你不想说，我也不逼你。忘掉的过去或许并不是什么有趣的事情，现在这样挺好的。”

忘了？忘了！他居然说他记不清！覃川眨了眨眼睛，隔了半天才道：“您

说得对，记不得的事情未必很有趣，能忘记也是种福气。不过，我以前确实不认识您，您大约是认错人了。”

他点点头，微微一笑：“覃川，和你说话很舒服。”

覃川脸红了，含羞带怯：“多谢紫辰大人夸奖！其实小的心底一直期盼可以服侍紫辰大人，这才是人家心里真正的想法。”

左紫辰失笑，居然说了句玩笑话：“那玄珠真要把你冻成冰柱子了。”

覃川试探着问：“玄珠大人……是您的爱侣？”

他微微一愣，想了片刻，方道：“玄珠是我的恩人，一直陪着我、照顾我……我，喜欢她。”说到这里，突然皱了皱眉头，神情恢复冷漠，“因与你说话，觉得分外亲切。不过这些事以后不要再说。”

说罢，转身离开。覃川若有所思地看着他的背影，平台上的玄珠和青青二人不知何时早就停止了争执，玄珠远远地站在后面等着他，扶住了他的手，回头冷冷看她一眼。

那一眼，令人不寒而栗。

覃川不由苦笑，左紫辰，你不但记性不好，脑子也不好使了，玄珠要是能被你说动，还能叫玄珠吗？幸好现在有傅九云挡在前面……嗯，说到傅九云，他人呢？

她伸长了脖子四处打量，到处也不见他人，冷不防头顶被人敲了个栗暴，傅九云略带嘲讽的声音响起：“你方才说要服侍谁？蛮好听的，再说一遍啊？”

覃川端着明媚的笑脸转身，一口否定：“您在说什么呀？小的对您忠心不二，悠悠我心，可昭日月……”

“那豆豆哥呢？”傅九云笑眯眯地问她。

覃川差点儿被呛死，急忙辩白：“豆……豆豆哥不一样！”

傅九云摸着下巴，叹了一口气：“女子果然水性杨花居多，前一刻与豆豆哥山盟海誓，后一刻便向大人我表白忠贞不二，还没转身呢，她又跑去和另一个男人说要做他奴才服侍他。”

你还不是一样！覃川在肚子里破口大骂。

傅九云握住她单薄的双肩，语重心长：“小川儿，大人我喜欢忠贞女子，你伤了大人的心，今天罚你不许吃饭，不许靠近本大人一丈内。”

只许州官放火，不许百姓点灯啊！覃川嘟囔个是，毕恭毕敬倒退着走到他一丈外的距离。刚巧这时殿内铜钟轰然鸣响，山主出关了！弟子们立即神情肃穆，依长次排好列队，鱼贯而入披香殿。

覃川身为外围杂役，没资格进去，只能孤零零地等在殿外，弟子们全部进入披香殿后，殿门轰然合拢，内里铜钟清脆地响了三下，再无声息。

覃川从怀里取出一沓白纸，随手撕了一小条，咬破指尖滴血其上，那条白纸瞬间就化作一只灰扑扑的虫子，背后长满了针孔大小的眼睛。

四处看看，确定没人看守，她对着虫子吹了一口气，默念：进去看看！

小虫子被一阵风轻飘飘吹起，没重量似的，硬是从紧闭的门缝里挤了进去。覃川食指点在额上，正要将神识贴着虫子一起进去，忽听台阶处传来一阵脚步声，她立即把手放下，转过身去。

玄珠的四个贴身婢女正冷笑着朝她走过来，前后左右一下子就把她围住了。

覃川赔笑道：“姐姐们找小的，有什么事吗？”

婢女们也不理她，只将她推着下了台阶，径自往玄珠的府邸去了。

一路上覃川想了很多应策，却找不到什么可以顺利脱身的好法子，思前想后，忽然开口道：“姐姐们，小的……”

话还未说完，那几个婢女便冷道：“这奴才狡诈异常，将她按住！”

四个人将她团团围住，按倒在地。覃川正要叫嚷，冷不防对方用布条把嘴封住，并着手脚也捆了起来，她心中一凉，索性也不挣扎了，任由她们把自己抬着，丢进厨房里。

一个婢女留在外面看门，剩下的三人把里面的门闩插上，回头冷冰冰地说道："你胆大包天，得罪玄珠大人，唆使山主弟子间不和，更兼狐媚卖弄，妄图勾引紫辰大人。这些罪名，要在外面，足够让你死几十次，可如今是在仙山，公主不忍取你性命，命我等略施惩罚，好教你这奴才明白自己的身份。"

覃川始终低头默然不语，也不挣扎，像是已经吓得蔫了。

三个婢女互相使了个眼色，一人从袖中取出一副漆黑的竹夹，共五根粗竹篾，以麻绳穿过，先往她左手上套去，道："拶指，断其八指，驱逐出山——这是玄珠大人的吩咐。你莫要怪我们，要怪就怪自己命苦吧。"

两个婢女紧紧攥住麻绳，左右猛然拉开，覃川背上冷汗顿时涔涔而下。

披香殿内，弟子们正依次取了长香，在琉璃烛台上点燃，伏地跪拜重重幔帐后的山主。山主这次出关提早了一个月，大约是有些精神不济，不像平日大大方方地亮相。

幔帐合得极紧，他苍老的声音从里面传出来，显得空旷虚软："本座闭关这些时日，有劳诸位贤徒恪守规矩，维护香取山一方净土。下月白河龙王前来做客，自然要办得体面些……那白河龙王最是喜好卖弄，本座与他五十年未见，此次势必要与本座炫富。九云，宝库中各类宝物向来由你记载登录，本座命你挑选几个可靠之人，挑选精致宝物，于下月初三安置在东首真兰宫万宝阁之上。"

傅九云叩首于地，应道："弟子遵命。"

山主忽又唤道："玄珠可在？"

玄珠自站在殿角，她入山之日便因公主身份享有特权，虽与山主有师徒名分，见了却不需跪拜，此刻闻唤，立即躬身答道："弟子在此，师尊有何

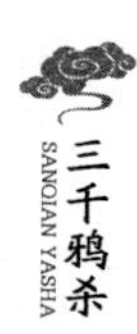

吩咐？”

山主的声音虚软中带了一丝不耐：“本座虽然闭关多日，但并非不问山中事。大燕国被灭，万千生灵同悲，本座敬你是公主，收你入山，是希望你收敛哀痛，就此修身养性，也不至于金枝玉叶之体在外颠沛流离。你能体味本座的意思吗？”

玄珠脸色瞬间变得极难看，隔了半晌才低声道：“……弟子明白。”

“你来我山中也有数年，昔日公主之尊也不必再念。今日起，望你与其他弟子一般，潜心修行，待人宽容些。今早在大殿前争执一事，本座这次便不追究了。另，本座听闻你身边至今仍有婢女服侍，更甚者欺辱外围杂役，趾高气扬，你这便回去将她们遣走吧。修仙者宽容逍遥，心无羁绊，更不该存有高低之见。本座时常想起从前待你过于放纵，心中悔恨，你莫要让本座再次后悔曾将你带入香取山。”

玄珠咬牙答应了，脸色已然铁青，恨恨地看了一眼傅九云，他却装没事人，笑吟吟地转头和青青说话。

山主又吩咐了一些话，应允了几对情投意合的弟子的大婚请求——香取山修仙弟子倘若有情投意合的，便可以在山主前请求允婚，婚后便可住在一处，除却不能生子，其余都与人间夫妇一般。

“真畅快！你看她的脸！”青青趁山主在说话，瞅着玄珠使劲偷笑。

傅九云只是浅笑，轻道：“打落水狗最没趣味，青青却有这嗜好？”

“哼，我就是痛快了！管她什么落水狗！”

傅九云百无聊赖，忍不住回头望向殿门处——覃川一个人留在外面，小丫头性子鬼得很，指不定要到处乱跑，只盼她别去什么不该去的地方。

膝下蒲团处仿佛有什么东西在蠕动，依稀是一只灰扑扑的小虫子，纤细的脚正艰难地抱住他的衣服，试图往上爬。傅九云轻轻吹了一口气，小虫子滚在地上，瞬间却化作一张细细的白纸。

这是白纸通灵之术，极罕见的仙法。傅九云心中暗惊，不动声色地捏住那张纸条，不到片刻，那纸条渐渐在他掌中化成灰。下术的人手法极高明，一旦灵物打回白纸原形，便自动成灰，教人找不到半点线索。

他摊开手掌，掌心只剩细细一层余灰，再过一会儿，那么一点儿灰都消失了。

傅九云不由若有所思，又朝殿门处望了一眼。

第六章

大人，让我献身吧

覃川在剧痛中晕死过去，又被冷水泼醒。她已经记不清这是第几次被弄醒了，身体冷到了极致，皮肤上刺痛发麻，她眨了眨酸涩的眼睛，眼前的一切都在晃动，血一般的红，什么也看不清。

那几个婢女在小声交谈："真不会出人命吧？这样子丢出去只怕也活不过三天……"

"怕什么？要死也是死在外面，只要不是在山里丢命，谁也管不着。"

"想不到这奴才骨头倒是很硬，叫都没叫一声，倒有些不简单。"

一直在外面守门的婢女突然敲了敲门："上香快结束啦！赶紧的，把她丢到山下！别叫旁人看见了！"

覃川在朦胧中，只觉那几个婢女七手八脚，胡乱把她抬着出门。阳光一晃眼，她本能地眯了眯眼睛，似乎又清醒了几分。手指上那蚀骨焚心的剧痛令她又出了一层冷汗，仿佛全身的肌肉都在因为那可怕的疼痛而抖动。

她几乎又要晕死过去，这般死去活来的折磨，毫无停息地凌迟着她。她终于从喉咙里发出一声如同哭泣般的短促呻吟。

婢女们小心翼翼地抬着她出了门，四处看看，弟子们还在上香，那些做活的杂役们平日也不会靠近玄珠的府邸，趁着没人，赶紧往外围西首的落英崖奔去。

当年山主就是在落英崖上羽化成仙，山崖并不高，只是有些陡坡，手无缚鸡之力的妇孺摔下去也不会丧命，最多就是顺着坡子一直滚到半山腰。至于覃川摔下去之后，能不能遇到好心人救助，那就看她的命了。

不过玄珠今天的运气显然极不好，婢女们出门才走了不到一刻，便见迎面走来两人，正是左紫辰与玄珠。今日上香散得很早，婢女们没摸准时间，竟然在路口撞个正着。

"玄……玄珠大人！紫辰大人！"婢女们一下子慌了手脚，急匆匆地跪下磕头，一时间什么借口都想不出。

玄珠的脸色从未如此难看过，左紫辰就在身边，她这时竟有些不敢转头看他，只觉自己挽住的那只胳膊慢慢变得僵硬，然后，他一把甩开了她的手。

玄珠心中猛然一冷，低叫："紫辰，她不过是个奴才！"

左紫辰没有说话，弯腰将覃川嘴上的布条小心除下，见她唇上满是血渍，不由轻轻用指尖擦去，一把将她抱了起来。

玄珠在身后高声叫着他，左紫辰恍若未闻，像是真的要永远离开她似的，一步步往前走。玄珠心底感到一种突如其来的、无尽的恐惧。她一直都在恐惧，哪怕抱得再紧、靠得再近，他好像也不会是她的。终究有一天，他会像四年前那样离开自己，无论她怎样哭叫，他留给她的也只有一个冷漠背影。

她痛恨那个背影，比痛恨死亡与耻辱还要更加深、更加沉。

她的声音陡然拔高，竟变成了尖叫："左紫辰！你不要逼我！你忘了？是我救了你！是我一直照顾你！一直陪着你的人，是我！"

他终于停了一下，却没有回头，只低声道："你自己好好想想。"

覃川在半梦半死的境界中不停辗转，耳边听见左紫辰的声音，她突然睁开眼，眼前仿佛血雾笼罩，他的脸无论如何也看不清。

可是她又觉得自己其实是看清了。这张脸，也曾在晚霞中微笑，也曾宽容地放任她的小小任性，也曾……在雨中流着血，冷冷地说：“姑娘，我不认得你，请你离开。”

覃川不知从何处生出一股气力，挣扎着一口咬住他的衣服。酸涩剧痛的双眼死死盯着他那双紧闭的眼，一个字一个字，说得慢而且模糊：“左紫辰，你连自己的眼睛为什么会瞎都忘了……不要让我……从头到脚再鄙视你一次！”

他的身体一下僵住，过了很久，才轻道：“你……你说什么？”

覃川稍感痛快地松口，朝玄珠那里看了一眼，眉宇间似有快意，可是很快又晕死过去。

左紫辰默然地怔了良久，心中好似有惊雷，一个接着一个劈下，那模模糊糊的过去依然笼罩着一层厚厚的雾，无论他怎样想突破，也不能看清分毫。

定了半晌，他终于还是迈步朝前走去，玄珠尖叫道：“左紫辰！你回头！你看着我！你再走一步，我一定会杀了这奴才！”

左紫辰猛然转身，冷道：“你是疯子吗？”

话音刚落，便听身后一人语气浅淡道：“你俩慢慢吵，人还给我。”

左紫辰只觉怀中一轻，覃川早已被另一人轻轻抱走。他初时一愣，本想出手抢夺，忽见那人是傅九云，他抱着覃川，早已飘然远去数丈距离。左紫辰便停下动作，顿了片刻，长叹一声，也自走了。

玄珠在后面又叫着什么，依稀还听见了哭声，他只觉心中烦闷，却始终没有回去。玄珠疯狂的行径，他感到又震惊又熟悉，仿佛从很久前就知道她会做这么极端的事。

他究竟，忘记了什么？

傅九云一路回到自己的院落，路过的弟子们本想与他打招呼，因见他怀里抱着个狼狈女子，脸色黑得好似别人欠了他几万两银子，便谁也不敢说话，躲得远远的。

覃川的两只手，除了拇指之外，其余八指的骨头已尽数被绞碎，人也始终昏迷不醒。这样严重的伤势，放在山外，就算治好了，也是个终生残疾。傅九云小心将她放在自己床上，待要急着看伤势，却又怕动作大了弄得她更痛苦，斟酌了半天，才极轻柔地托起她的手腕，查看受损手指。

院墙上依稀有人影晃动，像是有个人在偷偷朝里面张望，傅九云心中恼怒，长袖一挥，数道寒光便疾射出去，厉声道："鬼头鬼脑的做什么？"

好好一面墙被他打碎一半，那人摔了下去，疼得大叫，听声音居然是翠丫。

她好容易爬起来，赶忙跪在地上磕头："九云大人恕罪！奴才并非有意窥视！奴才只是担心川姐……"

傅九云却不说话，走过去将她直接一提，丢进屋内："你先照看她一下，替她换个衣服，注意不要碰到伤口。"

翠丫本来听说覃川一夜未归是因为被傅九云带走了，倒也不怎么担心，刚才不知怎么的又听人说玄珠大发脾气，把四个贴身婢女赶出去了，婢女们走的时候万分不甘心，大嚷大叫，把玄珠怎么吩咐她们折磨覃川的事都说出来了。翠丫大惊之下，又不敢去找左紫辰问，只得偷偷摸摸地来找傅九云，谁想遇个正着。

她见覃川不知死活地瘫着，顿时吓得大哭，回头要找傅九云，他却已经不知去了哪里。

翠丫抹着眼泪，胆怯地把手放在覃川鼻下探了探，见她还有鼻息，不是死了，一颗心才落地。覃川住进傅九云的屋子里是很匆忙的，什么也没带，翠丫找了半天，才从要洗的衣服里翻出一件傅九云的半旧白衫，替她把湿淋淋的衣服换下，再把头发擦干，然后就不知所措地坐在床头掉眼泪。

覃川的脸色慢慢从惨白变成潮红，仿佛体内有一股烈火在烧。她哼了一声，突然睁开眼，迷迷蒙蒙地望着屋梁，神情古怪。翠丫心中欣喜，急忙低低叫了一声："川姐，你怎么样？"

覃川面无表情地转头，与她对视半晌，忽然微微一笑："阿满，我没事，你别慌。"

"川姐？"翠丫只当她脑袋被打坏了，怯生生地又叫了一句。

覃川还是轻轻柔柔地安抚她："我真的没事，就是口渴得紧，阿满帮我倒杯茶。"

翠丫赶忙倒了一杯温热茶水，仔细送到她唇边，一点点喂她喝下。覃川笑吟吟地看了她半晌，低声道："阿满，你原来没死，真好。"

翠丫不敢搭话，又劝她喝了半杯水，替她把头发理顺放在枕头上。因见覃川一直看着自己，笑得开怀安心，翠丫又不敢走开，只好说："川姐你放心，玄珠大人身边那几个坏婢女都被赶走啦！我今天听人家说了，山主很气玄珠大人，责备了她一顿，以后她再不敢做这么离谱的事了。你只管好好养伤，九云大人护着你哪！"

覃川缓缓闭上眼，喃喃道："阿满，我累得很，想睡一会儿。可是手上疼得厉害，你帮我揉揉呀。"

翠丫哽咽道："我……我不敢揉……川姐你别睡！九云大人马上回来了！"

话音刚落，便听傅九云在外面问道："她醒了？"

翠丫见了救星似的赶紧跑过去："大人！川姐她……"傅九云早已闪身入内，见覃川又晕了过去，他摸了摸她的脸，只觉烫手，立即将怀里无数个纸包丢给翠丫："去厨房，每样取五钱来熬药。"

翠丫一阵风似的跑去厨房了。傅九云坐在床头，又将覃川的伤势仔细查看一遍，这才从怀中取出一只扁平的玉盒子，里面厚厚铺了一层鲜血般猩红的药膏，盖子一打开，便散发出一股极刺鼻的味道。

他洗干净手，挑了一些药膏在掌心，用力握住了她畸形的手指。

这一下的剧痛可想而知，覃川从昏迷中又给痛醒，猛然跳起来，又因为后继无力摔了回去。

“忍着。”傅九云只有这两个字，又挑了药膏去掌心，继续按摩她断裂的指骨。

覃川疼得满脸冷汗下雨般落下，这时神志清醒得不能再清醒，两眼瞪得老大看着傅九云，过了很久，才颤声道：“九云大人……小的……小的手指已经废了，您何必让它们再废一次呢？”

“嗯，大人我看它们就不顺眼，非要折磨折磨才舒服。”傅九云对她冷笑一下，见她疼得嘴唇都青了，到底还是稍稍将手劲放柔和些。

“疼就叫，怕什么？”看她忍得万般辛苦，他皱了皱眉头。

覃川勉强笑了一下：“是……是您让我忍着……”

他讥诮地瞥她一眼：“平时不听话，这会儿倒听话得很了？”

“啊——”覃川突然惨叫起来，她觉得自己的手指肯定被他搓碎揉烂了，疼得恨不得晕过去，偏偏又晕不了。

“啊！呀！哎！嘿！噢——吱——”她乱叫一气，喉咙都喊哑了。

傅九云对她鼓励地一笑，沾满药膏的手在她额上摸了摸：“就这样叫，叫得很好听。”

那天下午，没有人敢靠近傅九云的院落。很有那么一段时间，傅九云虐杀自家女杂役的谣言传了几百个版本，为宁静祥和的仙山带来一丝恐怖血腥的气氛。

等喝了药，奄奄一息的覃川终于再次沉沉昏睡过去。翠丫万般不舍地走了，傅九云倚在床头，拿着一本书在看，时不时蘸点茶水涂在覃川干涸的唇上。

月上中天，屋里已经不需要烛火，傅九云熄了灯，就着雪亮的月光继续看书。他用珍贵的仙药修补覃川断裂的手指，更兼熬制秘药内服，不出意外，两天内她碎裂的指骨就可以恢复如初，不过……速成的副作用就是这个晚上她会疼得比骨头断了还厉害。

月光缓慢地顺着窗棂滑动，渐渐攀上覃川苍白的脸。她睡着的模样十分乖巧，包扎好的双手蜷在胸前，像是怕被人欺负了似的，整个人只占了大床的一个小角。不知在做什么梦，她的眉尖不停跳动，最后变作了疼痛难耐的隐忍。

时候到了。傅九云丢下书，小心握住她的手腕，防止她因为乱动把正要长好的指骨弄歪。

可她自始至终都没有动一下，只是睫毛乱颤，突然从里面滚出许多颗眼泪来。傅九云从没见过有人能掉那么多颗大眼泪，一下子就把枕头打湿了。以为她会说什么，却也什么都没说，更没有醒过来，就是不停地掉眼泪，好像永远都哭不完一般。

他犹豫了一下，小心地腾出一只手，摸了摸她发烫的脸颊，拇指缓缓擦去那大颗眼泪，又像是怕被灼伤，急忙缩了手，卷起袖子给她擦脸。手忙脚乱地擦了半天，她好像不哭了，只低低说了一句梦话："阿满？你在不在？"

傅九云含糊地答应一句，她又没下文了，不见呼痛，更不见叫委屈。谁能想象，这么个羸弱得一推就倒的女孩子，居然有着比顽石还坚硬的意志，壮汉也未必能承受的痛楚，她忍了下来。

傅九云摩挲着她的脸颊，伏在床头一根根数她在月光下稀稀疏疏的睫毛，像是看痴了。

覃川迷迷糊糊醒过来的时候，天已经大亮。阳光刺着眼皮，很不舒服。她呻吟一声，想翻个身，谁知身体一动，却碰到了一个人。

她大吃一惊，这才突然发觉自己身后躺着个人，而且还伸着胳膊从后面抱住她。

她急忙撑着床板要起身，冷不防那人的手一把抓住她的手腕，傅九云的声音在头顶有些疲倦地响起："你的指骨还没长好，别乱碰。"

覃川只觉全身的血都在往脑子里冲，结结巴巴说道："九……九云大人！

小的怎么……您怎么……”

傅九云打了个大呵欠，放开她坐起来，声音懒洋洋的：“好了，既然醒了就自己注意吧。只要别乱动，别磕着碰着，明天你的手就和以前一样了。”

覃川惊疑不定地看着他跨过自己，下床穿了鞋，浑身衣服都皱巴巴的，头发也凌乱地披在背后，全然不见平日里的爽利模样，倒有几分邋遢。

“喝茶？”他端着茶壶问了一句，覃川反应不过来，呆呆地点头，然后就看着他端了一杯茶水送到自己唇边。

“啊！”覃川猛然反应过来，连连摆手，“小的……小的只是个杂役！哪里配让您这样做？小的自己来……自己来！”

傅九云懒得理她，托着她的后颈，小心地喂了一杯水，这才带着淡淡的讥诮说道：“该客气的时候不客气，不该客气的时候瞎客气。”

覃川见他眼底有两只大大的黑眼圈，满面难掩的疲惫，还要装作无所谓的样子嘲笑她，刚刚那些到了嘴边的生疏客气话，就无论如何也说不出来了。眼里有些发热，她故作自然地别过脑袋，极低地道了谢，只怕蚊子也未必能听清她说些什么。

“说什么呢？大方点说！”傅九云一夜没睡，天亮的时候见她不疼了，好不容易睡了一小会儿，又被她弄醒，脾气便不大好。

覃川涨红了脸，咳两声，一本正经地说：“我……我是说，我愿意献身报答九云大人的大恩大德……”

傅九云把她从头到脚打量一遍，鄙夷地哼了一声：“迟了！你想献，大人我还不想要呢。醒了就赶紧给我起床！我要睡觉。”

覃川的手第二天就完全好了，脱下纱布把手洗干净，怎么看都比以前好用，连她五岁时候淘气因摔下台阶的旧伤疤都没了。

她感激涕零地给傅九云磕了好几个头，眼泪汪汪地献媚：“大人您就是我的再生父母呀！小的一穷二白，什么也给不起您，只有给您做牛做马了！”

傅九云正忙着查阅宝库的记录，随口道：“起来，大人我看不惯你这德行。只要你别再把大人的院子弄得稀巴烂，我就谢天谢地了。”

覃川偷偷摸摸往他手里面瞄，因见上面密密麻麻写满了各类宝物的名称与存放位置，心头不由一阵狂跳，不在意地问了一句：“大人您在忙什么？要小的帮忙吗？”

傅九云的目光终于从厚重的书籍里移出来，看了她一眼：“你在本大人面前倒乖觉得很，为什么又会得罪玄珠？这次要不是我及时赶到，你小命都没了。”

覃川一脸委屈：“小的什么也不知道呀！”

“装傻充愣的本事倒不小。”傅九云冷笑一声，低头继续看书，“去！自己一边待着，别烦我。”

覃川蹑手蹑脚往门外走，步子才跨出去，他的声音又响起来：“要去哪里？”

“您让小的一边待着……”她无辜地看着他，突然眼睛一亮，“小的打水替您洗衣服擦窗户吧？”

傅九云手里的书差点儿掉地上，赶紧拦阻：“等着！不用你做！”

他的衣服也没几件好的了，再被她搓烂，以后穿什么见人？

“呃……那，请大人批准，小的想去看看翠丫，还有几样东西想从她那里拿过来。”

傅九云想了想，点头道：“好，不许乱跑，早点回来。”

覃川慢吞吞出了院落，往东走了一段，快到杂役屋的时候，突然停下脚步，四处看看，确定没人跟着自己，这才换了个方向，朝南走去。

南首有个太微楼，因为地势不好，终日阴凉，一般是用来软禁犯错弟子的。昨天听翠丫说，山主知道玄珠纵容婢女对外围杂役动用私刑，大发雷霆，命玄珠在太微楼反省一个月，中途不许出来。

覃川一级一级慢慢上台阶，太微楼的木头老了，潮湿无比，踩上去就会发出惨叫般的呻吟，好像随时会倒塌似的。

楼上有一排紧闭的门，其中一扇门前有青光闪烁，那是山主布下的结界，防止反省中的弟子私自离开用的。玄珠素来是个受不得气的人，如今被迫蜗居在此，想必气闷得很。

停在那扇门前，覃川没有急着叫门，只是略站了一会儿。里面很快就有人飞奔过来，一把拉开门，欣喜地低呼："紫辰？你来看我？"

她神色平静地看着玄珠慢慢变得铁青的脸，淡然地打了个招呼："玄珠，你过得挺好。"

"滚！"玄珠狠狠砸上门。

覃川对着门板笑道："你不认得我了？"

那扇门又被打开，玄珠疑惑地从头到脚打量她，神色阴沉，却不说话。覃川摸了摸自己的脸，低头一笑："也难怪你看不出来，这是阿满的脸，何况你我也有四年没见了。"

玄珠骇然指着她，猛地退了两步，声音嘶哑："你……你没死？！"

覃川笑眯眯地说："让你失望了，真不好意思。我活得还不错。"

玄珠仿佛受了极大的惊吓，大口喘息着，看鬼似的看着她，突然反应过来什么，陡然拔高声音："来人啊！来人！"

"你再这样叫下去，左紫辰来了，更不好办吧？"覃川抱住胳膊，"他要是知道我就在他面前，会有什么反应？"

玄珠陡然住口，阴狠地瞪着她，低声道："好，帝姬，你一直都这么好！那你说说，你乔装打扮费尽心思混进来，是要做什么？报复我们？"

"你放心，我不是来和你抢左紫辰的。"覃川安抚地笑了笑，"你把他看得比命重，我自认比不过你，算你厉害。"

玄珠冷笑："你也终于承认有一件事比不过我了？真可笑，堂堂帝姬，今日终于要对我认输！是了，你如今也不是什么帝姬，无处可去，比贱民也好不到哪里，难怪不再傲气！"

覃川没有理会她的挑衅，沉默半晌，轻声说："玄珠，除去左紫辰的事情不说，我自认没有得罪过你，你为什么一直那么恨我？"

"你配吗！"玄珠别过脑袋，呼吸渐渐平息了。

"从小时候开始，你就什么都不肯输给我，恨得连话也不肯和我说一句，凡我喜欢什么，你必要抢走——我一直不明白为什么。"

玄珠森冷一笑："我从小就盼着你死，现在也没变。你为什么还不死？"

覃川看着她，淡道："以前我不明白为什么，后来我想了很久，终于明白了。姨母之前一直盼着嫁给我父皇的，谁知最后心愿未曾了，不得不嫁到诸侯国去。她心里一定十分不甘吧？"

"住嘴！"玄珠厉声打断她的话，"你走！快滚！我不要见到你！"

"姨母想做皇后，却又做不了；盼着自己生个皇族血统的孩子，也生不了。她待你一定不好吧？你心里恨我，想要压过我，我都明白，我不怪你。"

玄珠猛然抬头，好像不认识她似的，讥诮地看着她："你和我扯这些旧事，有什么意义？你凭什么说不怪我？你以为你是谁？我讨厌一个人，从来不必在乎她心底想什么！"

覃川面无表情："我不怪你，但我很讨厌你，你欠我太多，你要补偿我。"

"我欠你？"玄珠气得笑了，"我欠你什么？"

"左紫辰。"覃川冷冷看着她，"他是我让出来的，不然你以为你能抢走？"

玄珠脸色陡然变得惨白，那惨白里又透出一点儿铁青，最后变作血一般的红，森然道："帝姬，你今天来和我暴露身份，就为了说这些？"

覃川微微一笑："我一直在等这个机会，可以和你私下说说话，又不会让你透露出去，今天终于等到了。玄珠，我来香取山不是为了你和左紫辰，刚才就说过了，你大可放心，我另有目的。”

“你就这么放心我不会说出去？”玄珠嘲讽地问。

“现在确定你不会，因为你不敢让左紫辰知道。虽然他现在什么也记不得，但他一旦想起从前的事，你觉得他会不会为这四年和你做一对鸳鸯感到愤怒？”覃川顿了一下，又道，“我来找你，是有事要你帮忙，给你的报酬就是我办完事马上离开香取山，永远不在你和左紫辰面前出现，从此相逢也是陌路人，如何？”

“我该相信你？”

“你要相信我。”

玄珠沉默良久，没有说话，但神情依稀是有松动了。

覃川轻轻吁出一口气，柔声笑道：“这件事其实很简单……”

覃川从翠丫那里收拾了余下的衣物，心情愉快地往回走。

大抵是一切发展得太顺利，她还有些不太敢相信，一边走一边掐自己手指头，借着微微的刺痛来提醒自己要冷静。

“覃川。”有人在后面轻轻唤她，她微微一僵，转过身去，果然见左紫辰站在身后。他看上去有些憔悴，像是几天几夜不曾睡好，眼底有深厚的阴影。

“紫辰大人。”覃川毕恭毕敬地给他行礼，下一刻却被他用力抓住手腕，拽着朝前走。

“大人？大人！您这是做什么？”覃川急得大叫，用力甩手，却无论如何也甩不开。左紫辰只低低说了一句“跟我来”，一路拽着她像风似的，脚不沾地地飘到一处僻静角落，这才猛然放开她。覃川撞在墙上，差点儿背气。

眼前一暗，他已经双手撑在墙上，将她困在小小一方天地中。

“你知道什么？”左紫辰声音有些沙哑，平日里清雅端庄的模样全没了，

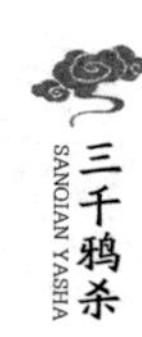

看上去有些危险，“说给我听！”

覃川不自在地缩了缩肩膀，左右看看，估计自己是逃不出去的，只好装傻：“您在说什么啊？小的不懂……”

他没有说话，那种压迫的感觉却更重了。很明显，她如果不说，他绝对有本事与她在这里耗上三天三夜。左紫辰就是这样的人，他不打人也不骂人，固执的时候就不说话，只那样看着你、困着你，不放你走。

覃川干笑道：“大人，您忘记的事情，问小的又有什么用？小的说了，您就相信？这种事，只有靠自己想起来吧？”

左紫辰沉声道：“你知道我的双眼为何而瞎，是不是？”

“呃，小的只是知道您的双眼被谁刺瞎的，是什么原因，小的就不清楚了……”

他沉默了，渐渐垂下头，睫毛微微颤抖，过了很久，才低声道：“我有隐约的印象，刺伤我的那个少女，后来好像强闯香取山来探我。可我记不得她的脸、她的名字……她与我有什么关系……你知道她是谁？”

覃川惊喜道：“啊！原来您也知道啊！那……那小的就知道这么多了！您的眼睛是被一个少女刺瞎的，她好像对您恨之入骨的样子，不过后来她又后悔啦，来这里找您，给您跪下赔罪，那天的雨下得可真大呀……后面的事情小的可真不知道了，您有见到她吗？”

左紫辰没有回答，他的手缓缓垂下去。

“你走吧。”他说完，自己先转身走了。

覃川松了一口气，赶紧往反方向跑，要是回去迟了，不晓得傅九云又会想出什么花招来整她，那个人才真叫难缠。

走了没几步，不知为什么，忽然回头看了一眼。左紫辰正停在不远的地方，靠着墙，沉默地闭着眼睛“看”她。

覃川心里发虚：“您……您还有什么吩咐？”

左紫辰缓缓摇头，淡道：“你走，我只是……觉得好像应该看着你走，这样才能心安。”

我看着你先走，这样我才心安——旧时的回忆猛然回袭，覃川心底像是被蛇咬了一口，突然疼得厉害。她勉强笑了笑，转身的时候，鼻子也酸了，死死咬住牙，不让眼泪掉下来。

第七章

白河龙王来了

傅九云近日忙得厉害，眼看白河龙王来做客的日子渐渐近了，宝物的分配还没弄好，不是这个颜色不搭配，就是那个式样不好看。山主几百年来搜刮的各类宝物不下几千件，那登录宝贝的册子都足有厚厚三本，想从里面挑选几十件摆在一起合适又大方，还不能太显眼的宝贝，委实是个难题。精力充沛如傅九云，也忙得像只没头苍蝇，没工夫和覃川打嘴皮子仗。

这边是挑选宝贝，那边女弟子们排演《东风桃花曲》也到了尾声。玄珠被山主责罚禁闭一个月，最后领舞的任务还是落在青青肩上，她近来也是春风满面。

弟子们在忙，杂役们更忙。男杂役们将内里诸多大小殿宇修葺得焕然一新，连东西南北四大殿的围墙都重新粉刷了，女杂役们便修剪各类花草树木。仙山福地，纵然是寒冬，枝叶依然翠绿茂密，有那些没开花的，她们便从琼花海挑选了开得最好的花朵，仔细系在树上。

此刻无论是谁，见到香取山五步一阁十步一楼，繁花缭乱金碧辉煌的景象，都会被震得半晌说不出话来。

很明显，山主要的就是这个效果。仙人之间的斗富，看来与凡人没什么区别。

要是在平日，覃川闲来无事大约会端上一杯茶，坐着慢慢看景。奈何傅九云此人狡诈得很，自己没空看着她，就让她也跟着忙得半死，没时间捣鼓乱七八糟的事。

除了照料琼花海，她还被逼着每天给青青她们做苦力。《东风桃花曲》一场练完，满地的桃花，都得靠她一个人慢慢收拾，一天收拾个几场，腰都要断了，回到屋里只想睡觉。

傅九云已经有三四天没回来，她乐得清静，晚上回去一个人美滋滋地吃完饭，梳洗一番就直接上床睡觉。当然，傅九云的床她不敢上，只能把下面第二层床板抽出来睡在床边。

睡得正熟，忽觉有人在摸自己的脸，傅九云低沉里带着疲惫的声音在耳边响起："小川儿，快起来。"

覃川痛苦地呻吟一声，蒙着眼睛细声细气地求他："大人……小的太累了……您稍微等会儿……"

"乖，快起来……"傅九云对着她的耳朵吹一口气，她鸡皮疙瘩顿时爬满身，惊慌失措地滚了一圈，万般无奈地坐起来了。

"小的明天还要干活……"覃川快哭了，她累得手脚发软，此人良心大大的坏，不折磨她就不开心。

傅九云扯过自己的一件大氅，把她从头到脚一裹，直接抱了起来："大人带你去看好玩的。"

覃川只觉他的手绕过胸下，大掌隔着衣服贴在背上，本能地一缩，急道："别别！小……小的自己走！"

她手忙脚乱地换上外衣穿好鞋，头发也没来得及梳，被他把后领子一提，直接飘出门了。

香取山内里东首是真兰宫，那里安置着万宝阁，作用就是有客人来的时候，把宝贝放在万宝阁上，供客人们赏玩。

傅九云一路提着拽着，把她拖上楼，那扇门虽然关着，但隐约能见到流光透过窗纸缓缓舞动，里面不知藏了什么宝贝。

“万宝阁布置好了，帮大人我看看成果如何。”他低头对她意味不明地一笑，推开了门。

皓月当空，天河璀璨，覃川仿佛猛然受了什么惊吓，全身一僵，双眼怔怔地望着屋内的奇景。

万宝阁正中放了一座半人高的红珊瑚，其上错落有致地点缀着数颗五彩明珠，虹光闪烁，如梦如幻。周围或是薄瓷白玉般的花瓶，或是异香满室的仙草灵芝，一扫富丽堂皇的俗气，显得格外雅致。

不过这些与室内的奇景比起来，都没什么大不了。万宝阁两旁各挂了一幅画，一边是春日丽景，飞花如雨，落英缤纷；另一边是凉风习习，明月当空，天河璀璨。

幽蓝的光泽洒满整个万宝阁，那两幅被施过仙法的画，只要画轴被打开，画中景色便令人有身临其境之感。明明是一间宽敞的屋子，然而星光灿烂，花瓣翻卷，在画中月色的照映下，仿佛身在花树旁、山野中，说不出地清雅动人。

覃川呆了很久很久，突然迈开步子，缓缓走进去。没走两步，一双膝盖却没来由地发软，轻轻跪坐在了地上。

眼前的一切仿佛都发生了错乱，那一瞬间，她以为自己回到了大燕皇宫。

曾几何时，在夏天的夜晚，她最爱让阿满将那幅《明月图》在床头展开，画中凉风习习，将燥热尽数吹去。她贪凉，往往就这么抱着枕头睡去。阿满总是等她睡熟了，再悄悄合上画轴，省得这位身体娇弱的小公主吹一夜凉风，第二天着了风寒。

冬天大燕会下极大的雪，她便偷偷跑去锦绣宫，将那幅《春日丽景》展开，连火盆子也省下了，睡得格外香甜。

只是到如今，那些美好的事情通通都过去了，流水一般地过去，什么也找不回来。她能做的，也只有呆呆地对着旧物，想着旧事，虽然一直活着，却好像已经死了很多次。

傅九云关上门，抱着胳膊站在后面，笑吟吟地说：“小川儿，你看大人将万宝阁布置得如何？”

覃川没有回答，她的全副心神都凝聚在两幅仙画上，不知想着什么缥缈心事，唇角弯弯翘起，笑得竟有些幸福——孤零零的幸福。

傅九云蹲在她身边，摸摸她的脑袋，低声道：“这两幅仙画是大燕国皇宫内珍藏之品，你是大燕人，想来会喜欢。”

覃川慢慢转过头，双眼眨也不眨地看着他，仿佛是有许多话想问他，最后又什么都没问出来。

他笑了笑，又问：“喜不喜欢？”

覃川被动地点头，吸了吸鼻子，低头勉强笑道：“很漂亮……小的很喜欢。”

傅九云声音温柔如水：“喜欢还哭什么？”

她扶着地砖想起身：“小的哪有哭！大人您看错了……”

“你看那边。”傅九云忽伸手指向前方，覃川抬起头，身体却突然被他紧紧抱住，两片炽热的唇印了上来。

她摔了下去，吃惊太过，连抗拒都忘了，瞪圆了眼睛看他。他的脸那么近，只能见到他漆黑的眼珠在月光下映出淡淡的琉璃色。这双美丽的眼睛静静凝视她，里面蕴藏了许多她看不懂的深沉心事。贴在一起的唇，是那么安静，有很多她知道、他明白，却说不出口的话，无声地在唇间交汇。

喉间发出颤抖的呻吟，覃川猛然闭上眼，任由他将自己越抱越紧，几乎要将她勒碎在怀里。可是他的吻却极温柔，轻轻吮吸着她的唇瓣，指尖摩挲着她的脸颊，轻柔却绝不轻佻，缓慢却绝不犹豫，一点一滴地引诱她、蚕食她。

覃川从头到脚泛起一种独特的酥软，弱柳般依在他胸前，双手惊慌得不知该放何处，被抓过来环在他脖子上。她仿佛又听不见周围的声音了，耳朵里只有心脏在急速擂动的声响。颤抖的唇齿被他诱哄着放开，令他可以深入攻城掠地，在她口中种下火焰，一直燃烧到四肢百骸。

她几乎承受不住，要向前软倒，他顺势躺了下去，让她伏趴在他身上。她本能地挣扎了一下，却被他按住后脑勺，加重这个亲吻，舌尖摩挲着她的，无休无止，像是引诱，又像是安抚。

掌心有烈火般的热度，顺着她纤细的脊背轻抚而下，环住纤细的腰身，另一只手却悄然解开了她胸前第一根系带，指尖触到锁骨上的肌肤，像是触摸一片娇嫩的花瓣。

覃川只觉得晕眩，她快要透不过气，原本应当是很痛苦的，偏偏从身体深处感到一种极度的愉悦。无处可依，仿若一缕游丝，纤细缠绵地依着他，一时竟忘了要离开，要闪躲。

傅九云呼吸粗重，突然放开她的唇，在脸颊上轻轻吻了一下，声音沙哑："大人困了，陪我睡觉。"

覃川还处于痴傻晕眩状态，下意识地点点头。他又在她湿润的唇上啄了一下，紧紧抱了抱，展开大氅将两人裹住，翻身将她搂在怀里，把脸埋在她幽香的发间，再也不动了。

覃川愣了很久很久，仿佛突然明白刚才发生了什么事，一下子惊慌失措起来，微微一挣，小声道："大……大人……您……您睡……睡着了？"

傅九云懒洋洋地嗯一声："大人今天太累了，没办法满足你，改天吧。"

她满脸涨得通红，浑身上下像着了火似的，结结巴巴地解释："我……我不是那个意思……我是想说……您……您能不能放开我？这样……我……我睡不着……"

他转过来，目光灼灼看着她："睡不着？小川儿的意思是，今天要给大人献身？"说罢叹了一口气，伸个懒腰，扭扭脖子动动胳膊，开始解衣服，"那就来吧，舍命陪川儿。"

覃川死死捂住自己的领口，使劲扭着躲："不不！就这样挺好的！睡吧睡吧！”

他摸了摸她的脑袋，把手覆盖在她发烫的脸颊上，声音变得温柔起来：“睡吧，我在这边呢。”

覃川一颗脆弱的小心脏快要从嗓子眼里蹦出来，想问他为什么要吻她，为什么讨厌的时候讨厌极了，温柔的时候却让人想落泪……为什么为什么？他身上的为什么有好多，她不知道答案，或许也是不想知道。

小心握住他的手，他立即握住她的五指，放在自己胸前。他的心脏跳得那么平稳有力，就这样靠着他，仿佛这一刻她什么也不会害怕了。

过了许久，覃川细声细气、小心翼翼地提议：“大人，我……我还是献身吧？”

那只手震了一下，傅九云睁开眼睛，定定看着她。

幸好有黑暗，他见不到她快烧起来的脸，像是英勇就义一般死死闭上眼，把牙一咬：“我愿意献身！”

傅九云却打了个呵欠，懒懒道：“困死了，改天再说。”

“改天……改天就没了！”她胆子突然大了，“让我献身吧！”

他在她脑袋上拍了一下，翻个身继续睡，特别鄙夷地说：“省省吧，今天大人没心情，你想献，大人我还不想要。睡觉！不许再说话！”

“改天真的没了哦？”她小声嘀咕。

他的回应就是使劲捏了捏她的手，疼得她龇牙咧嘴，之后再也没人说话了。

第二天覃川醒来的时候，人已经被送回了傅九云的院落，睡在他床上，他本人又消失了。覃川抱着被子发了老长时间的呆，有些忐忑不安，有些后怕，有些快要解脱的痛快，然而更多的却是自己也搞不清楚的乱七八糟的心事。

这样不好。她把囊包里的小铜镜掏出来，对着照了半天，不喜欢镜子里那个犹豫愧疚的女孩子，用手捏了好久。

傅九云这次消失得非常彻底，再也没回来过，覃川给青青她们扫桃花的时候，从话里听出青青也不知道他最近在忙什么，山主甚至连他每日的早课都免了。翠丫来找她聊天的时候，难免生出几分感慨，仿佛香取山里看不到傅九云，此生了无生趣似的。时间长了，连覃川也被感染，一个人做事的时候少不了要发几次呆，好像他不在身边捣鼓些事情，怪没意思的。

大半个月眨眼便过去，初三那天，白河龙王来了。本来龙王来了，他们这些负责做准备的外围杂役就应当被送回外围，省得打扰贵人们的清净。不过这次山主大发慈悲，夸赞他们活做得精美，准许众杂役留下见识，直到龙王离开再回去。

覃川前些日子忙坏了，难得龙王来了不要干活，她乐得睡到日上三竿。翠丫打扮得漂漂亮亮来喊人的时候，她还在做美梦，呵呵傻笑。

“川姐你怎么能还在睡啊？！”翠丫气坏了，使劲把她推醒，“百年难见的热闹，你居然要睡过去！老天都不会原谅你！”

覃川痛苦地捂着脸：“让老天不原谅我好了……让我睡……”

翠丫连拖带拽，硬是把她拉下床，一面亲自烧了水给她洗脸，一面絮叨：“川姐你可不能这样，虽然山主没明说咱们杂役是不是一定要到场，但你要是不去，岂不是辜负了山主一番好意？”

覃川打着呵欠把脸洗干净，随便换了件灰布衣裳，把头发一拢就准备走人，又被翠丫张牙舞爪地逼回去，非要她穿金戴银，隆重打扮了才行。

等赶到披香殿的时候，周围早已聚满了人。弟子们站在殿前平台上，杂役们便分散在台阶下。虽是数百人之众，居然安静异常，只闻风声泠泠。

翠丫踮高了脚跟使劲抬头往上看，低声道：“山主是哪个呀？怎么看不清？”

覃川随意望了一眼：“山主还没出来，应该是龙王还未到吧。”

“你怎么知道山主没出来？川姐见过？”翠丫很好奇。

覃川笑了笑："那上面都是年轻人，山主肯定是个老人家，不然怎么收这么多弟子？"

翠丫半信半疑，依然伸长了脖子往上打量，嘟囔："九云大人呢？我怎么见不到他……"

覃川只有苦笑。

没过一会儿，头顶风声忽然变大了，打着旋儿朝上卷，半空中传来一声响雷般的吼叫，眨眼间一辆巨大无比的长车便出现在平台上。拉车的兽牛头马身虎爪，不知是什么怪兽，两人多高，形容极为狰狞。那些杂役们何曾见过这种场面，不由自主地纷纷惊呼。

紧接着又是数十辆稍小的车落在平台之上，弟子们一一退后，恭敬地弯腰行礼。披香殿内传来爽朗的笑声，殿门大开，山主穿着九鸦金丝长衫，须发如银，一把胡须几乎垂到腰上，一看便知绝非俗世中人，仙风道骨的。

他一直迎上去，那第一辆长车中也传来同样的笑声，白河龙王施施然而下，携住了山主的手。

翠丫在下面激动得浑身发抖，死死捏着覃川的手，直叫："看啊看啊！山主！龙王！啊！今天让我死也瞑目了！"

白河龙王年轻些，约有五旬的模样，生得极为富态，好大一个肚子，走起路来，犹如水波在里面荡漾。后面那些车里跳下的，便都是他收集的俊美少年男女了。与山主收弟子不同，这些少年的身份却是优伶，专司歌舞吹奏，供人作乐的。

那十一二岁的站在一起，十四五岁的又站在另一处，十八九岁的则又是另外一拨。有的是男女分开，有的又是男女混杂，个个面如皎月，比香取山的弟子们多了一份妩媚柔顺。

山主携着龙王去到披香殿内叙旧，其余人都等在外面。有些好奇的弟子试图亲近龙王的人，奈何对方受训极严，所有人一律垂着脑袋，闷葫芦似的一声不吭，教他们好生失望。

杂役们在台阶下，看得不真切，个个急得要命。好容易等山主和龙王叙完旧，带着众弟子与优伶们浩浩荡荡前往北首通明殿，那里早已准备好筵席，只等佳客到来。

半空中涌现金花万朵，金粉乱飞，下雨般纷纷落落，正是山主用了仙法作为欢迎佳客的礼节。眼看浩浩荡荡一行人下来了，杂役们乱作一团，有的回避，有的躲在暗处偷看，有的悄悄尾随。

覃川被翠丫拽着追上去，匆忙中却突然见到了久违的傅九云。他今日穿着一身玉白色长衫，束了青木冠，俊得天怒人怨，此刻一面不慌不忙随着人群往前走，一面低头含笑与几个小女弟子说话，神色温柔里还带着轻佻，一看那模样就知道心底肯定没想什么好事。

覃川不知怎么的，心里猛然来了一股怒气，像是被人骗了或者耍了一样，自己都觉得莫名其妙，等反应过来的时候，已经恶狠狠地把脑袋别过去不看了。

真是乱七八糟，她好好的生什么气？覃川抓抓头发，烦躁地皱着眉头，冷不防旁边有几个要看热闹的男杂役一推，踉跄几下，差点儿摔倒。翠丫比她倒霉，直接跌了个狗啃泥，疼得直哎哟，半天爬不起来。

她赶紧去扶，却不想头顶忽然响起一个陌生的男声："姑娘，还好吗？"

两人抬头，却见一个男优伶含笑站在一旁，一双长挑凤眼，梨花般清俊。覃川见他头顶生着狐耳，身后长尾不藏，竟是个狐狸精，不由暗暗吃惊。虽说人妖混杂早已不是什么稀奇事，但妖精给龙王做优伶的，委实少见。

翠丫的脸一下子就红了，半天说不出来话，只是痴痴呆呆地看着他。那人微微一笑，弯腰伸手，声音温和："扶着我吧。"

也不等她说话，轻轻握住她的手，将她拽了起来。

"姑娘是山主的弟子？"那人竟视覃川如无物，径自和翠丫攀谈起来。

"我……我只是外围杂役……"翠丫结结巴巴，连连摆手。

那人毫不在意，反而笑得更温柔："我也只是个优伶。我叫狐十九，姑娘芳名？"

翠丫那孩子大约从头到脚都酥了，脚步轻浮，像是走在云上，看得覃川暗暗摇头。

胳膊突然被人扶了一把，左紫辰在身后低声道："小心些，别走那么近。"覃川吃了一惊，回头看着他，低低唤一声："紫辰大人……"

他今日精神不错，前段时间的憔悴一扫而空，面上浮现出一丝笑意来，轻声道："眼睛肿了，没睡好吗？"

她尴尬地揉揉："是太兴奋了……小的从未见过这么热闹的场面。"

左紫辰忽然抬手，摸了摸她的脑袋，不等覃川露出惊讶的神情，他自己先奇怪了，低头看着自己的手，喃喃道："奇怪……我只是觉得应当这样做……抱歉。"

覃川匆匆一笑，什么也没说。

左紫辰沉默片刻，突然问："覃川，你原本不是这模样的吧？"

她惊得心脏几乎都停了，骇然张大嘴看着他。他神色平静，语气也浅淡："又是我觉得应当是这样的事。我觉得见过你，可你并不是你。覃川，我只是记不清，却不是傻子。你瞒了我什么？"

她猛然把嘴合上，眨了眨眼睛，别过脑袋，声音冷下来："紫辰大人说的话，我听不懂。"

左紫辰并不在意，忽然握住她的手腕，紧紧攥住，迫使她停下脚步。

他眉头微微蹙起，带了一丝犹豫，一丝哀伤，低声道："我觉得，你是个会让我伤心的人。"

四周的喧嚣仿佛突然消失了，覃川什么也听不见，她的喉头被什么东西哽住，隔了半天，才勉强说："您多想了……我什么也不知道。"

他握着她的手腕，起先握得好紧，慢慢地，却放松了力道，一寸一寸滑下去。

最后，他笑了："我一定会想起来的，覃川，你等着。在我想起来之前，我不放你离开香取山。"

她的心脏疯狂跳动，几乎要承受不住了，突然转身便走，大声道："我只是个杂役！"

没有人回答她，翠丫和狐十九不知去了哪里，到处都是人影，到处不见他们。覃川勉强压抑住心慌意乱，漫无目的地在人群中搜索他二人的身影。

忽然又瞥见了傅九云，他拉着一个女弟子的手，笑吟吟地说话，眼睛却看着她。见她望过来，他眨了眨左眼，脸上是在笑，可她分明感到他很不开心，非常不开心。

见鬼了，手里抓着别的女弟子不放的人是谁？他又凭什么不开心？！覃川脑子里一团乱，觉得自己像个无敌大傻瓜，实在不想处理这乱麻似的感情，装作没注意，躲到人群后面去了。

到了通明殿，山主和龙王他们在殿内高台上摆筵，觥筹交错，笑语盈然。山主这次慈悲发大了，居然准许八十名杂役入殿同欢，坐在角落处，每人发些酒食白饭，只要不吵闹喧哗，谁也不准赶他们走。

这当然是难得的好事，不过……

覃川死死盯着自己手腕上那只修长的手，它显然没有半分要离开的意思。手的主人众目睽睽之下，安然坐在自己身边，双目紧闭，面不改色。

"紫辰大人，"她皮笑肉不笑地小声提醒，"山主弟子们的座位在高台上。"

左紫辰倒了一杯茶，淡道："我想坐在这里。"

覃川暗暗咬牙，被他握住的那只手晃了晃："您要坐这里，小的岂敢过问？可是这只手……"

"我想放着。"回答得又礼貌又大方。

她没辙了，只好装作什么也不知道，端着饭一顿猛吃，差点儿噎死。杂

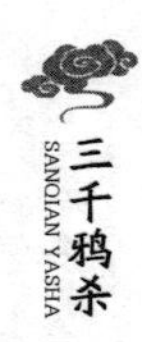

役和弟子们指指点点，对她招惹了傅九云之后又荼毒左紫辰感到无比愤慨。隔着远了，看不清傅九云的神情，他身边总是围着许多女人的，说说笑笑，看也没朝这边看一眼。

正巧白河龙王大约是喝高了，在高台上大笑着吩咐自己的优伶们奏乐献舞，大有喧宾夺主之意。

立即就有十几个杨柳般的少女捧着各类丝竹乐器端坐台前，短笛一响，通明殿内仿佛泛起漫天温柔波浪，水光荡漾。纵然知道那是幻觉，覃川还是为之精神一振。

白河龙王这些享乐的手段果然高明，人人都知道此刻身在通明殿，但那诸般柔美丝竹之声奏起，竟让人有身处透亮水底的感觉，甚至伸手就可以捉住在珊瑚间游曳嬉戏的五彩小鱼。一双双十三四年的俊俏少年男女，男着红衣，女着绿裙，手腕上系着银铃，随乐声翩翩起舞，轻盈翩跹，犹如穿花蝴蝶。

不停有透明的泡沫从他们袖中涌出，看着真像是在水底跳舞一般。除了山主之外，其他弟子都有些两眼发直，就连傅九云都看得津津有味。他脚下已经放了十几只空了的酒壶，面前的菜吃得极少，倒是旁边的女弟子不停用筷子夹了东西递进他口中，看一会儿，说一会儿，笑一会儿。

覃川不知怎么的，就是不想往他那边看，埋头使劲吃饭，塞了满嘴肉，噎得痛苦死了。左紫辰终于看不下去，给她盛了一碗汤，死死拽着不放的手也到底是放开了。

“总觉得如果不抓住，你随时会跑掉。”他自嘲地说了一句。

覃川什么也不想说，端着汤又是一顿猛喝，结果呛到了，咳得差点儿断气。

他在她背上轻轻拍了几下，手掌触到她纤细的脊背，脑海里如闪电般乍现许多陌生片段。他猛然僵住，皱眉仔细回想，想要捕捉什么。

覃川一无所觉，迎面有个人影一闪，却是方才消失不见的狐十九。他春风满面地上了高台，与优伶们坐在一处，头上的狐耳与身后狐尾都已经消失，看上去与常人没有半点分别。她心里隐隐有些不安，转头四处张望，却怎么也找不到翠丫。

她一下站了起来，拔脚便要走，左紫辰回神，急忙挽住，低声道:“去哪里？”

覃川勉强一笑：“吃多了，想出去走走……”

“我也去。”他不由分说地也跟着起身。

覃川快要抓狂了，脸涨得通红，大叫：“我要去解手呀！大人也要跟着一起去吗？！”

刚好这会儿一曲跳完，殿里有个安静的空隙，她这一声吼，简直石破天惊，人人都朝这里翻白眼。覃川脸皮纵然比城墙还厚，眼下也窘得恨不能钻进地缝里，恶狠狠地瞪他一眼，甩手走了。

第八章

等到记忆都回来的那天，我们又会是怎样

香取山的人都集中在通明殿内，外面一派寂静，只有微风拂过青草的飒飒声。覃川走了几步，回头见没人追上，这才撕下一截白纸，裁成两半滴血其上。白纸瞬间化作两只通体雪白的老鼠，在地上到处打滚，吱吱乱叫。

“去找翠丫。”她低低吩咐了一句，转身找了个僻静的地方坐下等待。

不到片刻，两只老鼠咬着一截青丝回来了，吱吱哇哇又是一阵乱叫，就地一滚，变成两片白纸，随风化了。

覃川捏住那几绺长发，放在鼻前轻轻一嗅，上面除了桂花油，还弥漫着一股若有若无的媚香，眉头不由紧紧皱了起来，起身掸掸灰，朝正南方向走去。

翠丫这孩子正睡在一块大石上，太阳晒得暖洋洋的，她不知做了什么美梦，笑得满面晕红。

覃川坐在旁边，拍了拍她，她隔了半天才醒过来，揉着眼睛茫然四顾，喃喃道：“咦？川姐？我……我怎么睡在这里了？”

覃川微微一笑：“我还要问你呢，才一会儿工夫怎么就没影子了。那个狐十九对你做了什么？”

翠丫挠头想了半天，疑惑道：“也没什么呀……他就问了我的名字，然后说第一次来香取山，想看看别的风景，我就带他往远了走几步稍微看看。然后……然后我好像就困了，什么也不知道了。”

覃川停了一会儿，犹豫了半晌，又问：“那……那你有没有什么不舒服？”

翠丫懵懂不知，动动胳膊扭扭脖子："没有，哪儿都很好，就是好像没睡醒，还有些困倦。"

覃川沉吟片刻，突然起身笑道："没事就好，走吧，通明殿的筵席都开始了，你不是一直吵着要看歌舞吗？"

她心底总觉得有什么不对劲，却说不出个所以然，只得跟在兴奋的翠丫身后回到通明殿。左紫辰大约是刚才被她一吼，也觉得没了脸面，回到高台上和弟子们坐在一处。她终于松了一口气。

筵席完毕，被龙王歌舞打压得有些抬不起头的山主终于找到了抬头的机会，客气淡然地邀请龙王去万宝阁一坐，龙王果然答应得极爽快。两位老仙人携着手，各有心事却又笑眯眯地带着一行人浩浩荡荡往万宝阁出发。

万宝阁今日装扮得却与那天傅九云带她看的截然不同，一股黄金白银的贵重气息扑面而来。原本放着红珊瑚的大格子里换成了三尺来长的黄金马，两只眼睛是红宝石点缀而成，纵然精致珍贵，反倒透出一种俗气来。

其他格子里的东西也全换了，不是宝石就是明珠，甚至还有一棵通体透明的水晶树。墙上两幅仙画变成了上古画圣平甲子的《绝笔美人图》。这样一换装，万宝阁马上就从雅致清丽跌了无数个档次，变成了世俗富贵人家的藏宝室。

龙王却看得两眼放光，不停地拍着他的大肚子，隔了半天，才慢吞吞地说："老兄，你这些也算宝贝？几十年不见，你们香取山只怕也是山穷水尽了吧？"

山主的脸色立即变了："莫非龙兄有什么本座没见过的稀世珍宝？不妨拿出来，大家也开开眼界。"

白河龙王微笑不语，从袖子里掏出一把折扇来。刚一打开，珠光宝气的万宝阁顿时变暗了。他将那扇子微微一扇，登时有无数片半透明的闪闪发光的花瓣自虚空中飘摇而下，香风阵阵，熏得人几乎要醉倒。

"已经被灭的大燕国，曾以精工巧匠闻名。大燕有个鬼才，名为公子齐。此人不单精通乐律，作出《东风桃花曲》这等绝世名曲，还是个画中圣手，在画中施了闻所未闻的仙法。他画什么，只要将画轴展开，见到画的人都有身临其境的幻觉。老兄，你见我这扇子如何？就是把你这满屋子的珠宝都卖出去，只怕也买不起我这扇子的一根扇骨吧？"

白河龙王得意扬扬地又挥了几下扇子，把花瓣扇得到处乱飞，这才珍惜异常地合上，妥帖地收回袖中。

山主哈哈一笑，回头吩咐："九云，让龙王大人好好开一次眼界。"

傅九云恭敬地说个是，在墙上按了一下，那数十个巨大的万宝橱立即缩进墙里，翻了个个儿。霎时间明月当空，凉风习习，落英如雪。

两幅美人图赫然换成了《春日丽景》与《明月图》。纵然温顺如那些优伶们，也禁不住哗然出声，杂役们更是看得如痴如醉，很多人试图去捞那些花瓣，怎么也不相信那只是幻觉。

万宝阁里焕然一新，正是那晚覃川见到的模样，哪里还有方才的半点俗气？

山主笑得特别谦虚，看着龙王陡然变色的脸，慢悠悠地问："龙兄，你觉得本座的两幅图比你的扇子如何？"

龙王来的第一天，险些不欢而散。山主仗着东道主的优势，把龙王气得半死。当然，他是为了被比下去而生气，还是因为嫉妒而生气，就不得而知了。

虽然覃川觉得这种斗富很无聊，但人家一个是山主一个是龙王，人家就是有钱烧得慌，谁也管不着。

当晚筵席草草而散，龙王脸色诡异地先行告退。杂役们自告奋勇留下收拾残羹碗筷，这是对山主大慈悲的回报。收拾了一半，翠丫说头晕，先离开了。下午从万宝阁出来，她的脸色就一直不好，白得十分异常，能撑到现在已是十分难得。

覃川默然看着她摇摇晃晃离开通明殿，走到门口的时候，狐十九追上去和她说了两句话，翠丫明显很开心，被他疼爱地拍了拍脑袋，笑得像个吃了糖的孩子。

因见两人肩并肩走远了，覃川再也顾不得手里的活，放下碗筷便要悄悄追上去，冷不防一整天没理她的傅九云突然在后面叫了一声："小川儿。"

那语调，要多暧昧就多暧昧，惹得殿内众人纷纷注目。

她下意识地感到头皮发麻，又不敢不去面对，只好转身行礼："九云大人有什么吩咐？"

傅九云笑吟吟地走过来，随意往不远处左紫辰那里瞄了一眼，忽然抬手将她耳边一朵珠花摘下，放在鼻前轻轻一嗅，柔声道："该做的都做了，还叫大人这么见外？"

哗——此言果然引起轩然大波，人人目光如刀如剑，一齐戳向这里。覃川脸色铁青，背后的肌肉好像一块块都僵住了，隔了半天才干笑道："大人说笑了，您对小的有大恩情，小的永生难忘，早已下定决心奉您为再生父母，一辈子孝敬您的。"

四两拨千斤，给他拨回去。

傅九云浑不在意，神色温柔地摩挲她的脸颊，轻道："今晚大人有点事，不回去了。你独守空房，别做什么坏事。"

果然还是不回去，要做坏事的人分明是他。她差点儿把"你要去哪里"这句话问出口，不过到底还是忍住了。有什么好问的？他身后等着好几个女弟子，嘻嘻哈哈地在说笑，春风满面容光焕发，只要不是瞎子都知道他到底要去做什么。

反正他素来都是风流的人，对一个女人温柔是理所当然，对许多个女人同样温柔，更是无比正常。

覃川暗暗叹了一口气，退一步，客客气气地说：“不敢不敢，小的会做好腰花汤，等您老回来好好补补。”

傅九云似笑非笑地在她脸上捏了一把，领着一众莺莺燕燕与她擦身而过，有一声仿佛叹息的呢喃飘进她耳朵里：“傻丫头……”可那是对她说的，还是对身边那些天真的女弟子说的，她不知道，也不太想知道。

愣了半天，正要走，不想胳膊被人大力捉住，她疼得一个哆嗦，差点儿叫出来。

不过有人比她更早一步开口：“不要和他纠缠！”那声音赫然是左紫辰。很显然，现在轮到他不开心，很不开心。

覃川烦闷地抓抓头发，本来她就比乱麻还乱了，此人还要横插一脚。她用力把胳膊抽出来，摩挲着被他捏疼的地方，低声道：“小的是服侍九云大人的贴身杂役，紫辰大人的话好生奇怪，小的不明白。”

左紫辰皱眉半晌，才道：“九云他……”犹豫了一下，后面的话没说出来。

覃川心里也不知是什么滋味，别过脑袋，淡淡提醒他：“玄珠大人还被软禁在太微楼，您不去看看她吗？”

这名字果然让他冷下了脸，半天都不说话。在覃川以为他生气的时候，他却忽然轻道：“或许我该去看，不过却又觉得似乎不该去。”说完他笑了笑，迈步走远，最后一句几乎微不可闻，“等我全部想起来的那天……覃川，那时的我们会怎么样呢？”

覃川怔怔站了好久，如果真有那天，她又能怎么办？

她自己也不知道。

夜过三更，香取山喧嚣俱停，狂欢了一天的人们都已陷入梦乡。

翠丫的屋内依旧灯火通明，她的影子清晰地印在窗纸上，随着烛火晃动，竟有些诡异。覃川无声无息地靠过去，就着窗户上的缝隙朝里面张望，却见她神情呆滞地坐在床头，对面却盘着一只通体半透明的狐狸，朝她摇头晃尾，动作极古怪。

这是狐魇术，翠丫被魇住后，无论做什么都不自知。覃川退了一步，取出白纸吹一口气，白纸瞬间化作一个青铜面具。她正要戴上，忽听屋内一阵响动，窗户吱呀一声被打开了。翠丫身上只穿了件松垮的小衣，怀里抱着那只狐狸，一只脚刚跨出窗台，不知要去哪里。

覃川出手如电，一把抓住她的襟口，猛力一推。翠丫像是被一阵风吹起来似的，轻飘飘地飞回床铺，被子落在身上，她半点也没有要醒的意思。

那狐狸见势不妙，正要遁逃，冷不防身后阴风乍起，身体被一排密密麻麻的利齿咬住，动弹不得。

覃川静静合上窗户，转身便走，那只白纸幻化出的猛虎柔顺地跟在她身后，倒是它嘴里咬着的狐十九突然开口了："尊驾是谁？何必多管闲事！"

她没有说话，一路分花拂柳，来到一处隐蔽所在，这才缓缓转身。狐十九见她面上戴着的青铜面具十分可怕，面具后目光灼灼，偏偏此人又不言不语，当真令人心底发毛。他又问了一句："你……你要做什么？"声音微微颤抖，显然是有些害怕了。

覃川压着嗓子，低声道："应该是我问你做什么才对。"

狐十九犹豫半晌，显见自己如果不说，此人绝对不会放过自己，只好坦白："这姑娘是阳时出生的清净之体，我不过借她吸收些日月精华，并不会害她性命。"

覃川不由冷笑："你身为龙王的优伶，居然在香取山随意伤人，真是好大的胆子！"

狐十九居然也冷笑起来："尊驾居然为香取山山主卖命，可笑可笑！死到临头犹不自知！我见尊驾身手不错，好心提醒你一句，速速离开方是上策！他日香取山易主，如你这般有修为的弟子，难免要成为龙王腹内美餐。到时候，后悔也来不及了！”

覃川心中一动，来了点兴趣：“什么意思？”

他死死咬住舌头，无论怎么问也不说。覃川示意那只猛虎再咬紧一些，只听得他周身骨骼噼啪作响，马上就要碎开了，狐十九实在熬不过去，只得颤声道：“树大招风……香取山主如今已年迈，还囤积那么多宝物，谁……谁不觊觎？何况他也并非善仙，广招门徒也不是为了渡人得道，只是豢养一群为他看守宝物的狗而已……天道如此，仙人亦是为财为势你争我夺，更遑论我等小妖凡人？”

覃川若有所思，本来还想再问，忽听不远处传来一阵笑声，依稀是两个年轻弟子找来这个隐蔽的地方打算享受一下野合的滋味。狐十九眼珠一转，张口就开始大叫：“救命……”

不等他叫完，猛虎一口咬碎他的两只前腿骨。此时他并非肉身，而是精魄所化，双臂被咬碎的痛楚可想而知。狐十九还未来得及痛吼出声，覃川早已收了灵兽，飘然而去。那两个年轻弟子闻声寻找过来的时候，地上除了点点快要消失的绿色萤光，别无他物。

回到傅九云的院落里时，突然发现卧室里亮着灯，本该出去风流快活的傅九云此刻正依窗而坐，对月独酌。覃川原本悠闲的脚步一下变沉重了，好似被雷劈了似的傻傻看着他，难得地瞠目结舌，一个字也说不出来。

傅九云倒了一杯酒，对她不怀好意地微微一笑：“小川儿，腰花汤在哪里？”

覃川呆了半天，猛然回神，扑通一声就跪了下去，大叫：“小的偷懒了！因今日吃得太多，想出去走走消消食，没想到大人回来得这么快！腰花汤……那个，小的还没做。马上就去做！”

他唔了一声，漫不经心地说道：“三更半夜，不要到处乱跑。山上偏僻处还是有许多毒蛇猛兽，万一被吃了，大人岂不是伤心至极？”

她心头一阵猛跳，假装不懂他的意思，抬头小声问："大人，您今天回来得好早哦，是身体不舒服吗？小的马上为您做腰花汤……"

"你过来。"傅九云好像没听见，笑吟吟地朝她招手。

覃川磨蹭了半天，一点一点膝行到窗下，冷不防他两只手抄在腋下，将她整个人一把抱了起来，放在窗棂上。她全身都僵硬了，汗毛一根根倒竖，偏偏动也不敢动，颤声道："大人……那个腰花汤……"

"大人觉得你比腰花汤有用。"傅九云搂着她的腰，下巴放在她肩上，按着她的腰腹处，让她后背紧紧贴着自己的胸口，"怎么今天胆子变小了，不敢说献身了？"

覃川干笑着指向半空细眉似的月牙儿："那个……今天没有花前月下，没气氛……呵呵，没气氛……"

傅九云在她耳朵上轻轻吹一口气，覃川怕痒，偏偏躲又躲不开，便咬牙硬生生忍着，只觉那麻痒似乎是要钻进心底，滋味并不难受，只觉陌生，没来由地想要抗拒。

"是吗？大人觉得你的气氛都跑去紫辰那里了。死丫头，有了大人一个不够，还要招惹紫辰吗？"

他说得煞有其事，酸味十足。

覃川小小扭动几下，见他是不会放手了，只好长叹一声："实不瞒大人……小的对紫辰大人一见倾心，再见难忘。奈何小的与紫辰大人犹如云泥之别，不敢奢望高攀，只要每日能见到他，小的心里就满足了……"

傅九云低低笑了两声，捏住她一绺长发摩挲，慢悠悠地问她："想来左紫辰与你的豆豆哥长得很像吧？"

覃川都快忘记豆豆哥是什么人了，被他一提才想起，赶紧点头如小鸡啄米："是啊是啊！小的一见紫辰大人，脑子里便是空白一片……"

傅九云沉默片刻，终于缓缓将她放开。覃川泥鳅似的跳下去，离他足有一丈远，这才敢回头，赔笑道：“很晚了，大人早点歇息吧？小的给您去烧水……”

他没回答，弯腰趴在窗台上，面无表情定定看着她，眼底的泪痣令他此刻看上去忧郁而冷漠。覃川不敢动，不知为什么，也不敢与他对视，狼狈地垂下头，盯着自己的脚尖看得入神。

不知过了多久，傅九云才低低开口：“你去睡吧，不用做别的。”

覃川忽然间心慌意乱，匆忙答应了一声，转身就走。

他忽然又轻声道：“小川儿，说谎也要理直气壮，别总是孤零零的模样。我和左紫辰不同，我有眼睛，我什么都记得。”

她吃惊地回望，傅九云却合上了窗户。

覃川怔怔地站了好久，一时想冲进去抓住他大声询问这句话到底是什么意思，一时又想装作什么也不知道，装傻充愣回去睡觉。她微微动了一下，咬咬牙，还是装作什么也没发生的模样，进屋铺床睡觉。

时隔那么多天，傅九云终于还是回来了，可惜今晚气氛糟糕透顶，他背对着她躺在床上，被子盖到肩头，动也不动。他不动，覃川更不会动。她小心翼翼铺好床，缩在床板的小角上，也拿背对着他，咬死嘴唇半个字也不说，好像和他较劲似的。

朦朦胧胧睡到一半，感觉有人在轻轻摸她的头发，温柔而且充满了爱怜，像是一个梦——她也只能当作梦。

有人在头顶轻声问她：“左紫辰真有那么好？”

她实在不愿想起这个名字，索性把脑袋缩进被子里，装作睡着的模样哼两声。脑海里浮现出许多场景，纷乱不可捉摸，最后不知怎么的就这样睡着了，梦见那年她偷偷出宫玩，左紫辰一路默默相陪，对她特意换上的新衣视若不见。她恼得不行，故意多走了好多路，结果新鞋子把脚磨破了，只好坐在路边发呆。

那时候，他还是个少年，慌得不知如何是好，眼看天要暗下来了，再不回宫只怕两人都会被骂死。可他又不敢与她肢体接触，她是帝姬，身份尊贵，他高攀不起。

后来还是她看不下去，发脾气问他："你不是在修仙吗？连个简单的通灵术都不会？"

他恍然大悟，唤出地灵编了一顶藤轿，伸手去扶她，仿佛她整个人都是烙铁，烫得他微微颤抖。好容易将她放进轿子里，他低声道："帝姬，微臣得罪了。"

她神色冷淡别过脑袋，声音也冷冷的："什么微臣，你算什么臣！"

他只好改口："属下……"

她继续生气："什么属下！"

他沉默了很久，直到天边晚霞妖艳浓厚，抹了两人一身的红晕，他才背对着她，声音很轻："你今天很美，我很喜欢。"

……

覃川在梦中翻了个身，眼泪滚在一只温热的掌心里。

俗话说，姜还是老的辣，虽然前一天龙王和山主闹得不大愉快，不过隔天两人就和什么也没发生过一样，又开始在筵席上互相吹捧，说得天花乱坠。

覃川今天又吃多了，撑在案上听着他们的场面话，睡意一阵阵涌上来。怎么看那个白河龙王都是白白嫩嫩憨厚善良的胖大叔一只，当真人不可貌相，他心里那些小九九，山主又了解多少？

她打了好大一个呵欠，旁边的翠丫拉拉她的袖子，低声道："川姐别这样，叫别人看见了多不好啊。"

覃川扭头笑眯眯地看着她红润的脸颊。看样子狐十九果然吃了教训，没敢回去再找她，翠丫又恢复了往日的生龙活虎。覃川说："你今天非拉我坐在前面，有什么好东西要我看？"

今天她本是不打算来的，奈何翠丫死活不依，不但要把她拽出来，还非要占个前排的位子，只说要她陪着看好东西。天知道小姑娘藏着什么秘密心思。

翠丫脸上一红，绞着手指低头道：“也……也没什么啦。昨天十九和我说了，今天他要跳剑舞，是领舞的那个呢！所以我想靠近点看……”

“……你喜欢他？”不是吧，才认识多久就喜欢上了？

翠丫愣了一下：“倒也谈不上喜欢，不过他长得好看嘛……我舍不得拒绝。”

覃川突然庆幸这孩子不是个男人，否则以其花心风流的程度，只怕傅九云拍马也追不上。她下意识地朝高台上望去，优伶们都柔顺地坐在龙王下首，狐十九脸色发白，勉强与别人说笑，两只胳膊却用白布包了个结实，不要说领舞，动一下都有困难。

她幸灾乐祸地笑道：“翠丫，你的十九今天不能领舞了呢。”

翠丫急忙抬头张望，小脸顿时垮了：“啊！怎么会这样！等下我去问问他！难道是受伤了？”

只怕你去找他，人家也不敢见……覃川心虚地喝了一口茶。

通明殿内正是热闹的时候，忽听殿门吱呀一声打开，三四名面容俊俏的男优伶每人手捧着一只托盘，毕恭毕敬地跨进来，跪在地上朗声道：“参见龙王大人！参见山主大人！这是龙王大人专程带来的美酒佳酿，取了白河水底的香草加上各类珍稀药材，糅合蜂蜜酿制而成的‘相逢恨晚’，请诸位大人品尝。”

山主摸着胡子呵呵笑：“龙兄太客气了！竟还带了美酒前来助兴。”

龙王得意扬扬地拍着肚皮：“老兄你可别小看这相逢恨晚，上回白狐王出价二十颗龙眼大的明珠，想求我一坛，我可都没答应！这次我带了四坛，除去你我二人，也给你手下得意弟子们尝个鲜吧。”

山主果然颇为心动，急忙吩咐弟子们将托盘上四个不大的酒坛呈上来，封口一揭，那浓而不艳、幽而不散的酒香顿时飘满整个通明殿，连覃川也忍不住多吸两口气，暗赞：好香！

青青最为乖巧，先倒了两杯酒，跪着送到两人案边，柔声道：“师父，有美酒怎能没有歌舞？小徒近日排演了《东风桃花曲》，愿为佳客献上一舞。”

山主微笑颔首，瞥了龙王一眼。这两天成日看优伶们的歌舞，搞得好像他偌大个香取山家里没人才似的，青青请命，趁机打压一下龙王的威风，自然求之不得。

倒是龙王有些惊奇：“哦？《东风桃花曲》？自大燕国被灭之后，此曲已成绝响。今天我可真要好好欣赏一番！”

青青笑得犹如春花绽放，急忙拍手唤来众弟子们上台准备。这边龙王正在吩咐优伶们给座位靠前的山主大弟子们倒酒，傅九云饶有趣味地端起面前的白石杯。那名叫相逢恨晚的酒性质相当奇特，满出杯缘一寸，居然丝毫不坠，酒色碧如翡翠，靠近只觉香气幽远；离远些，那香反而变得醇厚醉人，果然是万金难买的好酒。

他起身温言道：“弟子大胆，想请一个人同饮此酒，请师父成全。”

山主今天心情好，颔首答应了，傅九云这便慢悠悠地走到台前，朝下面张望。覃川正在喝茶，没来由地感到一阵恶寒，缩着肩膀不敢抬头，冷不防傅九云大声唤她：“小川儿，你上来。”

第九章

大燕国的帝姬，你还要骗我多久

霎时间，殿内所有人包括山主的目光都落在她脑袋上。覃川手里的茶杯一抖，哗一下倒了，打湿翠丫半条裙子。不过翠丫现在已经傻了，没半点反应，张大了嘴，显见着是下巴要脱臼的趋势。

通明殿里突然变得很安静，大家都看着这个其貌不扬的小杂役。她神色平静地放正茶杯，神色平静地起身掸掸裙子，再神色平静地走上高台，坐在傅九云身边。整个过程一气呵成，没有半点诸如羞涩、不安、害怕之类的情绪，果然是有些不简单。

“在下面吃过饭了吧？”傅九云脸皮之厚不输给她，旁若无人地替她把腮边乱发理顺，明摆着告诉别人：我们俩之间就是有奸情，怎么着吧？

众目睽睽之下，覃川索性破罐子破摔，一面当仁不让地抓了个果子吃，一面胆大包天地皱眉评价：“也就一般般。”

眼看场子就要僵在这里了，青青赶紧又拍了拍手。女弟子们立即会意，捧着乐器绕台坐成一圈。青青领着一众跳舞的女弟子飘然上台，婉约地向山主、龙王二人行礼。乐声正要奏响，山主忽然想起什么，急忙挥手，转身问脸色冷淡的左紫辰：“玄珠如今在太微楼可有一月？”

左紫辰欠身答道：“回师父，还有五六日。”

山主有些感慨：“今日难得有龙王送来的好酒，她贵为金枝玉叶，又岂能亏待了她？这便让她出来拜见龙王吧。”

左紫辰面无表情，说了声是，起身走了出去，衣角擦过覃川的脚背，他没有回头。覃川嘴里的果子再也吞不下去，放在嘴里嚼了又嚼，味同嚼蜡。

没过一会儿，左紫辰便领着玄珠回来了。她在太微楼的一个月显然过得不大好，憔悴得厉害，整个人瘦了一大圈，不过这些都比不上她面上那种幽怨伤心的神情。她两眼只盯着左紫辰的后背，像是马上就要哭了。

山主微微皱眉，咳了一声："玄珠，上来拜见白河龙王。"

玄珠勉强收拾了糟糕的情绪，急急上台，忽见覃川静静看着自己，她不由放慢了脚步。两人的视线在半空胶着徘徊，谁也不撤退，直到她跪在山主台前，叩首于地，低声道："不肖弟子玄珠拜见师父，拜见龙王大人。"

这个素来高傲的女子，寄人篱下到今日，也不得不低头了。不想看她低头的模样，覃川别过脑袋。手掌忽然一暖，被人紧紧握住，却是傅九云。他没有看她，只是攥着她的手，低头去喝那杯相逢恨晚。喝了一半，却递给她，低声道："要喝吗？"

覃川勉强笑着接过来，想像平常一样说句玩笑话，不知为何又说不出来，只好东拉西扯："这酒的名字蛮好听的，相逢恨晚，不愧是仙家的东西，名字都那么有意境。"

傅九云托着下巴转头对她笑："既然相逢，就没有恨晚一说。只要是我喜欢的，无论怎样都会成为我的。"

她原本已经把酒杯靠在唇上，听他这样话里有话，再也喝不下去了，好像喝了就等于赞同他的话似的。放下杯子，她干笑两声："九云大人果然是……那什么，英雄气概……"

他没说话，只是更加用力地握住她的手，错开五指，摩挲她指间娇嫩的肌肤。

长笛声起，《东风桃花曲》终于开场，长袖如流云，纤腰似雪舞，数不

尽的风流繁华，连山主看得都有些发愣。

可是覃川没心情看，她正小心翼翼地努力着要把手从某人手里夺回来。拔啊拔，一根手指出来了、两根手指出来了……眼看半只手即将脱离魔掌，他忽然又全部抓回去。他食指和中指上有厚厚的老茧，在她掌心绕圈摩挲，又麻又痒。

覃川痒得几乎笑出来，赶紧转移他的注意力："大人啊……您看青青姑娘的舞，跳得真好。"

傅九云笑了笑，低声道："我见过最好的，所以次一等的，都入不了我眼。"似乎是想起了什么美好回忆，他笑得极温柔，连声音也变得温柔，"川儿，我是个自私且自大的男人，我只要最好的。她愿意，我这一生都不会离开她；她不愿意……不愿意也会是我的——你懂吗？"

她的喉咙仿佛一下子被什么东西堵住了，做梦也没想到他会说这样的话。连左紫辰也未曾说过的话，居然是他说出来了。心底有浪潮疯狂地汹涌而上，眼前的一切都变得模糊不清。她只能咬着牙，定定望着前方某一点，让垮堤的情绪不至于摧毁表面的平静。

世间人情冷暖，变幻莫测，一生是很长的时间，怎能那么轻易说出口？可是他的语气、表情、手心的温暖都告诉她：这绝不是假话。像是已经堆积在心底有很多年了，明明很宝贵，如今偏偏装作毫不在意地晾出来，被伤害被拒绝也全然不惧。

覃川深深吸了一口气，声音沙哑："我不懂。"

他微微一笑，并不在意："总会懂的，因我不会放手。"

她猛然眨了眨眼睛，眼泪快要掉出来了。青青在台上跳了什么，龙王说了什么，甚至玄珠朝她这里看了多少次，她都无法注意。傅九云的手掌抚在她脸颊上，像是在呵护一朵柔弱的花，他带着酒香的唇静静靠上来，在她冰冷的脸上吻了一下。

“大燕国的帝姬，你还要骗我多久？”

他平静地问她。

……

覃川的手指跳了一下、两下、三下，心里嘈杂喧闹的声音一瞬间全部静了下去。

虽然心里隐隐约约已经明白此人知道不少，但真没想到他居然在今天这个时候突如其来地点明。是发觉了什么，还是在怀疑什么，抑或者，是在提醒她什么？在记忆里努力搜寻，她确定自己从没见过傅九云这个人，他待她却亲密异常，仿佛早已相识很久。之前诸般试探戏弄、温柔笑言，此时回想起来竟有些惊心动魄。

是谁？这个人是谁？

她神色平淡地转过头，静静与他对视。两人的目光纠缠了很久，谁也不退让，谁也不肯先落了下风。最后，覃川笑了，她说：“您在开什么玩笑？”

傅九云也在笑，柔声道：“我一直很认真。想要留住一个人在身边，想她忘掉那些不该由她承担的事情。我想她在我身边笑，装傻充愣也没关系。可她总觉得我是在开玩笑。”

她的呼吸一下就乱了，匆匆别过脸：“我不懂您的话。”

“是不想懂？”他稳若泰山，丝毫不乱，“覃川，你的人就在我面前，你还想逃到哪里去？我正抓着你，以后也不会放开你。你能拿我怎么办？”

她确实不能拿他怎么办，只好泄气地笑，有些无奈。

傅九云将她的手放在唇边，慢慢地吻了一下，声音很低：“留下好好过一个女人该过的单纯日子。”

她目光微微闪动，似是有些意动。傅九云看了很久，终于缓缓放开手，在她脑袋上爱怜地摸了摸。

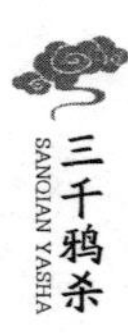

高台之上，《东风桃花曲》正是酣畅之际，龙王突然开口了："这《东风桃花曲》果然柔媚婉转，只是缺了些英武之气。且让我的舞剑优伶们下去助兴一番。"

说罢拍了拍手，立即有十几个身穿玄白双色衣的青年男子执剑上台，让那些还在跳舞的少女们面露惊慌之色。

山主有些不高兴："龙兄，你这是何意？"

龙王笑道："老兄莫怪，这些孩子很是乖觉，不会扰了令爱徒们的雅兴。"

果然那些青年男子上场后并没有冲乱走位，反倒顺着乐律，迎着诸位女弟子们柔婉的动作舞动长剑，一时间金琵琶翩跹闪动，长剑好似矫健银龙，渐渐合拍归一，虽是将方才舞蹈的柔媚冲散不少，却果然多了一份英武利落。

青青反举金琵琶，柔若无骨，千万朵桃花自流云袖中分散而坠，飘飘扬扬，仿若下了一场花雨。歌舞已到了最高潮，欢声笑语几乎冲破通明殿，九天之上闻得乐律，也会莞尔一笑。

龙王面上却渐渐没了笑意，忽然咳嗽一声，手中酒杯摔落在地上，啪一声脆响。众人都是一愣，那些原本随着乐律舞剑的优伶们立即动了。长剑利落干脆地挥舞，刺入台上犹在欢欣舞蹈的女弟子们的胸膛里。

血与桃花金粉一起溅落，有一滴溅射在覃川脸上，她眉毛不由一跳，慢慢抬手抹去。

众人都被这突然的变故惊呆了。傅九云反应最快，刚欲起身，脸色却猛地一变，捂住腹部面露痛楚之色，细细一行鲜血从他唇角流了下来。那相逢恨晚，居然是剧毒之酒！他顾不得其他，一把按住覃川的脑袋，硬是将她按得滚到桌子下面去。

"别出来。"他一面低声吩咐，一面抽出怀里的短剑，吃力地抵挡住那些优伶们的攻击。

殿内大弟子们倒了大片，只有少数人撑着与那些优伶缠斗。而未曾喝酒的那些弟子个个都吓傻了，他们自进入香取山就没遭遇过什么大事，哪里能应付这等血腥场面？至于下面那些杂役们就更不用说了，十之八九当场屁滚尿流。

山主遽然变色，厉声道："老贼！好大的胆子！"

他将手中的青玉酒壶向龙王头上抛掷过去，龙王抬臂一挡，酒液泼了满身。龙王浑不在意，哈哈大笑道："越动你死得越快！你喝了我的相逢恨晚，很快便要与阎王相逢恨晚了！"

话音一落，通明殿内四面八方潮水般涌出数百名优伶，竟不知是什么时候被龙王安排隐藏在此处的。他们俨然是受过千百遍的生死训练，动作简洁狠毒，一出来直接扑向那些喝过毒酒的大弟子们，五六人对付一个，霎时间通明殿内鲜血横流，惨叫连连。

更有几十名精英部下将山主团团围住，每人手中都执着造型奇异的屠龙短刀，金光灿灿，竟是太乙金精所制。龙王身为仙人，自然知道只有太乙金精才能真正伤害得道的仙人，他这一番周密计划狠辣之极，不打算留一个活口。

在这生死关头，任何言语都是多余，任何疑问也是累赘，剩下的只有你死我活。山主面沉如水，忽地狂吼一声，通明殿内陡然旋起飓风黑云，桌椅摆设尽数被吹翻，殿顶水晶烛台也早已碎成无数块，噼里啪啦掉下来，被砸中一下立即就是头破血流。黑云中陡然蹿起一个巨大的黑影，足有几十人合抱粗细，通体漆黑，上面密密麻麻分布着金色的花纹，两只眼更是比灯笼还大，泛着诡异的银色，竟是一条硕大无朋的巨蟒。

山主的原身素来不为弟子所知，众人皆道他是人身修成仙，直到现在才明白，原来他是蛇妖成仙。

巨蟒咻一下降低身体，蛟龙游水一般在殿内游了一圈，所到之处皆是惨叫震天。待他回头之际，口中竟已衔了几十个优伶，被它一口吞下，似乎还嫌不够，目光灼灼地瞪着龙王。白河龙王脸色灰白，冷哼一声，竟也现出原身，是一条同样巨大的白蛇，一头撞破殿顶，直飞上天。山主岂会轻易放过，从那个洞里直接追了出去，两条蛇在半空互相翻卷纠缠，斗得惊天动地你死我活。

覃川乖乖躲在桌子下面，那水晶烛台、不长眼的刀剑、湿淋淋的鲜血乒乒乓乓砸在桌面上，倒也伤不到她分毫。正想找个空隙偷偷溜出去，冷不防胳膊突然被人拽着把她拖了出来，傅九云低沉的声音在耳边响起："我护着你先逃出去！回院落里把房门紧锁，不许出来！"

她的心脏像是突然被人抓了一把，忍不住抬头看着他。傅九云眉间满是黑气，脸上隐然有痛楚之色，分明中毒已深。见她打量自己，他不由微微一笑："没事，死不了。"

身后有两个优伶挥刀劈上来，傅九云抓起她的腰带，拦腰一抱，并不欲与他们缠斗，闪身让过去，霎时化作一道白光，将覃川送到殿门处。

"快走！"他推了她一把。

她一只脚踩上门槛，犹豫了一下。

快了，就快到了，就快成功了，为什么要在这个时候犹豫？身后打杀的惨烈声音原本就与她无关；香取山今天就被摧毁，也与她无关；所有人都死了，更是与她无关。何必犹豫？

可是好像后面有什么力量在柔和地抓着她，她不得不回头看一眼，一个个看过来：被吓晕的翠丫、中毒后躺倒在地不能动弹的玄珠、施法护在玄珠身边的左紫辰……当然，还有那个平日里总是笑吟吟、爱开玩笑、风流倜傥的九云大人。

他说一生也不会离开，这么美好的誓言，她曾以为再也听不到。一直觉得他是个难对付的人，心底隐隐有些排斥，可是他待她又很温柔。救她、为她敷药、总是有意无意让她哭，最后又温和地抚慰她。他说，让她留下过一个女人该过的单纯生活。

如果留下，那会是个怎样美好的开始？如果什么都没有发生过，一开始认识的是他，后面会不会有不同？

可是她给不了任何肯定的答案，一个女人该过的单纯生活，她永远也过不了了。

与他们相逢，或是在相遇之前，她真的没有想过自己居然会从心底生出一股不舍之意。在离别面前，曾经所有的伤痛仿佛都变得没那么重要；在即将到来的死亡身边，那些爱与恨也会变得十分渺小。

对他们很多人来说，遇见自己，再度重逢，或许是一个开始。

可是对她而言，这一切却已经是结束了。

覃川的嘴唇微微动了一下，什么也没有说，下一刻已经头也不回地跑了出去。

殿内杀成一团，殿外的情况只有更糟糕。龙王这次真是做了完全周密的计划，先用毒酒撂倒那些厉害的，外面再派人放火烧山，只要通明殿内有弟子逃出，立即围剿。这样内外夹击，香取山当真岌岌可危。

因见殿内有个小女杂役出来，守在外面的龙王部下一拥而上，挥刀便砍。铿铿数声巨响，众人只觉好像是砍到了什么极硬的东西上，震得虎口剧痛无比，定睛一看，面前却哪里有什么人？刀剑全部砍在一块突然出现的巨石上，连个印子也没砍出来。

众人疑惑地回头张望，身后风声泠泠，龙王与山主犹在半空斗得你死我活，除此之外半个人也没有。

正在惊疑不定的时候，忽听通明殿内杀声阵阵，山主的弟子们似乎直到这时候才反应过来发生了什么事，纷纷狂吼大叫，抽出随身佩带的武器与殿内所剩不多的优伶们决一死战。那些或吓晕或发抖的杂役们也终于振作，虽然帮不上什么忙，好歹也能打个闷棍什么的，优势渐渐朝香取山这边靠拢。

轰一声巨响，沉重的殿门被人从里面撞倒，弟子们浑身浴血冲了出来，与守在外面的龙王部下再次战成一团。在这生死关头，谁也想不起来平日里学的

仙法仙术，刀剑是最直接的武器，连傅九云也抢了一把长刀，瞬间砍倒四五个人。

因见外面火势凶猛，傅九云只怕蔓延到自己的院落里，眼看龙王将要落败，他索性虚晃一招，转身往自己的住处奔去。

“九云！”左紫辰突然在后面叫了一声，“覃川没在你身边？！”他语气极严厉，像是责怪他没能看好她。

傅九云面无表情看了他一眼，见他怀里还扶着奄奄一息的玄珠，不由嗤笑道：“怀里抱着别人，你问的又是谁？”

左紫辰闭嘴不语。

傅九云停了一下，才道：“只怕火要烧到后边院落，我去找她。”

话音未落，人已经化作一道白光，眨眼便去远了。

玄珠浑身发软地靠在左紫辰怀里，抬头定定看着他，声音虚弱：“紫辰……你……你别走，留下来陪我……”

左紫辰抿着唇，转身将她放在一处安全的角落，低声道：“我这里有解百毒的药丸，你先吃一颗。”

他把药丸放在她手里，她却一把丢掉，抬手紧紧抱住他，哽咽道：“我不要什么解毒丸！你留下就行！你留下来！”

左紫辰将她的双臂掰开，拾起那粒药丸用力塞进她嘴里，冷道：“不要拿自己的命开玩笑！”

玄珠闭上眼，只是默默流泪，过了很久，才低声说道：“她走了……她不要你，你何必还要找她？你是不是没长眼睛？一直陪在你身边的人是谁你不知道吗？是不是一定要我死了，你才明白？”

他没有说话，只是轻轻在她肩上拍了两下：“你歇一会儿，我去找人。”

玄珠猛然睁开眼，死死瞪他，厉声道：“左紫辰！你明明什么都忘了！你明明只有靠着我才能活到现在！你怎能如此忘恩负义？！你去找她有什么用？国仇家恨摆在这里，你还以为能回到以前吗？”

左紫辰默然片刻，忽然轻道：“你也知道我遗忘的事情，什么国仇家恨？你知道她是谁？”

玄珠一下子哽住，暗悔自己失言，便死死咬住唇，只哀怨地看着他。

左紫辰没有等她回答，起身走了。她在后面狠狠地叫了几十遍几百遍，他还是连头也不回。从前就是这样，无论她对左紫辰怎么好，他也不曾顾过，他心里永远是帝姬帝姬帝姬。如今他忘了一切，心里依然没有她，只有那个莫名其妙出现的小杂役。

她好像生下来就是为了输给帝姬的，不管她做得怎么好，也没有人愿意看她。她没有尝过人情之间的温暖，却先体会到了人心的冷酷；没有学会好好爱上一个人，却先明白了刻骨嫉妒仇恨的味道。

玄珠死死捂住脸，泪水从指缝里流淌下来。

在她哭得最伤心的时候，傅九云正面对着空荡荡的庭院，脸色铁青。左紫辰追上来，见到这情形，立即一面转身往外走，一面说道：“我去别处找找。”声音忽然有些颤抖，一路过来，见过遍地尸体，有被刀剑砍死的，也有被火烧死的，里面会不会……有她？

傅九云似乎也在想同样的事，几乎是瞬间就冲出门，顺着原路细细密密来回搜索。忽见一段烧焦的树丛中露出半截灰色衣角，正是覃川常穿的衣服。他的心脏几乎要停了，屏住呼吸将树丛里那个焦黑得不成人形的尸体抱出来，尸体的脸被毁得什么也看不出，身上的衣服也早已化成灰，倒是腰上系着的荷包奇迹般地丝毫无损。

傅九云双手一紧，死死盯着那个荷包：牛皮袋、牛筋绳、上面绣着一片蹩脚的叶子。覃川总是将这个荷包小心放在怀里的，里面不多不少，永远是二钱银子，一把断了的木梳。

他听见脑子里嗡嗡乱响，生平第二次，彻底地感到茫然，还有无边无际的恐惧。

左紫辰曾做过许多模糊不清的梦，在他的双眼失去光明的那一年里。梦的内容怎样也记不得，可是梦的颜色却历历在目。

那是血一般红的烈火，像是要吞噬世上的一切那样焚烧着。火焰中有一座既熟悉又陌生的琉璃宫，火焰上有群魔狂舞，一口一口把从宫里逃出来的人吃掉。他时常就这样被惊醒，那一年，他脆弱且敏感，什么也记不起，什么也看不见。只有玄珠温柔地服侍他，陪着他，告诉他那不过是个梦，没什么好在意的。

是的，不过是个梦，并不需要时常念着。直到今天，他看见被火焰覆盖了大半的香取山，隐隐约约，竟从心底感到一种曾有过的恐惧。那并不是梦，他曾经经历过这样的大火，他甚至记起自己曾有过无比的绝望。

心神不宁，从刚才开始他就心神不宁，茫然地在火海中徘徊。他是出来找覃川的，结果竟莫名其妙走上了东面山顶的夜寐阁。四周安静无比，只有烈焰吞噬树木发出的噼啪声，浓烟遮蔽了视线，他想自己是走错方向了。

转身正要回去，半空忽然传来一声锐利的鹰啼，紧跟着一只巨鹰拍打着翅膀，自火海中钻了出来，其速如刚射出的箭矢，在半空打了个旋儿，安然停在不远处。

上面跳下一个少女，一身红衣，比火焰的颜色还要烈。明明是浓丽的乌发红衣，却不见一丝俗艳。她看上去是那么娇柔清灵，明亮的双眸里甚至有着天真且妩媚的笑意。

左紫辰浑身没来由地一阵颤抖，突然听见自己心脏停止的声音，像是一块冰碎开一道缝，甚至发出清脆的响声。

她的脸，她的笑，仿佛一把利剑戳入心底，覆盖在记忆表层的冰块瞬间被击溃，密密麻麻数不清的画面急不可待地要钻入脑子里，他甚至以为自己的脑门会因此裂开，急急退了一步，痛楚地捂住额头。

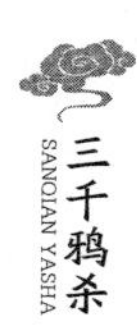

她似乎有些意外会在这里见到他，淡淡一笑，低声道："这里最高，对不对？好东西一般都放在最高的地方。"

左紫辰不知从何处生出一种冲动，冲过去紧紧握住她的双肩，颤声道："你……帝姬……"

她对那两个字的称呼毫不惊讶，偏头望着他身后遮蔽天空的浓烟，火光在漆黑的眸子里跳跃，妩媚里多了一丝诡异。她的声音很浅淡，没有玄珠那种冰泉般的清冷透彻，倒像是一阵轻轻微风："你认错人了。"

左紫辰没听清她的低语，他的头颅几乎要爆裂，痛得浑身发抖。

无论他愿不愿意，都无法抗拒被遗失了很久的回忆回归的冲击，一幅幅画面清晰地闪烁而过，里面的自己还是个青涩少年，双目微冷，满腹心事，不易亲近。

想起来了……

想起在朝阳台上初见，她跳了一曲《东风桃花曲》，当时还是个十三岁的纤弱少女，半张脸藏在轻纱后，只露出一双明亮的眼，里面满是天真的笑意。

想起他还不知道她的身份，在朝阳台上等了一天一夜，终于等到她，鼓足勇气要去搭讪，找了个无比蹩脚的借口：我好像在哪里见过你，很熟悉。

想起她主动拥抱他，还没有成熟的身体，却不顾一切要贴近他。两个人静静拥抱着，坐在窗台上看朝阳，然后趁天没亮没人发现，他再偷偷离开，省得被侍卫们发觉。

还想起……想起她充满绝望而阴冷的怒意，厉声骂他："无耻国贼！"然后挥剑而上。他的双眼，因此而瞎。

想起了那么多，想告诉她的话也有那么多，可是他却一个字也没能说出来。眼前的人开始模糊变形，火焰浓烟也渐渐看不清了。左紫辰摇了摇头，死死攥住她的袖子，低喃："帝姬……"

一语未了，人已经晕倒在地上。

覃川收起手里的银针，面无表情地转身，丝毫不为所动。不知为何，突然想起很久之前玄珠哭得快晕过去的那次。那大约是她有生以来最失态的事情了，揪着她的襟口没命地晃，自己差点儿被她揉成面条。

玄珠那时厉声骂她："你这个残忍无情冷血狠心的女人！你怎么敢？你怎么下得了手？！"

覃川蹲下身子，静静看着左紫辰昏睡过去的脸庞，他的手还攥着她的袖子，怎样也掰不开。她看了很久，忽然抬手将袖子撕下一块，嘴唇微微翕动，似是想说点什么，最后还是摇摇头，什么也没说。

她抬脚在地上看似杂乱无章的草丛里连踢三下，夜寐阁的石门轰隆隆打开了，神器冲天的光辉与威仪风一般扑面而来。玄珠没有骗她，这里才是山主堆放稀世神器的真正场所。万宝阁和地下宝库，不过是小打小闹。如果不是龙王这次突然发难，她还不知要等多久才能找到机会绕过严密的监视，来到夜寐阁前。

覃川解下腰上的牛皮荷包，在手上掂了掂，毫不犹豫地走进了石门中。

在冬天最寒冷的那一个月，白河龙王在香取山作乱未果，被山主吞下肚成了一顿美餐。香取山数百弟子和杂役死伤过半，被烈火烧毁的房屋也是过半。同一个月份，谁也没发现，夜寐阁最顶层那件封印了数百年的宝物不见了，同时一个小杂役就此离开香取山，再也没回来过。

覃川的名字被记录在死亡杂役名册里，赵管事领着其余侥幸活下来的杂役们烧了些纸钱衣物给死者，只有翠丫哭得最伤心，她再也见不到可亲的川姐了。

第十章

前传

覃川在十三岁的时候，还不叫覃川。大燕国风俗，贵族女儿在十五岁及笄后才由父母血亲赐字，这个字也就是名字了。所以那时候她还是被人叫帝姬，最多唤一声“燕姬”。父皇母后，大哥一直到五哥，私下叫她燕燕。

那时候，谁也不知道宝安帝会是大燕国最后一个皇帝。大燕精工巧匠众多，国力强盛，周边诸侯俱臣服，虽说到了宝安帝的时期，已有式微迹象，但瘦死的骆驼比马大，没有个几十一百年，这国家不会那么容易倒下。

宝安帝与皇后成婚二十余年，帝后伉俪情深，生了三子一女，后宫中虽嫔妃众多，于子息上却缘分单薄，只另有两个庶出皇子。小帝姬是最小的嫡女，生得极好，脾气也讨喜，宫里难免人人娇宠。

彼时大燕国民风开放，女子当作男子来养，习武习文，更以雅擅歌舞为荣。倘若有人家中女儿歌舞出众，那是人人羡慕眼红的事，与民风保守、女子不得抛头露面的西方诸国截然不同。

帝姬自小就跟着兄长们一同读书学武，又因为大燕皇族嫡亲的血统与常人不同，长到十三岁就另有先生传授罕见仙法。听说原本大燕皇族极擅仙术，不过一代代这么传下来，成百上千年过去，难免会有遗漏。到了宝安帝这一代，只剩个白纸通灵术能学了。

那会儿帝姬刚满十三岁，也刚刚和先生学习这种讨厌的仙法，为了通过白纸媒介召唤灵兽，一天要在手指头上扎几十下，几天下来，手指头就没一块好皮肤了，碰一下都疼。

正好前几天听皇后说，下个月姨母要带着玄珠表姐入宫小住，帝姬更像吃了苍蝇似的心里不痛快。玄珠比她大两岁，上个月刚满十五，姨夫赐名玄珠，在这之前她和帝姬一样没有名字。当然，帝姬从来也不想知道她的名字。

她自觉从没得罪过玄珠，但玄珠好像天生就看她不顺眼，大事小事都要和她作对。听说帝姬练字好看，她就特地描了簪花小楷，卖弄地到处给人看；听说帝姬背了几首诗词，她就索性把整本名家词汇全背下来。这还只是没见面的时候，等见了面更不得了，帝姬说一她就非要说二，反正她在玄珠面前好像全身都是错，就是被玄珠从头到脚看不惯。

早上先生交代的用十张白纸变幻出十只仙鹤的任务怎么也做不好，滴血在上面，不是跳出来青蛙就是变成一只蹩脚麻雀，帝姬心里烦，索性把那些白纸全部丢在地上，一肚子火气地去御花园散心。

刚好二皇子从宫外回来，见她气呼呼地一个人坐在凉亭里折白纸，阿满在后面苦着脸看她，他便笑吟吟地走过去摸摸帝姬的脑袋："怎么，被先生罚了？"

帝姬素来最喜欢二哥，她虽有五个哥哥，但老大稳重，老三阴沉，老四老五都是庶出，不敢和她过于亲近，唯有这个二哥性子开朗爱玩，从小就爱以"体察民情"为由出宫玩耍，每次回来还给她带许多有趣的玩意儿。一见到他帝姬眼睛就亮了。

"也没什么，就是听说玄珠要来，心里烦，怎么也唤不出仙鹤。"她把折好的白纸撕成许多小条，从指尖的伤口里挤出一滴血涂在上面，砰一声，那条白纸变成了呆头呆脑的乌龟，在桌上爬啊爬。她恼羞成怒，直接把乌龟丢进池塘里。

二皇子哈哈大笑："少来，拿玄珠当什么借口。不行就是不行，老实承认吧！"

他见帝姬愁眉不展，不由微微一笑，从怀里神秘兮兮地取出两幅画轴放在桌上："看你这么生气，二哥给你看个好东西。你在外面就算花上一千两黄金，也未必买得到其中一幅。"

帝姬登时大为好奇，见他这么神秘，还以为是春宫图，脸红心跳地展开来，那画上却只是一枝寒梅，花瓣嫣红，梅枝笔法潇洒风流且不失劲道。

她撇撇嘴："画得是很好，但也不值千两黄金吧？"

话刚说完，忽觉寒风习习扑面而来，本来春光明媚的凉亭里竟仿佛下起了小雪，一枝红梅绽放在白雪中，亭亭玉立，傲霜欺雪，居然像真的一样。

帝姬倒抽一口气，赶紧揉揉眼睛，那枝红梅还在，娇嫩的花瓣甚至随风瑟瑟摇晃。她忍不住伸手去摸，却摸了个空——原来是个幻觉。

二皇子得意扬扬地把画轴卷起，诸般幻象顿时消失。他说："怎样？值不值千两黄金？"

帝姬怔怔点头，赶紧问："你在哪里弄的？谁画的？"

"前几天我出宫，在路边见到个画摊，周围围了许多人大呼小叫，忍不住好奇去看一眼，原来是有人当场作画。此人名叫公子齐，在民间已是名声显赫，只是脾气古怪，声称只作画不卖画，这两幅倒是我磨了好几天，借来玩赏的。过几天还得还回去。"

帝姬赶紧展开另一幅画轴，这次纸上却没有花鸟鱼虫，而是画了一座华美宫殿，殿前有十几名美艳舞姬怀抱金琵琶舞蹈。渐渐地，那些舞姬仿佛出现在了眼前，身姿轻盈妩媚，纤腰款摆，反弹琵琶之态妖娆无比，虽然没有乐声难免美中不足，但无论是谁见到这些美妙的动作，都会禁不住赞叹窒息。

二皇子笑道："此人年纪轻轻，虽有惊世之才，却狂妄得很。自称生平得意事，乐律排第一，作画只是第三，仙术更是排到第四去了。因他作了半阙《东风桃花曲》，感慨天下舞姬皆无天分能跳出来，索性画在画里，剩下那半阙至今不肯作，声称天下无人值得他作完一阙《东风桃花曲》。这可真是狂妄

之极了。”

帝姬看得入神，随口接道：“乐律第一，作画第三，那第二得意是什么？”

二皇子却有些为难，支吾道：“也没什么好说的……一个乡野狂人罢了。”

原来公子齐的原话是，生平得意有四件事。第一为乐律，能引出凤凰和歌，白鹤同舞；第三是作画，尚可以假乱真。第四是仙术，聊以自保而已。那第二却是风流多情，天下间再冷漠再固执的女子，他也有本事叫她们脸红心跳再微笑，是个在女人堆里如鱼得水的人物。

这种话当然不好让小帝姬听见，他只能随便应付过去。

帝姬也没在意，只等那些舞姬跳完一曲，才慢慢把画轴卷起，沉吟半晌，忽然抬头笑道：“他真说世上无人能跳完一曲《东风桃花曲》？”

二皇子逗她：“怎么？难不成我的小妹妹想挑战一番？”

帝姬把下巴扬起，傲然道：“二哥你出宫告诉他，叫他快把《东风桃花曲》作完，马上就有人能跳了！”

二皇子笑道：“你不是真的要跳吧？万一出了丑，二哥可不帮你，叫外面的平民笑话你一辈子。”

“我敢说，就肯定敢跳完。”帝姬浅浅一笑，腮边露出两个梨涡来。

那边二皇子再次出宫找公子齐，这边朝堂上却发生一件大事。左相做了二十多年的大燕丞相，前几日突然上了折子，说自己年老体衰旧病缠绵，不能再报效君王，故而请求辞官。折子一上，满朝哗然。左相为官多年，官场阵营更是盘根错节，复杂得说也说不清，他一点预兆也没有突然说辞官，其中牵扯范围之深之广，简直难以想象。

宝安帝劝慰数次未果，也是忧心忡忡。近来大燕国周边并不平静，西北大国天原国一直蠢蠢欲动，五年前吞并了西北周边数个小国，两年前更是大举发兵西方四个国力尚算强盛的国家，也不知用了什么奇兵妙计，短短两年就灭

了四国，疆土纳入自己版图。

天原国最近又频频骚扰大燕边境，虽然还只是小打小闹，但倘若有朝一日强兵降临，难免举国战乱。这种时候，左相居然要辞官，等于砍了宝安帝一只臂膀，他怎能不烦恼？

朝堂上的事情，帝姬还不懂，她那时候还是个天真烂漫的小姑娘，只是见父皇近来愁眉不展，便想着法子要逗他笑一笑。刚好半月后，二皇子又回来了，这次带来了完整的《东风桃花曲》曲谱。

“事先说清楚，你要跳不出来，二哥可真没办法帮你。”二皇子苦笑，“那公子齐答应得倒是很爽快，不过他说曲子给你了，你能跳出来，他便愿意倾尽毕生功力，画两幅最好的画送你。你要是跳不出来，就别怪他在外面帮你宣扬不自量力的坏名声。”

帝姬低头仔细研究曲谱，毫不在意地笑：“那就等着他送我两幅画吧！”

玄珠和姨母秋华夫人在皇后寿辰前三天来到了大燕皇宫。这位秋华夫人听说出嫁前还是个温婉女子，身为大燕望族之长女，满心以为父母会安排她嫁入后宫，做一国之母。谁想宝安帝一心恋着她妹妹，直接提亲到家里来了。于是妹妹先出嫁做了皇后，这个姐姐只得黯然神伤地嫁入诸侯国，成了个夫人。

自此之后她性格大变，看什么都不顺眼，听说帝姬要在皇后寿辰的时候献舞朝阳台，她不阴不阳地说了一句：“不愧是皇族嫡女，与那些小家子气的作风就是不同，居然要当众献舞，外面的百姓们看了不知会说什么。”

帝姬和讨厌玄珠一样讨厌这个姨母，索性随便找个借口开溜。皇后出于皇家礼仪，非要她带着玄珠一起说话，其过程简直苦不堪言。玄珠见她无聊地撕白纸练习通灵之术，又是满脸不屑：“我还以为大燕嫡亲皇族的仙术是什么厉害的东西，原来不过是小孩子家的玩意儿。”

帝姬不好翻脸，不然皇后晚上就是一顿好骂，她只得干笑：“确实没什么厉害的，玄珠姐姐有什么更厉害的给我看看吗？”

玄珠当场拂袖而去，到皇后面前大哭特哭，说她折辱她，欺她是个诸侯的公主。秋华夫人不但不安慰，反而痛骂她一顿，气得玄珠将自己关在屋里两天不出来，让皇后忧心忡忡，当晚果然还是责备了帝姬一顿。

这母女俩每次来，都是一通乌烟瘴气。帝姬有气没处发，干脆求了二哥，换装带她偷偷溜出宫散心。因听说公子齐常在环带河边饮酒作画，帝姬有心要见见这位异人，便在环带河边等了一早上。

谁晓得此人天天来的，今天偏就不来了。帝姬等得肚子饿，二哥见她板着脸，便笑着劝慰：“你们女孩子家的事我不懂，不过玄珠没道理，你怎么也跟着胡闹？要是让父皇知道我带你出来，连我也要被骂，何况出来还是私会一个民间男子。今天先回去就是了，以后有话，让二哥帮你传给他。你只是孩子气，让别人知道了却又能说什么好听的？”

帝姬只好乖乖回宫，夜来睡到三更，忽然渴醒，一睁眼，发现自己靠窗的书案前站了个人，黑黝黝的身影，像是个男的。

她吓得蹦了起来，浑身发软，连叫也叫不出。那人似是发觉她醒了，微微一晃便化作轻烟消散开，只留下一张丁香色小笺，在半空飘啊飘，落在她床前。笺上龙飞凤舞写了一行字：卿本佳人，却扮男装，难看难看！歌舞之约，勿忘勿忘。公子齐。

帝姬顿时哭笑不得。原来此人白天一直躲在暗处看她，知道她扮成男人。一时为他胆敢深更半夜只身潜入皇宫而感到惊惧，一时又对他这种不敬皇族的狂妄态度感到恼怒，一时还觉得能和这样一个人打赌，委实是个有趣且得意的事情。

她素来胆大包天，这时恐惧全无，把小笺工整地放在床头案上，大声道：“公子齐！我赢定啦！你等着！”

没人回答她，倒是把阿满惊醒了，披衣过来服侍。

过了两日，皇后四十寿辰，朝阳台上宴请群臣，左相依然告病龟缩在家里，只派了小儿子送上贺礼。

左紫辰登上朝阳台时，台上众多喧哗说笑声霎时间万籁俱寂。他穿着紫色的长衣，身材修长挺拔，芝兰一般俊秀的姿容竟让人有些不敢多看，总觉得他似乎是被笼罩在薄雾晨曦中。

帝姬原本在后面换跳舞穿的衣服，忽见台上没声音了，不由探头去望，刚好与他打个照面。左紫辰微微一愣，点头算作示意，有礼却淡漠地绕过去，不卑不亢地跪在帝座前。

因他长得极好，与皇城中诸多贵族男子是截然不同的味道，帝姬不由多看了两眼，问阿满："他是谁？"

阿满在这些贵族子弟之类的小道消息上向来是最灵通的，当即笑道："是左相的小儿子，一般都不在皇城里的，听说小时候遇到个仙人，说他有仙缘，早早就带走修仙去了，一年也不过回来一两次。公主是第一次见吧？"

原来是个修仙的，怪不得那么仙风道骨的，怎么看也不像贵族子弟。

左紫辰送上贺礼，便借口担心左相病情而告退了。帝姬看着他朝这边走过来，两眼望见她，像是有些羞赧，垂下眼不敢再看。她本来不想多事，奈何玄珠正坐在席上铆足了劲瞪自己。原本玄珠一见左紫辰便脸红了，此刻见帝姬总是探头张望，不由又气得脸色发青。

帝姬戏谑之心顿起，朝左紫辰挥了挥手，他果然吃了一惊，用眼神问她何事。她嘻嘻一笑，随口问道："你叫什么名字？"

左紫辰面上隐约透出一层可疑的晕红。看他清贵的架子端那么高，想必平时只有被女子们仰望畏惧，不敢靠近的。眼下突然有个女孩子毫不在意地问他叫什么，居然有些害羞了。

"在下……左紫辰。姑娘是……"他犹豫了一下，还是低声说出了自己的名字，声音低沉温雅，十分好听。

帝姬点点头："左紫辰，你别急着走，我跳舞给你看啊？"

他又脸红了，看上去挺有气势，怎么这么容易脸红？帝姬冲他微微一笑，转身离开了。

这么一件鸡毛蒜皮的小事，她本来根本没放心上，甚至换好衣服就给忘了。因她是皇女，又尚未及笄，不好在朝阳台上抛头露面，叫宫外的平民百姓看到她的容貌，便索性在脸上覆了一层纱，只露出一双明亮的眼睛。

优伶们统一穿着牙白色的轻纱长裙，独她一人着红裙，乌发纤腰，长袖迤逦，神采飞扬，一上朝阳台，竟比万丈阳光还要耀眼，霎时间便将所有人的目光都吸引了过去。

其时帝姬朝阳台上一阙《东风桃花曲》，艳惊四座。说到缘故，一来是为了逗帝后开心，二来，不过是为了和傲慢的公子齐打个赌而已。谁想到后来牵扯出许多乱七八糟的事，当真始料不及。

玄珠的脸色从她上台后就没再好过，等她跳完，一张脸更是可以和青萝卜媲美。秋华夫人面无表情，转头不知和她说了什么，她死死咬着唇，眼睛里顿时充满了泪水，耻辱地垂下脑袋。

帝姬的好心情一下子就被破坏了，匆匆献了两杯酒给父皇母后便飘然退下。一直回到原处，见左紫辰果然还留在那里，静静望着自己。她又是一笑，问一句："喜欢吗？"不等他回答，她已被一群优伶簇拥着下了台阶。

当晚宝安帝对《东风桃花曲》赞不绝口，连问是谁作的曲子。二皇子笑吟吟地提到了公子齐，只是为了避嫌，没把帝姬和公子齐那个荒谬的赌约说出来。宝安帝求才若渴，此后好几次派人四处打探公子齐的消息，却始终一无所获。帝姬一曲《东风桃花曲》后，他好像就离开了大燕国，直到国亡，也再没出现过。

宝安帝为之感慨不已，御笔亲书"大燕乐师公子齐"数字，凭空给他加了个头衔，允许民间乐坊私人传抄《东风桃花曲》曲谱，自行排演。公子齐这

名字自此流传于大燕民间，成为神秘高人的代称。

帝姬第二天醒来，发现书案上多了两卷画轴，上面又是一张丁香色小笺，写着：愿赌服输。公子齐。看样子他昨天晚上又偷偷溜进皇宫了，没把她吵醒，一定是赌输了不好意思见她。

她对公子齐的好奇心膨胀到了一个不可忍耐的地步，又扮成男子出宫，想去环带河边会会他。谁知上次是二哥带着，他认识路，帝姬很少出宫，没走一会儿就迷路了，白白在街上绕了一整天，好不容易找回皇宫，天都黑了。

本想从朝阳台下找个捷径赶在晚膳前回寝宫，忽见左紫辰一个人孤零零地站在台上，背着双手，好像是在发呆。帝姬好奇心起，叫了他一声："喂，宫门快关啦！你还不出去吗？"

他浑身一震，飞快转身，面上神色先是惊喜，在看到她的男人装扮后却愣住了。

帝姬走过去，此处地势高，放眼望去，皇城尽在脚底。漫天大朵大朵的晚霞，染红城墙，也染红了眼前少年如玉的脸颊。他一个字也不说，只静静看着她，帝姬没来由地一阵心跳，摸摸头上的帽子，解释："我……我只是偶尔装扮一下……出去……出去体察民情。"

她把二哥常用的借口拿过来用。

左紫辰微微一笑，见她手里捏着一截长柳，翠绿柔韧，无风自动，不由笑得更深："怎么这样调皮，把柳树精的胡子拔了？"说着将那截长柳接过来，执在手中玩赏。

帝姬脸上有点发烫，嗫嚅着说不出话。

左紫辰似乎也感到些许尴尬，别过脑袋轻咳两声，说了个无比蹩脚的搭讪借口："我看姑娘很熟悉，是不是昨天见过？"

帝姬撑不住嗤一声笑了，面上一层胭脂红，清灵醉人。她说："昨天问了你的名字，今天应该还你我的名字。不过我还没名字，怎么办呢？"

他的笑容渐渐变得沉静，只有贵族的女儿才会在十五岁前都没有名字。昨天，他曾以为她只是个小小优伶。

帝姬慢慢说："你可以叫我帝姬，我就住在宫里。"

左紫辰眼里的光辉暗淡了下去。

过了很久以后，帝姬想起自己和左紫辰当初走到一起的过程，倒也忍不住莞尔。其经过后来想起，实在是很幼稚，可当初两人偏偏玩得不亦乐乎。

左紫辰还是个少年的时候，又古板，又固执，一点儿也不像个修仙人，死认着她是帝姬、他是臣子的礼，多一步路不走，多一句话不说。要不是那次她牺牲一只脚，特地穿了不合脚的新鞋，把脚后跟给磨破，只怕到死也听不见他说一句心里话。

帝姬很鄙夷他这种古板，傻子都能看出来他喜欢她，偏偏他以为所有人都不知道。有时候不死心的玄珠跑去找他说话，他说着说着又走神了，把玄珠委屈得只能躲在被窝里哭。

若帝姬当时是十八岁，定然想方设法引诱之、勾搭之，将他手到擒来，可惜她那会儿只是个没吃过任何苦、天真烂漫的十三岁小姑娘，所以她只能对这种固执暗暗咬牙，闷骚地不肯前进一步，像一朵开了好久的花，等着他摘，他就是不摘，蹉跎一段孤独的美丽。

人年纪小，心里装的事情也少，多了就装不下。有了个左紫辰，她心里就成天只装着他，不是为他昨天说话闪烁其词而烦恼，就是为今天他来迟了一刻，而且是和玄珠一起来的这些鸡毛蒜皮的小事而痛苦。

公子齐早就被她丢到了脑袋后面，只怕如今有人问她公子齐是谁，她也傻傻地说不出来。

二哥是个人精，早早看出了些端倪，小心翼翼地提醒她："左紫辰虽然是左相的儿子，身份足够高，但不是长子。你一个皇嫡女，怎么嫁也嫁不到他

头上，何况人家又是个修仙的？还是趁早把心思收拾收拾吧。”

这简直是废话，倒出去的水都没办法收回来，感情能说收就收吗？

帝姬烦恼了好久，眼看人家马上就要回去继续修仙了，她到底还是下了个决心。当晚把阿满忙了个够呛，因她挑了一晚上衣服，穿了红的，觉得绿色清雅；戴了牡丹，又觉得芍药秀美，对着镜子把脸蛋用胭脂涂得好似猴屁股，怎么也不满意，恨不得大哭一场。

天公偏又不作美，三更就开始下大雨，挂在窗外的吊兰忘了收进来，早上起来一看，都快淹死了。帝姬闷闷不乐地在窗前坐了一天，阿满以为她想出去玩，便安慰她：“晚上说不定雨就会停，我陪公主去御花园走走吧？”

可她想去的其实是朝阳台，那里有一位少年时常孤零零地等着她，风雨无阻。他对她很好，可就是不愿靠近她；望着她的眼神那么温柔，却就是不愿说喜欢她。十三岁的帝姬不能理解这种行为，趁阿满不注意，偷偷把伤春悲秋的眼泪抹掉。

到了黄昏时分，大雨渐渐变成了蒙蒙细雨，帝姬心急如焚，等不得雨停，连伞也没拿，急匆匆赶到了朝阳台。朝阳台被雨幕包裹，雾霭沉沉。左紫辰不知道在上面等了多久，头发和衣服都湿了，手里捏着一把伞，却不撑开，紫色的身影显得孤零零的。

帝姬又忍不住要哭，不知是替自己委屈还是替他委屈。慢慢走过去，他好像早就听到了脚步声，含笑转身，漂亮的眼睛里有温润的、仿佛带着湿气的暖暖笑意。

“下雨了，帝姬还要出来玩吗？”或许是因为朝阳台上只有他们两个，玄珠难得没有出来打岔，他的声音显得比平日温柔许多。

帝姬咬咬嘴唇，恨他迟钝没眼光，居然看不见自己今天换了新衣裳，一点儿反应都没有，木头人！她揪着衣带，故意冷冷地说：“我就爱出来玩，你管我！你自己不也是总来朝阳台发呆？”

果然堵得他半天不说话，过了一会儿，他把手里的紫竹伞撑开，罩在她头顶，低声道："小心湿了衣服着凉。"

帝姬忽然觉得一种说不出的委屈。他什么也不肯说，就这么莫名其妙对她好，等她上瘾了、喜欢了，他又说什么微臣，躲她远远的。世上怎么会有这么可恶的人？

她一把甩开他撑伞的那只手，大叫："左紫辰！你到底喜不喜欢我？"

他愣住了，半天说不出话。

帝姬又大怒："还是说你喜欢的是玄珠？"

他终于反应过来，脸一下子涨得通红，解释："怎么会……我对她从来没有……"

"那你到底喜欢谁？"她简直把力拔山兮气盖世的霸王劲都吼了出来，"我受够了！左紫辰，我……反正我喜欢你！你要是为难那是你家的事！你要是敢说不，我就……就诛你九族！"

情急之下，她想不出什么威胁的法子，只好把最狠的那种搬出来吓唬他。

紫竹伞滚在了地上，漫天细细雨丝洒落在两人头上。帝姬眼前一阵阵金星飞舞，埋着头不肯看他，两条腿也有些发软，要不是一口气撑着，估计马上就要和面条似的软下去了。过了好久好久，他还是不出声，帝姬却越来越慌乱，脑子里一片空白，隐约觉得是自己方才说太过了，颤声道："诛九族什么的……我……我只是说着玩儿……"

他还是不说话，简直像一尊沉默的雕像竖在对面。帝姬的心渐渐沉了下去，难堪地绞着衣带，勉强点点头："好吧……我知道了……"

她转身就走，冷不防肩上突然一紧，被一双温暖的手紧紧握住。下一刻，她整个人就落进他湿润的怀中，几乎要被箍得断气。她发出一声痛楚的呻吟，被淋湿的、还没有成熟的身体，不顾一切贴近他，抬起胳膊，丝毫不示弱地紧紧搂住他的脖子。

左紫辰按住她的脑袋，不让她抬头，声音里带着一丝颤抖："你不是开玩笑，是说真的？"

帝姬万般激动之下，居然大哭起来，用力点头，什么也说不出。

那天她哭得眼睛都肿了，形象全无，显然那是她第一次知道，原来人太高兴的时候，也会哭得哽咽难言。

那天之后，两人应该就算在一起了。小儿女初谈感情，难免拿肉麻当有趣，奈何左紫辰是个木头人，全然不懂情趣，要他走他就走，要他停他就停，平日里连个手也不敢碰，虽然夜夜私会，却总是规规矩矩地坐在椅子上，她一靠过去他就脸红，让帝姬深深为自己的如狼似虎感到羞愧。

帝姬记得二哥曾经喜欢过皇后身边的一个小宫女，长得唇红齿白，二哥不知从哪里抄来了一些缠绵的诗词，还特意写在粉红色的纸上，折了朵梅花托帝姬带给那宫女。

她偷偷翻开看过，上面无非是什么"窈窕淑女，君子好逑""相思似海深，断肠在天涯"之类苦凄凄的语句。只可惜那宫女不识字，漂亮的信纸被她拿去点火盆子了。

那会儿她觉得肉麻，现在却暗恨左紫辰不够肉麻，于是时常忍不住要暗示一下。

"看过《诗经》吗？会背《关雎》吗？"晚上他来私会的时候，帝姬故作一本正经地问他。

左紫辰一时没明白过来，很老实地点头："看过。怎么要我背这个？"

帝姬气得直咬牙，把身子扭成一团麻花："问什么？你背嘛！"

他觉得这个小公主越发刁蛮了，但也越发可爱得紧。虽然总是搞不懂她突如其来的异想天开，但他还是没有拒绝——他从心底就不愿拒绝她的任何请求。

"关关雎鸠，在河之洲。窈窕淑女，君子……好逑……"只背了四句，左紫辰脑海里灵光一动，突然就明白了她的意思，不由抿嘴似笑非笑地看着她。

帝姬涨红了脸，还故意做出“你可不许乱想”的模样来，佯怒道：“怎么不背了？”

左紫辰目光温柔地看着她，握住她的手，低唤：“燕燕。”

帝姬也觉得不好意思，她一个姑娘家，好像也太那啥了，别人家的姑娘是不是也这样？左紫辰肯定被吓到了吧？

“我明天要走了。”他突然的一句话，让沉醉在小女儿梦里的帝姬猛然惊醒，不可思议地看着他，喃喃：“要走？”

左紫辰揽着她的肩膀，将她搂在怀中，柔声道：“我要去找师父，想娶你，倒比修仙还困难许多。”

帝姬奇道：“有什么困难？你师父不让你成亲吗？”

他不说话，只是淡淡地笑，过了一会儿，又道：“等你及笄。我可以等得，你莫非等不得？”

帝姬的脸又红了：“谁说我不能等？你去就是了！你要是不来，我就嫁给别人！”

左紫辰的胳膊紧了两下，将她圈在怀里，低头在她额上一吻。嘴唇虽然和以前一样柔软，可今天不知为何变得有些炽热。帝姬懵懵懂懂，抬头看着他。

左紫辰低声道：“不许嫁给别人。”

话音未落，那炽热的唇就轻轻落在了她微张的唇上。

一个吻，轻而且柔，甚至有些生涩。帝姬不曾饮酒，此刻却已醉了。她从未如此急切地盼望自己快些长大，快些及笄。她是这么喜欢他，只有他。为他珠翠盈头，身披嫁衣，此后一生都是幸福。

可是帝姬终于还是没能等到及笄那天。

帝姬十四岁那一年，发生了许多事。

左紫辰一去不返，无论她写了多少书信，从开始的思念到最后的质问，他始终杳无音讯；左相叛国通敌，带着天原国的食人妖魔大军，攻破皇城，扬言要割了皇族们的脑袋挂城墙上示威；几位兄长一一战死在沙场上，皇后因此一病不起，宝安帝在绝望与惊恐中薨了。

在得知叛国的人是左相时，帝姬突然明白过来。这一切，他一定早就知道了。所以他一直不回来，所以他刻意杳无音信。

是什么样的男人，可以怀里拥着你，轻轻吻着你，说着要娶你，却在背后狠狠捅你一刀？又是怎样残忍的心，才能安然坐视国破人亡、妖魔横行肆虐？为他等到及笄，珠翠盈头，身披嫁衣——多么像一个愚蠢的笑话。他会离开，是因为知道这个诺言永远也不会被实现。她一场怀春梦，不过是他冷眼旁观的一出戏。

帝姬狂怒之下只身前往香取山。其实要找到他并不是什么困难的事，比想象中要简单得多。只是她一厢情愿地爱恋，才宁可将这种漫长的等待化作缠绵相思。她永远不能忘记自己站在左紫辰面前的时候，他脸上冷淡陌生的表情。失踪了很久的玄珠就挽着他的胳膊，两人靠在一处像是一对金童玉女。他说："姑娘，你是谁？"

帝姬什么也没有说，在来之前她整整想了十天十夜，见到他要说什么、问什么。可是，现在什么也不用问了。在玄珠的尖叫声中，她刺瞎了左紫辰的眼睛，其实当时她瞄准的是脖子，想要将他那颗残忍的脑袋割下来，因他本能地一挡，只刺瞎了双眼。

惩罚了国贼，原本是大快人心的事，可她之后很久都不愿再回想起来。她觉得自己好像从来也没了解过左紫辰这个人。他为什么要对她笑，对她好，对她温柔？为什么要脸红？为什么永远一个人孤零零地站在朝阳台上等着她？为什么翻脸如蛇蝎般狠毒？

她真的不懂。

人心如此诡谲如此善变，比任何天险都要可怕。妖魔们吃的是人身，可人杀的却是人心。

天原国放火焚烧大燕皇宫时，她带着阿满悄悄离开了。两人都是自小在皇宫中长大的，从未吃过苦，在山林中徘徊逗留了好几天，由于惊恐与饮食上的不适，阿满病倒了。她高烧整整有三天三夜不退，幸好遇到了曾经传授白纸通灵之术的老先生。他有一身本领，却不可能一个人单枪匹马对付大批妖魔，故而也是从宫中逃出来的。

老先生仔细检查过阿满的情况，摇头叹息："身体已经弱到了极致，加上忧虑恐惧过甚，只怕是好不了了。"

帝姬这一年来饱受打击，精神早已支撑不住，只恨不得放声大哭一场才好。可是现在还不能哭，她只有死死忍住，勉强笑道："我听先生的语气，应当还有救？先生只管说，无论多难，我都可以做到。"

老先生看了她一眼，有些为难："老朽曾听说，香取山山主年轻时擅长炼制各类灵药丹丸，其中有一味紫灵丹，可治百病。不过公主与那个左紫辰……只怕……"

帝姬起身便跑了出去，只留下一句话："先生等我！"

可最后还是没要到灵药，她抛却了所有自尊，在左紫辰房前跪了一天一夜，换到的，只是左紫辰的避而不见。玄珠显得十分为难，叹道："帝姬是要救人，原本应当给你。可你上次来重伤了紫辰，紫灵丹早已给他服用了，山中再也没有第二颗灵丹。不如帝姬去别处问问吧？你素来交游广阔，要找一颗灵丹应当也不是什么难事。"

帝姬脸色如槁灰死木，第一次低声下气地哀求她："就算没有紫灵丹，其他类似的也行。玄珠，求你帮一帮我。"

玄珠笑了笑，正要说话，左紫辰忽然在屋中轻轻唤了一声："玄珠？你在哪里？"她急忙转身进去，过了很久才提着一包药出来，丢在她面前："山主只剩这些治跌打损伤的药了，如果用得上，你就都拿走吧。"

跌打损伤……帝姬慢慢拾起那包药，再慢慢打开。里面包的不过是些寻常药店都能买到的东西，加在一起，也不过是一两银子的价。

她怔了很久，玄珠笑眯眯地说："你看看，不是我不帮你。其实是紫辰恨透了你，他只怕你死得不够快。"

帝姬将那包药掷了玄珠满头满脸，拂袖而去。

回到山林里的时候，阿满已经死了，僵直地躺在简陋的茅草上，像是睡着了。

她将阿满的手紧紧贴在脸上，只觉得心跳得极快，身体里像是被刀剑戳了一个又一个洞，疼得厉害，可眼睛里干涩无比，流不出一滴泪。

没有工具，也没有青砖。阿满的墓穴是帝姬用手一点点刨出来的，劈了一根木头，用簪子在上面刻了"阿满之墓"四个字。帝姬抱着膝盖呆呆地在墓前坐了好几天。

老先生劝慰她："人死不能复生，帝姬莫要太过伤心。你现在还不到灰心的时候。"

帝姬低声道："先生，我活不下去了……"一语未了，人已经晕过去。

她在痛楚焦虑中重病一场，几乎要死过去，弥留的那个瞬间，突然醒悟，人的心可以忍耐的创伤程度是有限的，有些伤痛会记一生，虽然提起来难免隐隐作痛，但也会警示自己以后不可再犯同样的错。可是有些伤痛，还是就此忘掉比较好。

朝阳台上一曲"东风桃花"，黄昏中少年醉人的眼波，月光下那几乎要窒息的生涩的吻——好像是上辈子的事情，帝姬怀疑自己是不是真的爱过一个男人，真的想过要嫁给他，携手到老。

对了……那个男人叫什么名字？她似乎已经忘了。

就这样忘记也挺好的。

这个世上虽然还有很多人，可每一颗人心都是冰冷的。爱从无中生出，恨由爱中而起；天明爱得缠绵悱恻，天黑爱情便已死亡。被许多人看得那样沉重的爱与恨，到头来都抵不过冰冷人心的变迁。

一切有因有果，有缘有故，这就是她太过天真的报应。

老先生说，世上有一种叫作魂灯的神器，被香取山山主搜刮而走，藏在宝库深处。倘若可以拿到那件宝物，国仇可报矣。

病好之后，帝姬跟着先生离开大燕，来到了偏西的一个小国，跟着他从头开始学习。她有更重要的事情去做，不能让自己的生命耗费在无边无际的虚空里。

十五岁及笄，先生为她取名覃川。

大燕国的帝姬，自此以后便真正消逝于世间了。

九月的一天，一直在外为山主寻找稀世珍宝的傅九云回来了，左紫辰带着玄珠一起去见他。

玄珠刚成为山主的弟子，别的人可以不见，山主身边八大弟子却是一定要认识的，傅九云正是其中之一。听说他入门时间极早，实力深不可测，只是为人风流，总喜欢在女人堆里打混，并不和其他弟子来往密切，故而口碑不如其他大弟子好。但山主显然十分倚重他，最珍贵的宝库全部交给他来打理，可见其信任。

玄珠挽着左紫辰的胳膊在红叶纷飞中款款而行，她如今才真正是心满意足。

记得当时天原国驱使妖魔入侵大燕，最先遭难的便是他们这些诸侯国。宝安帝懦弱且卑鄙，只顾着自保，不管诸侯发了多少请求，求大燕发国师平战乱，他都不予理会。混乱中，她一个人逃了出来，摸索着走了不知多久，最后晕倒在香取山外。

是左紫辰救了她，只是他当时已经把大燕国的一切都忘了，甚至连帝姬也记不得究竟是谁。这种遗忘的方式极其诡异，仿佛是被人硬生生将一段记忆封印起来。动了手脚的人像是不愿他记得自己曾在大燕有过一段缠绵的爱情。

自然，她对这个事实是相当乐见其成的。

他什么都忘了，从此心底便会只有她一个。他总会明白，这世上只有她待他是最真的，毫无保留，倾尽一切。左家叛国也好，大燕被灭也好，世间的人都死光了，只要他还在，她就什么都不在乎。

帝姬不可能会这样爱他。

从小到大，玄珠一直在找可以彻底胜过帝姬的法子，现在她终于找到了。再也没有一个女人会像她这样爱左紫辰，在这近乎绝望而恐怖的爱恋上，帝姬总算是败给她了。

玄珠感到无上的幸福。

终于见到传说中风流倜傥的傅九云，倒和想象中的纨绔子弟不大一样。他看上去并不像少年，可是也不老，叫人猜不出他的年纪。他眼底生着一颗泪痣，笑起来有一种独特的令人怦然心动的天真，可是不笑的时候看上去却有些沉郁，仿佛藏着无穷无尽的心事。

他正独自倚窗喝酒，脚下已经堆了十几个酒壶。玄珠嗅到满屋子的酒气，不由皱了皱眉头。

傅九云没有回头，他正望着东方的天空，怔怔地出着神。玄珠稍稍动了一下，有些不耐烦，下一刻他便突然转过头来，目光如电，瞬间就将她从头到脚打量了个遍。玄珠甚至有种自己在他面前没穿衣服的错觉，登时涨红了脸。

傅九云只看了她一眼，便转过去看左紫辰，见到他紧闭的双眼，不由微

微一愣："眼睛怎么了？"

左紫辰不想回答这个问题，因他自己也说不清、记不得。走过去接过酒壶，为自己斟了一杯酒，因见傅九云闷闷不乐，不像以前有说有笑，便温言："你出门这些日子，看来似乎过得不好。"

傅九云嘲讽地一笑，又朝玄珠那里看了一眼，说："姑且不说我，我知道你过得很好。丢了旧的，抱着新的。"

左紫辰不解："什么意思？"

傅九云没有回答，只是慢慢将杯中酒喝干，双眼一直不离东方那片天空。那里云卷如丝，一片澄澈，凉风扑面而来，让他的双眼微微眯起。

他想起那天，雨一直断断续续下着，晶莹剔透的水珠从柳树的叶子上滚下来，每滚一颗他便在心底数一个数。他以画做诱饵，盼着她上钩，她是他放在心海的一条小鱼儿，游来游去，不知何时咬住那只饵。又有些怕她来，她年纪还小，一派天真，要怎样才会懂？

他在环带河畔，看着细雨变作晚霞，看着柳叶被洗得新绿娇嫩，看着许多许多的人来来往往，心底喜悦并且焦急，因等的人是独一无二的她而喜悦，因她迟迟不来而焦急。

他还想起被灭的大燕，曾经精美绝伦的皇宫烧毁于炎上，只留漆黑颓废的断壁残垣。高而壮丽的朝阳台遗迹犹在，坍塌了一大截，留下一截黑焦的白石栏杆，她曾在上面跳过一曲《东风桃花曲》，火一般红的衣裙拂过其上。

如今，她与大燕一起，陨灭在变幻万千的人世。

他一直在等一个人，可是他知道，她永远也不会来了。

第十一章

卿心如铁

寒冬腊月，仙山里有百花齐放的美景，俗世间却没那么绚烂了，独独黑白二色。小小毛驴在冰雪间悠哉游哉地前进，四只蹄子时不时踩碎一块冰，发出咔嚓几声脆响。

覃川半躺在毛驴背上，捧着一张地图仔细研究。

香取山偏南，天原国在西北，她这一趟要走的路还真挺远。先去西方，替老先生扫扫墓，她这一走就是半年多，老先生的坟上不知长了多少野草吧？正好西边那个小国有渡口，横越茫茫大海，便可以到天原国了。

可她还想先回大燕，看看阿满的墓。她离开了那么多年，一次也没回去看过她，阿满心里或许要怪她无情。她一直待她那么好，死的时候却连个像样的坟墓也没有，一个人埋在冷冰冰的荒郊野岭，死后也没人陪她说话。

不过，阿满好歹还有个墓可以去扫，她的血亲至亲不是战死沙场便是死在大火之中，连一抔灰也找不到，就是想扫墓，却又要到哪里找呢？

覃川长叹一声，收起地图在小毛驴腰上拍拍。它四只蹄子撒得更欢，一路连蹦带跳下了山。天黑前到了山脚下的镇子，小毛驴立即化作一张白纸，随风散开了。

已有半年多没在凡尘俗世待着，此时见到街上熙熙攘攘的人群，覃川不由深深吸了一口气。风里什么味道都有——街角炸油饼的油烟气、药店熬药的苦涩气、蒸笼里泄漏出的面香水气……七七八八混在一处，便是红尘的味道了。

她喜欢这种味道。

进客栈，要了一间客房，伙计带她上楼的时候忍不住回头看了好几眼，嘴里啧啧有声：“这样漂亮的姑娘居然单身出门，是来找相公的吗？不晓得哪个男人有福娶这般美貌小娘。”

覃川面不改色地听着，进门之前突然问道：“你们这里可卖生肉？猪肉牛肉都行。”

大抵是想不到这样一位娇滴滴的姑娘一开口就说生肉，伙计愣了半天才笑道：“有是有，不过姑娘要了有什么用？自己吃吗？”他见覃川面容娇美，身形纤弱，口头上的便宜就忍不住要占一占了。

她笑了笑，淡道：“不是我吃，是给它吃。”

她指向身后，那里不知何时赫然躺了一只硕大的猛虎，神态凶恶之极，冲那吓傻的伙计打了个呵欠，满嘴利牙，下个瞬间又忽然消失了。

覃川友好地看着浑身发抖的伙计，柔声道：“不用多，送二十斤牛肉、二十斤猪肉上来吧。”

关上房门，清楚听见伙计乒乒乓乓连滚带爬摔下楼梯的声音，她又觉好笑。其时俗世间人妖混杂，但以貌取人的还是有很多，那伙计现在肯定以为她是什么妖怪。

记得以前她跟着老先生从头学习，因为容貌出众，难免有人觊觎，或出言挑逗，或动手动脚。那会儿她还小，从没遇过这种事，又尴尬又郁闷。先生把跟了自己几十年的防身灵兽猛虎送给她，一旦遇到轻薄狂徒，就让猛虎现身。这招从十四岁用到现在，百试百灵，让耳根子清净不少。

说起来，那会儿她还真是闹了不少笑话。譬如买东西总是忘给钱，不会梳头发就随便扎两根歪七扭八的辫子；因平日里的衣服不是绫罗就是绸缎，第一次穿粗布衣服，身上起了许多红点，痒得一个劲扭；第一次做饭不会把肉切块，不会放油，就用水把那块五斤重的肉给煮得半生不熟，害老先生吃了拉肚子。

不过随着年龄的增长，笑话也越来越少了。到后来，穿粗布衣服、吃酱菜泡饭、睡茅草冷炕之类的事情，对她来说简直不在话下。

她越来越不像帝姬，她越来越自由自在——在最绝望的时候，她从未想象过自己还能活得这么好。父皇、母后还有二哥他们，如果在天有灵，应当也会很欣慰吧。她再也不是那个需要把容貌与歌舞当作骄傲的帝姬了。

快十八岁的时候，老先生仙逝了，临死前给了她两颗珍藏的药丸。黑色是可以改头换面的，红色乃是解药。将想要变的那人名与八字写在符纸上，烧成灰和水吞下药丸，这样的改头换面，就算天神下凡也认不出。只不过一来这种药有剧毒，二来借用八字乃是逆天之行，半年之内必须服下解药，否则性命不保。

覃川曾想过扮作皇后的模样，年纪大一些更不容易被人发觉，但自己本身年纪在这里，若是好端端一个大娘突然做少女状娇笑，那难免尴尬得很。

最后还是扮作阿满，提心吊胆缩着脑袋在香取山过了半年，到底是取到了魂灯。

她从牛皮乾坤荷包里取出魂灯，放在手上翻来覆去地看。怎么看它都是一座破旧的青铜烛台，打开盖子，里面有四根灯芯，非棉非草的质地，透出一层淡淡的血红来。不知道倒些油进去，能不能当普通烛台来用。

正想得出神，忽听门上被人轻轻敲了两下。她只当是伙计过来送肉的，随口道："放在门口就好。"

没声音，隔了一会儿，敲门声又响起了，不紧不慢，像是逗她玩儿。覃川一面把魂灯放回牛皮乾坤荷包，死死系了带子，一面道："谁？"

依然不回答，依然不紧不慢地敲着。覃川有些恼火，过去轻轻开了门，说："有什么事？"

门口那个男人身材修长，眼底一颗泪痣，笑得天真温柔，眼里却隐约有

疯狂的暴风雨聚集。他笑眯眯地看着覃川瞬间变色的脸，慢吞吞说道：“上来送肉给姑娘的。”

覃川霎时又恢复了平静。装傻？没用。虽然不知是什么时候，但这人认得她的原来模样。出手对付他？更没用。她肯定打不过他，万一激怒他，就更糟糕了。

还是赶紧逃跑是上策，比速度，她不信会输给他。

她把门一关，插死，打开窗户就跳了下去。刚一落地，就见傅九云倚在墙上望着她，那笑容，简直无法形容。覃川背上的寒毛一下子全竖起来了，四处看看，无路可逃，只好硬着头皮与他对视。

“九云大人，真的是你？我还不敢相信呢，没想到这么快就见了。”她说，然后走过去，一把挽住了他的胳膊。

傅九云低头看着她，慢悠悠地说道：“不快，本该在你冒充山主弟子的时候就抓住你这小贼的。”

覃川干笑道：“人家素来仰慕山主英明神武，打心眼里期盼能做他老人家的弟子。”

他了然并且理解地点点头：“原来如此，你有这样伟大的心愿，我当然要成全。这便跟我回去，山主也在等着你，做弟子一事，自然好商量。”

语毕不由分说，拽着她的后领子便要走。覃川手忙脚乱，好似即将进入屠宰场的猪仔，吱哇大叫：“九云大人！还是不急着回去吧？我还没做好心理准备！”

傅九云出手如电，突然将她腰上系着的牛皮荷包攥在手里，冷冷一笑：“是吗？我还以为你胆大包天，什么都不怕呢！”

覃川死死抱住他的胳膊，赖着就是不放：“大人你又要抢我的银子？”

他看着她，还是冷笑：“很好，覃川你真不错，到这个时候还跟我装蒜。”

他真的没见过这种女人，胆大妄为，坑蒙拐骗，顺手牵羊，完事了被抓个正着，居然丝毫不心虚，还敢东拉西扯，连一丝愧疚的心都没有吗？纵然是离开，也不肯光明正大地离开，弄了多少小手段，钻了多少空子，将别人的心意当作一团烂泥，用够了随手就丢掉。

起初以为那被烧焦的尸体是她，那种五雷轰顶的感觉他至今仍不愿回想。上一次是阴差阳错，他没有能够在身边保护她。这一次已经牢牢抓住她了，可发觉她是一条无比滑溜的小鱼，抓得再紧再牢，她也能从指缝里钻出去。

“覃川，你就是去天涯海角，也别想逃出我掌心。”他的手指猛然一紧，捏着她的手腕，犹如铁钳一般。她疼得咬牙切齿，连声大叫：“我不逃骨头就要在你掌心被捏碎啦！”

傅九云全然不理会她的装模作样，拽着手把万般不情愿的小姑娘往前拖，正大光明地从客栈大门进去。伙计们见他眼生，见覃川倒是眼熟的，因看傅九云沉着脸，很有些凶神恶煞，只好涎着脸赔笑：“大爷您是吃饭还是住宿？”

他看也不看，从怀里取出一粒珍珠掷向掌柜的：“客栈我买下十天，把大门窗户全关好，钉上铁条，一律不许进出，狗洞也别忘了封上。”

他回头看着覃川有些发白的脸，讥诮一笑，低喃：“小川儿，咱们，慢慢耗。”

覃川在被提上楼的那段时间里想了无数个脱身的法子，奈何没一个派得上用场。此人个子比她高，身体比她壮，本事比她强，鼻子比狗还好使，真要铁了心看住她，就算马上背后生出十双翅膀也飞不走。

钳制住她的手突然松了，她连退三步，撞在床上好不容易稳住身体，只听咣一声，房门被他用力摔上，还反插了好几道。她那颗脆弱的小心脏立马不争气地开始狂跳，瞠目结舌地看着他一面冷笑着慢慢走过来，一面还在脱身上的大氅。

“你……你要做什么？！”覃川赶紧护住自己的领口，想往后退，但后面好像是床，这位置简直是大大的不妙。

“你说我要做什么？”他笑得狰狞，大氅的带子打了死结解不开，他恶狠狠地一把扯断，布料被撕裂的声音令她胆战心惊。

“别过来！你别过来！”她连滚带爬，绕到桌子后面，抱头大叫，“上次献身你说不要！这次没机会啦！”

“是吗？大人我就爱这强迫的调调。”大氅一甩，覃川只觉腰被什么东西钩住，一股大力传来，实在抗拒不得，踉跄着跌在床上。她脑子里一片空白，凄凉地喊道：“我三天没洗澡啦！”叫完也不知死活，赶紧先把眼睛死死闭着，不知他的魔爪何时落下。

谁晓得等了半天，此人没半点动静。覃川小心翼翼把眼睛撑开一丝丝缝，却见他只脱了大氅，里面的衣服半点不乱，正端了一杯茶盘坐在床头吹那热气。见她偷看自己，他便嗤笑：“把那怀春的心收拾收拾，赶紧给我坐好了！”

不知道到处春情盎然的人是哪个？！覃川再次无声地咆哮，兔子也没她快，哧溜一下便跳起来，靠着床沿只坐下去一点点，笑得憋屈极了：“九云大人，你是怎么找到我的？”

傅九云并没有马上回答，他半垂着头，在轻轻吹茶面上的热气。或许是因为没有笑，他看上去有些阴郁哀伤。覃川心头仿佛被什么东西触动了一下，原本被她刻意压制的诸般愧疚感激，还有那些说不清道不明的暧昧感情，突然就从另一扇门里钻了出来，此刻的短暂沉默好像也被染上了暧昧的味道。

“你现在还是叫我大人？”没头没脑地，他突然问了一句。

覃川有些不安，盯着他手头那个杯子上的拙劣花纹，解释：“我是叫习惯了……”

傅九云对这个答案无动于衷，只自顾自地喝茶，甚至像是在出神想什么事情。覃川原本以为他至少会狠狠欺负她几下，最不济也是骂一顿，可他千里迢迢不知用什么法子追上来，竟好像只为了坐在她对面发呆想事情。

“九……九云……”覃川暗暗咳了一声，去掉“大人”两个字，叫着真别扭，脸上好像还有点发烧，真真没用，“那什么，你到底是怎么找到我的？这边离香取山已有很远了。”该不会是在她不知道的时候，给她下了什么秘咒吧？

傅九云有些恶狠狠地朝她冷笑：“你来猜猜我怎样找到的？小贼，你偷了什么宝贝？”

覃川浑身的寒毛都竖起来了，下意识地朝他手里捏着的那个牛皮荷包看了一眼。这个荷包，她连沐浴睡觉都不会离手，自觉保护得很好，想不到还是被他看出了破绽。他真的看出什么了吗？

他放下茶杯，对她意味不明地笑了笑，笑得她越发心惊胆战，吞着口水看他慢慢解开牛皮荷包的系带。她实在忍不住，战战兢兢地说：“那什么……荷包里真的没钱……就一点儿路费了……孝敬不起您老人家……”

傅九云不理她，打开荷包伸手一探，淡道：“哦？是吗？你的路费不少，都装在这牛皮乾坤袋里呢。”

他在里面掏一下，抓出一件半旧衣裳来，再掏——一包干粮，继续掏——桂花头油、梳子、碎银子、各类常用药丸、一沓白纸……这个拳头大小的荷包里装了不知多少东西，外面一点儿也看不出来，是件难得的仙家宝物，故而取名乾坤袋。

最后，他掏出了魂灯。

“你真是胆大包天，魂灯这种神器也敢偷。”他掂了掂魂灯，似笑非笑。

覃川瞪圆了眼睛装傻：“魂灯是什么？你在说什么啊？这只是一盏普通的铜灯，我带着应急的。”

他做出恍然大悟的模样，将魂灯放进自己怀中：“既然如此，那送我好了。这灯造型古朴，我很是喜爱。回头本大人上街帮你买个更好的。”

覃川脸色变了一瞬，很快又讨好地笑：“那敢情好……九云大人送的东西必然比我的破烂货好上几十倍！”

她起身走向门口，傅九云皱皱眉头：“去哪里？”

覃川回头，慢慢一笑："我下去要些吃食。九云你想吃什么？"

傅九云忽觉面前杀气逼人，仿佛有什么看不见的猛兽正对着他狠狠扑下。覃川犹如脱兔般跳了起来，厉声道："猛虎！咬他！"

凭空陡然出现一只硕大猛虎，张开血盆大口，毫不留情地咬向傅九云的脑袋。躲也来不及躲，他的脑袋一偏，那满嘴的利牙尽数咬合在左边肩膀上，他登时闷哼一声，鲜血瞬间便染红了半边身体。

覃川面沉如水，飞快地从他怀中将魂灯取出，转身推门便走，逼着自己不许回头。

打开的房门突然被一双看不见的手大力摔上，笃笃数声响，她耳边一阵刺骨的凉意，数十根通体银白的寒光射在门上，将其钉死。傅九云的声音在背后响起，竟带着一丝阴森狂怒："覃川，你还想去哪里？"

她猛然转身，却见他掌心有银色电流吞吐，一把盖在猛虎头上，瞬间就将这厉害无比的灵兽打成碎裂的光点。覃川的心跳几乎停了，僵硬地靠在门上，动也不动。

傅九云低头看看自己半边染血的身体，撕开领口，肩头两排深可见骨的牙印，鲜血如泉水般涌出。她是真的要杀他，冷血冷心，毫不留情。他越是一言不发，覃川就越觉得呼吸急促，心脏像是被什么东西揪住了，她无法喘息。

眼前突然一花，脖子被一只炽热的手掐住，她无法选择任何抵抗，被动地被他狠狠甩在床上，脑袋撞中床板，一阵晕眩。身上又是一重，她惊恐地睁大眼，在眼前下雨般的金星里，只能勉强看清他阴冷的眸子，凑那么近，像是要将她生嚼下肚。

"小姑娘，你在找死……"傅九云第一次露出怒意，抬手似是要继续掐住她。

覃川发出一声战栗的喘息，死死闭上眼睛，等待预期中的剧痛袭来。可

是等了半天，他既没扇巴掌，也没掐脖子。她缓缓把双眼睁开一道缝，却对上他几近狂热的阴郁眸子。

甚至找不到话语来形容这样的眼神，似是爱到了极点，又似失望到了极点。比任何言语都更加锐利地刺入她心底的柔软处。

你怎会是这样？

你怎能下手？

你真的要杀我？

……

他身上的血大滴大滴落在她胸口，细微的声响，却是那么惊心动魄。覃川无法承受，逃避一般又一次把眼睛闭上了。

这些问题她一个也回答不上来。

为了取到魂灯，吃什么苦她都不怕。给人下跪也好，嬉皮笑脸也好，硬下心肠抛弃那些可爱的人也好。即使是——像刚才那样，对所有朝魂灯伸手的人露出尖锐獠牙，她也在所不惜。

覃川发出一个古怪沙哑的笑，低声道："你要强暴我？为什么还不动手？胆子被狗吃了？"

她一定是疯了才会在这种时候刺激他。

胸前一凉，衣服像是纸片似的被他瞬间撕碎了。覃川霎时感到一种绝顶的恐惧，偏偏又因为这种恐惧而全身僵硬，连声音也发不出来。肩膀上一阵剧痛，是他毫不留情咬上来，真要吃人似的。

又是一阵布帛的撕裂声，他在撕扯她的裙子。覃川恐惧得浑身发抖，终于从喉咙里发出一声沙哑的尖叫，没命地蜷缩起身体，像是在汹涌的海面上抱住一根救命木头那样抱着自己的膝盖，死也不放开。

他狂暴的动作停了下来，似乎是撑在她身上看了很久很久。覃川把脸死死埋在被褥里，想哭，又哭不出来，只好像个无助的小孩子那样抱紧膝盖，光裸纤弱的肩膀一阵阵剧烈地颤抖。

身上的重量轻了，大氅落在她近乎赤裸的身体上，他的声音比寒冰还要冷漠：“覃川，你果然心如铁石，真令我自愧不如。你想走，现在就可以走，光着身子走！”

他待她再如何好，也不过是她稍稍歇脚的一个小岛，毫不留恋就可以离开，毫不犹豫就可以沉没它。这种残忍，闻所未闻，令人从头到脚都坠入深渊一般，纵然是无数次地拥她入怀，在这个深渊里，也唤不出一声回音。不想放手，便要被她的荆棘刺得遍体鳞伤，她是个伤人也伤己的倔强女子。

傅九云弯腰，将随着她衣服摔落在地上的乾坤袋捡起，放进自己的怀里，冷道：“我再不会跟着你，你走。魂灯你永远也不要想。你这样走，再去天涯海角也随你。”

覃川渐渐停止了发抖，双手死死抓住大氅，把身体的每一个部分都缩在大氅里面。她的声音同样冷漠缓慢：“不是你的国破家亡，不是你的血亲战死，你有什么资格一而再再而三地阻挠我？傅九云，你是不是爱上我了？”

他答得极快，甚至想也没想：“是。”

覃川紧紧咬住牙，用尽毕生以来所有的气力去阻止眼泪，可她阻止不了心底的狂潮，过往懵懵懂懂的一切此刻都变得棱角分明。他待她温柔体贴，说出那些美好的、让她憧憬至极的话语，是因为他爱她。

那不是玩笑，不是戏弄，不是心血来潮的疼爱。他的爱沉重又轻柔，润物细无声。

她曾经历过世上最美好的恋情，也体味过世上最惨痛的结局，她以为自己早已如槁木死灰了。可是过去的那些半点也不能阻挡如今在全身上下疯狂流窜的潮水，她又一次开始发抖，只有把手指放在嘴里用力啃咬，借着疼痛让自己冷静、冷静。

可是要她怎么冷静？

她低声道："……可我从来没有爱过你，一点儿也没有。"

她分不清自己说的是实话还是谎话，就这么说了出来，不知是在折磨他还是折磨自己。

傅九云望着她缩成一团的背影，声音又变得讥诮："你很强大，也足够冷血，你终于让我变得不那么想看到你了。"

他大步走到房门前，那些闪烁着寒光的银白色东西被他袖子一拂，便全部收了回去。

他走了出去，没有回头。

傅九云就这么坐在客栈大堂里喝了大半夜的酒，店里储藏的酒被他一个人干掉了三分之二，掌柜与伙计见他满身是血的凶煞模样，哼也不敢哼一声。因不见那美貌少女跟下来，大家怀疑是不是被这男人杀了，不过大抵谁也不敢去报官的。

不知是不是因为烦闷到几欲疯狂，素来千杯不倒的他终于感到脑子里晕沉沉的，酒意一层层漫上来了。肩上还在一阵阵撕扯似的疼痛，索性就让它这么疼着，血也让它那么流着，这样他才能把心里那些破碎支离的语句连起来。

心底有一种涩涩的疼，不光是为自己，纵然曾经一笔一画细细替她描绘心底珍藏的美梦，盼她感到慰藉；纵然是紧紧地拥抱她，无声地告诉她这里有他可以依靠；纵然她通通不领情——这些都已经没有什么大不了，是他心甘情愿。

他只是为她这种拼命似的倔强难受，伤害别人也伤害她自己。正如他狂怒之下说出伤人的话，如今便只有独自品尝悔恨的苦果。

怀里的乾坤袋掉了出来，傅九云拿在手里仔细看。这里面装着魂灯，起初他猜不透她到香取山做什么，感到失去魂灯的那个瞬间，他一下子就明白了。

传闻阴山有神龙口衔魂灯，招引十方八荒妖魔之魂。魂灯以人魂精魄为火，万年不熄——她要做什么，他竟不敢想象。倘若她活着就是为了这样死去，就算她再怎样刻骨地仇恨他，这东西也不能给她。

第十二章

他要陪着她，实在是很美很贴心的诺言

屋子里安静得听不到一点儿声音。覃川只觉得很冷，手脚蜷缩在大氅里，还是冷得一个劲发抖。

到了这种时候，她再也不能强颜欢笑。

她微微一动，茫然地望着四周。下一步要怎么走，自己也不知道，难道真要被他强行带回香取山？

桌上不知何时放了一幅画轴，比平常的画轴要大上好几倍，一根红丝带系得匀称漂亮。

这不是她的东西。

覃川抓过来，将红丝带解开，画轴用的纸很新，还带着他身上的温暖。

一点点打开，纸上画的却是一座她再熟悉不过的宫殿．从小到大十四年，她就是在这里成长起来的。景炎宫，大燕皇宫中最美丽的宫殿，宫中种满了垂丝海棠，她离开的时候，那些花儿刚刚开放，只是无人有心欣赏其美丽了。

覃川的手一软，画轴摔落在地上，她震惊得僵住。

眼前幻象陡生，四周满是娇红嫩白的垂丝海棠，她就坐在花海中，看着风把花瓣吹起来，拂过衣角。景炎宫中人来人往，父皇母后安详地坐在她身边，只是面容模糊。大哥他们也都在，每个人都是面容模糊，唯有二哥眉眼灵动，笑吟吟地蹲在自己面前，唇齿翕动，像是要对她说话。

“二哥！”她叫了起来，伸出手要去抱他，可是双臂一搂之下只是空，她几乎要从床上滚下去。

阿满端着茶水款款走来，平和清淡的面上挂着熟悉的温柔笑意，将茶壶放在她手旁。

“别……别走……”她下意识地去捞她的手，自然又是一场空。

她明白的，这些只是仙画做出的幻觉，一切都是假的，所以摸不到他们，也听不见他们说话。只是她真的不敢相信有朝一日可以再见到他们，活生生的，在对她笑，在她周围说话走动。这一切简直像一个突如其来的美梦，她硬生生地被砸进去了，舍不得出来。

覃川突然缩回手，死死咬住牙，困在眼里的泪水撑不住掉下一颗。她就有那么倔强，再也不许第二颗落下，狠命用大氅擦脸，转身便往门口跑去。

门开了，傅九云站在她对面。他方才应当是去包扎上药了，血湿的外衫挂在手肘上，低头静静望着她。

“这些天我一直在画这幅画。”他声音变得平静，“还只画好一半，等全部画好了再送给你。当我确定你是帝姬的时候，便想这么做了。”

覃川怔怔点头，喃喃：“……公子齐？”

傅九云低声道：“公子齐也好，傅九云也好，只是个名字罢了，并不重要。重要的是，上一次公子齐没能陪着她，他总是迟到一步。这一次，傅九云会把她抓住。”

她像是不认识他似的，就这么死死盯着他。

傅九云难得被看得有些不自在，抬手把她轻轻推进屋，关上房门：“进去。”

那幅画被他重新卷起，系了红丝带放在腰后。他坐在床边，没有抬头，淡道：“我们都不必再废话。魂灯太危险，我不会让你带走。今晚就在这里住一夜，明天随我回香取山。”

她近乎凶狠地别过脑袋：“我不会回去。”

“左紫辰已经离开了香取山，玄珠也追在后面走了，想必以后也不会回来。

你大可不必担心有人会认出你。”

“为什么非要逼我回去？”

难道就因为他是公子齐，他爱着她，替她画了一幅《景炎宫》，她就要感激不尽，从此唯君是从？

“因为我不想你用魂灯，更不想你一个人孤零零的。我想你过得开心点。”

“那你不如叫我去死。”

他吸了一口气，目光沉沉。

“真没有挽回余地？”

覃川冷冷地笑了：“怎样挽回？什么挽回？叫大燕国回来吗？！”

傅九云沉默了。

“川儿……”他突然又开口，“我知道你拿魂灯想做什么。只是，世上诚然有些事情是值得搏命去做，就算死了也没什么大不了，因为人有轮回，了结苦楚的一段，总还有全新的一段等着他。但无论是什么事，都不值得死后魂飞魄散，受无穷无尽的痛苦。”

她不说话，像一只受伤的小动物，闷闷地不肯抬头。

“我不会叫你忘掉仇恨，可是我想你跟着我能少些心事。有些幸福虽然很短，也很肤浅，但是你值得有。你不爱我，那也无所谓，总之都是我自愿。魂灯……不能给你，我会把它封印起来。你若要恨，不如来恨我，我不需要你千里迢迢万里跋涉，你看，我就在你面前，杀起来，也是一刀了事，简单得很。

“川儿，我会陪着你，你要怎样，我都陪着。只是魂灯不可能。”

她猛然抬头，目光真像是要杀人一样，傅九云坦然受之，丝毫不闪避。她的目光便渐渐软下去了，已经用尽了所有气力和勇气，她紧紧闭上眼，大颗大颗的眼泪掉了下来。他伸手去接，手却被她用手按住，贴在脸上。他的手很温暖，也很温柔，一旦靠近就不想再离开。她讨厌这样软弱的自己，但她没有办法。

傅九云坐在她身边，染血的长袖盖住她肩膀，把她的脑袋按在胸前，襟口很快就被染湿了。不知过了多久，久到傅九云以为她睡着了，正要躺下陪她一起睡，忽听她带着鼻音轻声说："……毒，解了没有？"

他这才想起她问的是相逢恨晚的毒，心下微微酸楚，她原来都记得。

"那点毒，还毒不死大人我。"他语气轻松，开个玩笑。

覃川仰起脸，眼睛红红的，还有点肿，不过已经没有泪水了。她犹豫了一下，别过脑袋低声说："那……伤口呢？"

他自嘲地看看肩上，血已经不流了。他出来得匆忙，没带什么灵丹妙药，涂上去的药也没有太大的功效，伤口处高高肿了起来。

他说："没事，不疼。"

她又不说话了，睫毛还沾着细细的水滴，微微颤抖。傅九云的心也跟着抖，情不自禁地想用指尖触摸那蝶翼般的轻盈。她突然哑着嗓子说："我这里有药。"

她确实带着许多好药，乾坤袋里的东西简直比聚宝盆还多，有个小瓷瓶，里面装的尽是指头大小的白色药丸，傅九云一嗅味道便知是上好的伤药，用水化开两粒，涂在伤口上，一夜过去伤口就可以愈合。

覃川跪坐在他面前，替他把外衣脱了，微凉的手指擦过他赤裸的胸膛，傅九云呼吸骤然一乱，忽然握住她的手，掌心的热度几乎要烧灼她的肌肤。她垂着头，唇角有个模糊的笑靥，带着久违的调皮，小声说："你倒真是精力充沛，血都流了那么多，还要做什么？"

他万般不甘地放开手，自嘲似的笑道："……下手轻点，我怕疼。"

她果然就动作很轻，指尖触在伤处，像微风吹过去，尚未来得及感到疼痛便消失了。傅九云有些心猿意马，盼她别那么快涂完，还盼她用力些，这么挠痒似的触碰实在令人心痒难耐。

月光攀上窗棂，他们两个人的影子绞成一股，你中有我，我中有你，像是再也分不开了一般。覃川心底有一种无言的喜悦，还有一种淡淡的无奈。她说：“九云，你觉得一国的公主，应该是怎样的？只需要打扮好看点，仪态摆得漂亮些，在人前显示皇家威仪就可以了吗？”

傅九云没有回答，他好像睡着了，脑袋微微垂着，面容被阴影笼罩。

“我以前从来没想过这个问题，也没人告诉过我。后来大燕灭了，先生和我回去探望过一次，那里到处以妖为尊，只因为天原国信奉妖鬼之王。那些普通的子民每年都要向上进贡人菜……你知道什么是人菜吗？就是把人当作一道美味佳肴送给那些高高在上的妖魔们。很荒谬是不是？可它是个活生生的事实。

“回去之后，我一直在想，以前我是大燕的公主，受万人景仰，到底是凭了什么？我又为他们做了什么？我到底有没有资格被我的子民们曾经那样拥护？

“你说，我用魂灯魂飞魄散永生永世受苦，不值得。对覃川来说，确实不值得，她只是个普通的没有亲人的姑娘。不过在成为覃川之前，她先是大燕的帝姬。在帝姬的心里，这是千万分值得的事情。”

药涂完了，上好的伤药，里面加了一味戏仙散，顾名思义，就连神仙不小心着道也会不知不觉陷入沉睡，雷打不醒，足足睡上五个时辰才会自己醒过来。原本她是打算在香取山走投无路的时候用的，想不到居然会用在傅九云身上。

覃川替他穿好衣裳，小心把他放倒睡在枕头上，看着他祥和的睡颜，心里有许多话想说。想告诉他，放猛虎咬他只是一时气急，并不是想杀他；还想说，在香取山的日子，因为有他，还有翠丫那些可爱的人，她才能真正笑出声。好几次在梦里遇见过他，那时的心情是久违的轻松愉快。

她还想说，他要陪着她，实在是很美好很贴心的诺言。

还想说……

想说的话真的太多，只是都说了，她就要舍不得。她曾想过，熬过这些年，该死的时候就可以解脱了。可是最后这一年，她过得很美好，所以她现在已经满足了，至少不是满怀怨气地离开。

覃川将魂灯自他怀中轻轻取出，重新放入乾坤袋。

换好衣服，她忍不住回头再看一眼傅九云，似是依依不舍。

放了两只白纸唤出的小小灵兽守在他身边，以免出现什么意外。覃川看了他最后一眼，终于决绝地关上房门。

这一次，是真正地离开了。

说是离开，覃川倒有些被傅九云追怕了，此人说话虚虚实实，天知道他到底是怎么从香取山那么远追出来找到自己的。她在镇子周围绕了三四天，腹稿打了一张又一张，为自己不幸再次被抓住之后做好万全的准备。

三四天过去，毫无动静，他大约气得去天原国守株待兔了。覃川这才骑着小小毛驴，不紧不慢往西边去。赶到老先生的墓前，正是二三月间，草长莺飞，老先生的坟上不单长了野草，还开了一片野花，欣欣向荣，倒也热闹。

覃川索性把坟上的杂草稍微修剪一下，那些花儿就留着，想必先生也欢喜。

花了二两银子，从村东头请个戏班子，再添几坛好酒、半斤牛肉。覃川在吱吱哇哇乒乒乓乓的大戏声中，坐在坟前大快朵颐，路人无不侧目观之。说到底，她如今这见人说人话、见鬼说鬼话的厚脸皮，倒是跟着先生学的，他临死前什么也没交代，只笑眯眯地吩咐了一句：“来扫墓的时候，记得带美酒牛肉，如果有唱大戏的更好。”

覃川面不改色喝了四坛酒，连一丝儿酒气都没发，看热闹的戏子们倒有些脸色发白。第一次见到个活生生的酒桶，还是个很漂亮很柔弱的酒桶。吃饱喝足，她拍拍手就站了起来，朝坟墓行个礼，说：“先生，这是我最后一次来看你老人家了。以后坟头长草，坟尾开花，我就不能替你打理了，先生莫怪。”

把戏班子的钱结了，跨上小毛驴正要走人，忽听后面传来一阵惊呼，回头一看，原来是几只圆头圆脑的桃妖风尘仆仆地赶路。以前她跟先生住在这里的时候，还上山跟他们玩过，讨了许多桃子来吃。

这里的桃妖性情温和，待人从来都是极好的，可是看村民们的表情，竟像是惊恐多一些，这才是奇了怪了。如今的世道，人妖杂居，什么稀奇古怪的妖魔鬼怪在外面堂而皇之地走路，都不会有人瞥一下，短短几年，世道变了不成？

覃川骑着小毛驴迎上去，笑问：“桃子哥哥要去哪里？”

为首的桃妖一见她便眼泪汪汪，恨不得扑上来熊抱：“小川！还是你好！这些日子咱们委屈呀，大家伙见到咱们都只会吓得尖叫，好像要吃他们似的。冤枉呀！天底下谁都知道咱们桃子最好了，从来不吃人！”

桃妖别的都好，就是说话啰唆，一件事翻来覆去能说半天，覃川听了足有大半个时辰才把事情理顺。原来西方这个小国的皇帝没什么骨气，天原国大军未到，自己就先投降了。而天原国在扫平大燕之后，左相居功甚伟，原本要叫他留在大燕，做个大官儿，但大燕的百姓恨透了这位叛国丞相。为了避免不必要的麻烦，他自己请命来这里做个逍遥闲官，把那套以妖为尊的手段搞得淋漓尽致。

前几天一张帖子送到桃妖们的洞府前，邀他们参加什么“百人宴”。用桃妖的话说，就是请他们去吃人，彰显妖怪与凡人强弱不同。听说附近稍微有点名声的妖怪们都收到了帖子，统统吓一跳，谁也不愿蹚这个浑水，故而索性放弃住了多年的洞府，远离这个是非之地。

送走了哭哭啼啼的桃子哥哥们，覃川忍不住再回头看看那些躲在暗处的村民。有人不舍，有人难过，有人恐惧，有人愤恨。天原国这下搞大了，是要一统天下，塑造个以妖为尊的中原大地？

她骑着小毛驴，换了个方向慢悠悠前进。

这才真是踏破铁鞋无觅处，得来全不费工夫，左相远在天边近在眼前，不用她多浪费脚程。

她记得小时候与左相倒是很熟稔的，他大儿子是皇子伴读，二哥时常带着她偷偷溜去左相家找他那几个儿子玩，有一次被左相撞见了，把他俩担心得不行，若是被父皇知道，他俩都会被禁足。想不到左相笑眯眯地替他俩保密了，在覃川最初的印象里，左相是个慈祥又风趣的大叔。

后来渐渐大了些，看他的感觉又不同了，隐约感到他极有城府，说话做事滴水不漏，见到他会感到害怕，此后去他家的次数便渐渐少了。

最后，就是知道他叛国通敌。她曾有无数话想质问左紫辰父子，字字血泪。可是过了这么多年，要问的话也早没了，问不问大燕都已经消失，何必让别人看见自己血淋淋的伤口。先生宠她，跟着学习的时候还特地写了左相的名字贴在墙上，让她每日用小刀扎着泄愤。她一下也没扎过，因为只有软弱的愤怒才会用这种方式来宣泄。

这么久的时间过去，帝姬也已经成了覃川，她一边随着毛驴的步子晃晃悠悠，一边想，杀完左相就赶紧吃饭，她饿得慌。

那一天，风和日丽，莺声呖呖，左相难得有了诗情，邀上几个文人骚客，出门踏青游玩，顺便做点诗词自娱。覃川躲在符纸造的结界里仔细打量他，因见他也显露出老态来，鬓边白发催生，便忍不住想到宝安帝。

天原国举兵入侵大燕的那段时间，宝安帝几乎是眼看着就老了下去，几个月不到便白发苍苍，病死的时候更是像个佝偻的老头儿。他做皇帝那么多年，太过信任左相，把他当作左右臂膀，谁想自己的膀子却往自己心口戳了一刀。他们父女俩，在这方面都挺天真的。

大约是近来过得悠闲自在，左相胖了几分，行动间颇为神采飞扬，左右

前后都有妖力充沛的妖怪手下护着。猛虎素来以妖为食，乍见这么多口粮在眼前晃来晃去，兴奋得一直低吼。

覃川在它脑袋上拍拍，从乾坤袋里取出了铁弓。

八十斤的铁弓，她拉了快两年才能拉开，其间多少艰辛也不用多说。能拉开的时候，连先生都不敢相信，叫她搭箭矢去射天上的飞鸟，她射了一只鹰，一箭对穿，脸不红气不喘，先生佩服得差点儿晕过去。

搭铁箭，开铁弓。覃川的手稳若磐石，瞄准了左相的心口处，将铁弓拉得犹如满月。

铮一声，铁箭如流星般划破长空，深深扎进左相的心口，他甚至被那股劲道冲得倒退好几步，跌坐在地上不可思议地看着没入胸口的铁箭。因为扎得太深，连血都是一滴一滴慢慢涌出来，把胸前染红了一小块。

猛虎迫不及待地冲上去，将那四只还未反应过来的妖怪一口一个生吞下肚，满足地打个嗝，在地上快活地滚了好几圈才肯回来。

覃川撒一把白纸出去，瞬间变作无数只奇形怪状的妖怪，作势追赶那些吓软了的文人骚客。一时间有的逃远了，有的吓晕了，她这才大大方方地亮相，走到左相身边。他还没有死透，张大了嘴，喉咙里艰难地发出咯咯声，惊恐地瞪着她。

覃川蹲下去，静静看着他，低声道：“你还认得我吗？”

他没有回答，可能是吃惊太甚，眼里神色变幻，像是不敢相信，像是无比恐惧，像是无穷无尽的绝望。

“我本来想，杀了你是为父皇母后还有我的兄长们报仇。不过现在还要再加一条。”她握住铁箭，一把拔了出来，鲜血噗一声喷了老高。左相微微一抖，断断续续地发出声音：“帝……帝姬……你没死……你们明明……都被烧死……”

她点点头：“我没死，我活着为大燕的子民来找你讨债，血债血偿。”

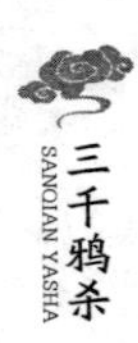

他脸色一变，张口欲咬断舌根，省得慢慢等待身体里血流干的痛苦。

覃川淡道："不要以为死了就一了百了，世上没有那么简单的事。天道仁慈，有轮回转世，我可没那么仁慈。"

她突然取出一张符纸按在他头顶，低声道："你就是第一缕人魂精魄了。"

尚未离体的魂魄被符纸引了出来，魂灯沾染左相的血，顶上的盖子兴奋得啪一声自己开了。吸了魂魄的一根灯芯微微一亮，现出一层极淡的蓝色火焰来。魂灯不灭，点灯的魂魄便要受尽生生世世的苦楚，叛国老贼，这个下场很适合他。

覃川捧着那一簇脆弱得仿佛一吹就会熄灭的烛火，低声道："你欠了大燕子民的，你就要还。"她将盖子合上，转身便走。猛虎对点燃的魂灯十分忌讳，再也不敢靠近三尺以内，远远跟在后面。

其时左相被诛杀的事情闹得沸沸扬扬，甚至惊动了天原国的皇族，他的尸体被秘密运往天原京城皋都。国师只看了一眼，便说："魂魄被取走了，动手的人必通仙术。"

皋都自此在八处城门前设了关卡，禁止一切修仙者出入，惹得周边一些修仙弟子敢怒不敢言。

覃川那段时间却一直窝在大燕一个小镇的客栈里，每顿吃三碗大肉面，害得没怎么见过世面的老板娘每次给她送面都忍不住要往她平平的肚皮那里看好几眼。三个月过去，她胖了一圈，诚然腰肢还是婀娜的，姿态还是美妙的，但那袅娜纤纤，可以随风而去的轻盈是一去不复返了。

用白纸贴着变出个人脸来，覃川对着镜子左右照照，对自己的新形象很满意。不丑，也不美，圆圆脸圆圆眼睛，一股娇憨天真的味道。就算傅九云、左紫辰、玄珠他们，这会儿贴着她的脸，对着眼睛使劲看，估计也认不出这濒临丰满的姑娘就是覃川。

再过一个月，皋都的关卡迫于修仙者的压力，一一撤掉。某月某日，一个憨头憨脑的姑娘坐船来到了皋都，光天化日之下，正大光明地从城门处进去了，谁也没多看一眼。

第十三章

眼泪无穷无尽，每一颗都是折磨

皋都是天原国的京城，覃川还小的时候，对天原国的了解仅限于书本，这是西北一个强大的国家，传说皇族具有妖魔的血统，个个骁勇善战，嗜血狂暴。

二十五年前，天原皇后诞下第一位皇子，其时天现异象，皇城皋都外下了十寸黑雨，人人自危。皇帝以为是凶兆，便请国师开坛洞察天机，谁知结果出人意料。国师禀明：此子生就鬼神避让的无双命格，妖血浓厚，将来血战天下，一统中原，乃是大大的吉兆。

皇帝自然半信半疑，此后一连十天，天天异象，每日正午与午夜，都有大批闻所未闻的妖魔降下，匍匐在皇子寝宫外，不伤人、不叫嚷，实为百年难遇的奇观。皇帝顺应百官请求，于满月册封其为太子，大赦天下。

当年大燕皇城被破，便是这位太子爷领兵的。那食人妖魔肆虐狂暴，唯独在他手下温顺得如同绵羊。二哥在皇城留守到最后，为了护住城门，与他斗了半日，最终气力不继，死在他的长刀之下。

太子杀人如麻，无论老幼，声称只两种人不杀，一是年轻美貌的女子，一是不男不女的太监。前者不忍杀，后者不屑杀，故而放火烧了大燕皇宫，把个想拿大燕皇族的脑袋去邀功的左相气个半死。

近几年天原国四处讨伐，国库难免空虚，需要一段时间的休养。太子常年征战，对京城里平淡无聊的日子甚不耐烦，太子府里众多娇妻美妾又成日忙着争风吃醋，闹得他好不郁闷，索性在郊外建个秘密别院，整日流连酒坊青楼，困倦了便回别院休憩。

他不知立了多少奇功，身后又有国师全心全意帮他说话，连皇帝也只能睁一只眼闭只一眼，虽然忌惮，却毫无办法。

覃川遇到太子的时候，他正在酒坊二楼临窗大口吞酒，身旁足有三四个美娇娘笑吟吟地服侍，三丈以内无人敢靠近。就算酒坊里的人不知道他的真正身份，但此人生得极高大壮实，满脸凶煞阴冷，腰间长刀比寻常人的大腿还要长，敢靠近才有鬼。

覃川捡了个不远不近的位子，点了两坛酒，一为百花香，一为神仙醉。两种酒都很常见，但很少有人知道，两种酒按一比三的分量兑在一处，却是香醇浓厚之极。她兑了一壶，把盖子一开，霎时间整个二楼都笼罩在醉人的酒香中，不时有人探头张望，痛骂伙计有好酒不送来。

太子已微醺，突然嗅到奇香，不由馋虫大动。抬头一看，只见不远处坐着个少女，一身素白长衫，乌发如云，袖子下露出一截丰盈皓腕，比衣裳还要白上两分。他扭头再看看身边的美女，个个都成了庸脂俗粉，当即便一把推开了。

“姑娘有好酒，何不请我饮一杯？”靴声橐橐，下一刻他便已坐在覃川对面，目光张狂里带着含蓄，打量她春花般的脸庞。

覃川按住酒壶，微微一笑：“公子，我在等人。”

太子从她手里抢过酒壶，嗅一下，当即仰首一口喝干，赞叹：“好酒！好美！”说罢从怀里取出一颗明珠，道，“姑娘，这颗明珠换你两坛酒，可好？”

她薄有嗔意，淡道：“不过是寻常的百花香与神仙醉，不值公子一掷千金。公子若是喜欢，两坛酒都拿去便是。何况，已婚妇人，姑娘二字还请公子莫要再提。”

她又按一比三的分量兑了一坛新酒，推到他面前。太子双眼一眨不眨地看着她纤细精巧的动作，她年纪不大，却已做了妇人装扮，黑丝般的长发尽数绾上去，露出细腻的后颈，还有几根少女柔软的绒毛在日光下泛着金色，比面前的美酒还要诱人千万倍。

他突然说："我看夫人有些眼熟，以前可是见过？"

又来了，天下的男人是不是都喜欢用这种蹩脚的借口搭讪？覃川想不到堂堂天原太子也没什么新花样，一时又好气又好笑："我极少出家门，公子这样的英雄人物更是第一次见。"

她几次三番暗示他自己在等人，太子硬是冒充睁眼瞎，赖着死活不走。眼看日暮西山，覃川忽然长叹一声，望着窗外双眼发红，低声道："这么迟了，他只怕是不会来了……"

太子明知故问："夫人是在等人？"

覃川摇头不答，不着痕迹地擦掉眼泪，起身道："我要回去了，今日与公子相谈甚欢，心中很是喜悦。告辞。"

说罢款款下楼，只留一丝余香。太子哪里肯放，紧紧跟在后面，扶剑笑道："天色已晚，夫人一个人赶路只怕有危险，不如让我送你一程。"

覃川只是摇头叹息，推辞了好几遍，见他十分坚持，便含羞带怯地答应了。太子牵了自己的坐骑，扶她上马，自己则牵了缰绳在下面引路。行了不到一个时辰，却已经出了皇城，周围尽是荒郊野岭。

太子奇道："夫人夫家竟不在城内？"

覃川一声不出，垂下双袖，里面早已裁剪成碎片的白纸随风朝后飘去，见风即长，一落地便化作狰狞的赤头鬼，密密麻麻潮水一般，齐声长吼，山野间仿佛都被这巨大的声势震得颤抖起来。

覃川一头栽下马，喃喃说了句："妖怪……"人便已晕死过去。太子一把揽住她，回头望去，只见道路四周都被赤头鬼团团围住。他天生便知道如何驱使妖魔，再凶残可怕的妖魔在他面前也乖乖俯首，可今日无论他怎样驱赶咆哮，这些赤头鬼都丝毫不让，寸寸逼近。

太子一只手将她紧紧箍住，另一手抽出长刀，大吼一声，长刀寒光如弯月，铮然划破夕阳余晖。四周的赤头鬼霎时间仿佛碎裂的纸片般飞舞起来，噼噼啪啪声不绝，不见鲜血，不见碎骨，刀光所及之处，只有碎裂的盈盈光点。

太子登时一愣。

一直被他抱在怀里的覃川动了，太子只觉左胸突然一阵冰凉彻骨，刹那间恍然大悟，将她如小鸡般提起，狠狠抛了出去。覃川后背撞在石头上，痛彻心扉，眼前阵阵发黑，本能地撒下结界，将自己隐匿其中。

太子低头看着没入左胸的短刀，鲜血正缓缓将衣衫染红，他怒极反笑："贱人！你枉费心机！"短刀被他狠狠拔出，这鲜血淋漓的太子爷如今看上去比那些妖魔还要可怕，更可怕的是——他居然没有死，长刀舞得越来越凶狠，那些白纸幻化出的赤头鬼尽数化作光点消散开。

身后有弓弦拉开的铮然声，太子猛然转身，却见覃川拉满了铁弓，走出结界瞄准他右边的心口。那一身素白为夕阳染成淡淡橙色，衣袂飞卷，神情肃穆，像是挟着复仇冷焰而来的天女。

太子突然停下动作，定定看着她，良久，才低声道："你杀不掉我，我也不会杀你。但你要告诉我，为什么？"

覃川没有回答，弓拉到最满，箭矢疾如闪电，瞬间便没入他右边的胸口。

太子露出个古怪的笑，倒退数步，说："我说了，你杀不掉我。"

是因为有妖魔的血统？他生得与普通人大不相同，是因为妖血浓厚？覃川一言不发，又抽出一根铁箭，瞄准先前射出的位置。后背剧痛无比，他方才那一掷，只怕令她受了重伤。

覃川死死咬住嘴里的血腥味，强迫自己再次发力拉弓，太子突然将短刀反过来抛出，正中她的手腕，铁弓脱手而出。他犹如猛虎下山一般扑上去，伸手便要抓住她的衣襟。

眼前突然爆发出大团大团的紫色烟雾，太子一头扑倒在地，晕了过去。覃川也冷不丁吸了几口，登时呛得胸口窒闷，脑子里昏昏沉沉的，身体不受控

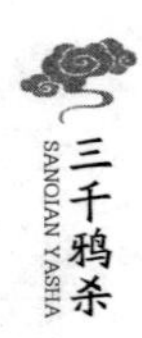

制地软倒。

一双手抱住了她，在晕过去的那个瞬间，覃川只看到他身上的紫色长衣，心头有什么东西一掠而过，觉得很熟悉，很熟悉……可是她不能再想下去了。

醒来的时候，只觉是躺在一张柔软的床上，窗前有人影晃动。覃川心中一惊，迅速起身，却见久违的左紫辰站在窗前，正提了茶壶倒茶，因她突然跳起来，他也是一惊，茶水泼在了桌上。

“……喝点水。”他沉默良久，将茶杯递给她。

覃川垂下眼睫，默然接过杯子，无声地啜饮。

其实她并没有想到会在这种情况下遇见左紫辰，还被他救下了。她与他可算是真正的久别重逢，一别就是四五年，五年前深情款款地道别，五年后两两相望无言以对地重逢。在香取山的那段，只好当作闹剧，谁也不想提。

左紫辰什么也没说，覃川自然更不会说，屋内的沉默难免带了一种刻意的尴尬。最后还是他先打破了僵局：“衣服脱了吧，我看看伤势。”

覃川下意识地握紧襟口：“不用，不疼了。”她别过脑袋，不想看到他的脸。

他的声音里多了一分悲戚的无奈：“燕燕……”

“不要乱叫！”她飞快地否认，“……燕燕早就死了。”

左紫辰看着她倔强地半垂过去的侧脸，与记忆里那个娇柔天真的小姑娘很像，可又有些东西是完全不像了。他的人生有一个极大的断层，断层之内，他悠然自得，在香取山过着神仙日子；断层之外，她早已面目全非，变得极陌生。

他心里的滋味太复杂，有许多想说的话，见到了她却不能说出口。那些解释的话语，说出来仿佛就是侮辱了如今的她。她确实也不需要任何解释，她早已不再是那个眼里只有左紫辰的小丫头了。

“背上还疼吗？”天原太子天生神力，被他那一下狠狠抛出去，骨头没断简直是奇迹。饶是如此，她必然也会受严重的内伤。

覃川把茶水狠狠咽下去，顺便也咽下了不停往上漫涌的血腥味。放下茶杯，她咬牙起身，说道：“我没事，多谢你出手相助。我们已经两清了，告辞。”

手腕忽然被人握住，左紫辰神色复杂，像是不确定，还害怕着什么，甚至还带了一丝决绝，沙哑着问道：“什么叫两清？你的意思是……”

“左相是我杀的。”她答得极快，终于回过头勇敢地直视他，双眼亮若太阳。

左紫辰面上有着压抑不住的痛苦之色：“……为什么？”

她不可思议地笑了起来：“你居然问我为什么，你怎么不去问问你父亲为什么要叛国通敌？”

他的手指猛然一紧，几乎要嵌入她的肌肤里，脸色变得煞白：“很好，他背叛了大燕皇族，你杀了他报仇！因果报应，我无话可说！只是你有国仇，我有家恨，我再也不能……不该……”

话说到这里，再也说不下去。他像被烫了似的飞快地松开手，突然一拳重重砸向墙面，墙上登时陷进去一个大洞。覃川淡道：“你不该救我，我知道。经此一事，我们之间的恩怨也一笔勾销了。你再不欠我什么，我也不用还你什么。就这样好了。”

她直接走向门口，毫不留恋便去拉门。

身后忽然被人紧紧抱住，那双胳膊是如此用力，几乎要令她窒息。覃川只觉喉咙里被什么东西堵着，痛得十分厉害，强撑着咬住牙，低声道：“放手。”

他没有放手，脸深深埋在她头发里，炽热的眼泪顺着她的发滚进领子里，打湿了脖子。

原来男人的眼泪也会这么烫，无穷无尽，每一颗都是折磨。

覃川想，她应当决绝一些，奋力挣扎，然后远远地离开他再也不回头看一眼。这世上有很多感情长痛不如短痛，无论它们是以什么理由告终的，拖着磨着都会令人憔悴。壮士断腕的决心，早在四年前她就有了。

可她却累得动也动不了，整颗心已经疲惫得再也挂不起任何负担。如果

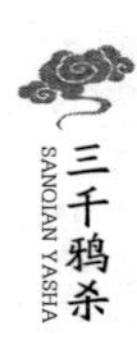

一切都可以回去，她亦希望可以做个蜷缩在他怀中的小女人，风雨都由他来挡，安安心心做一辈子他的掌心明珠。

只是时光永远不能倒流，倾心相爱的时候，纵然相隔千万里，两人的心却是近若咫尺。事到如今，就算他拥抱得再紧，嵌入骨骼血肉里，心却再也靠不拢了。他不是曾经朝阳台上青涩的左紫辰，她也不再是那个大吼“你不喜欢我就诛你九族”的任性帝姬。

有些时候，明知是错过，也只有安静地接受结果。

他似乎没有再落泪了，只是这样抱着她，又沉默又固执，说不出任何好听的话，也说不出什么动听的理由，就是这么抱着。

覃川微微一挣，声音低哑：“不要这样了。”

他的睫毛扫在她的脖子上，湿淋淋痒酥酥，他说：“我就是这么个愚蠢的男人，我放不下手。”

她深深吸了一口气，眼泪快要掉下来了，张开嘴想说点什么，却一个字也没能说出来。眼前的一切慢慢变得模糊，黑暗一点一点覆盖了她的视界。太子给她的伤势还是太重，没能熬下去。

她双膝一软，晕倒在他怀里。

昏睡中，覃川想起很多以为是已经遗忘了的事情。不知道是不是女人皆如此，当一个男人从她的所爱变成所恨的时候，便再也不愿记起他曾经的好，就连偶尔想起那些回忆，也觉得不甚光彩，恨不得统统忘掉，当作没发生过。

可她现在安安静静地想着他在朝阳台上等待自己的背影，又觉得可以释怀了。他说得一点儿也没错，左紫辰就是个愚蠢的男人，不会说话，不敢冒失，只能那么固执地等在原地，笨拙的固执。

她已经离他千万里远，因世情变幻而变得面目全非，他还是那么固执地在原地站着，等待一个曾经的帝姬，就算明知再也等不到。

她想为这种无谓的固执发笑，可是心里又难受得很，连一句“你不要再等了”也说不出口，因为说什么都是伤害。

背上的痛处被一双手轻轻抚过，掌心里有热力吞吐，渐渐缓解了后背的剧痛。覃川不知不觉醒了过来，睁开眼便见左紫辰弯腰坐在床头，宽大的袖子抚过她的脸颊。

她试着要躲，却听他低声道：“不要动，内伤很严重。”

覃川俯趴在床上，很有些尴尬，犹豫了一下才道：“何必救我？”

左紫辰没有回答，只是来回在她后背伤处那里轻抚，过了很久，他才轻声说：“当年天原国册封太子，广发邀帖，父亲亲眼见过太子与国师，或许见到了什么常人无法理解的东西，很是受到震撼。我一直并不想去管他的事情，也不知他在计划什么。直到那年回京，听他说要辞官，才隐约猜到他要做的事。

“父亲一直说这是件好事，也不会有过多的战乱让百姓受苦。我与几个兄长都不赞成这事，但父亲一意孤行，我们也不可能将风声泄漏出去，毕竟是我们的父亲。后来……我遇到了你。知道你是帝姬，我很矛盾。其实我不该与你过多接触，每时每刻我都害怕自己会把事实告诉你。我不想你痛苦，也不能把父亲往火坑里推。可我控制不了……

“要离开的时候，我决定去求父亲放弃计划，可是说着说着就吵起来了。我一怒之下回到香取山，想求山主允我婚事，将你接到香取山。父亲怕我泄密，派人从皇宫中偷了两幅公子齐的仙画送给山主，让他消除我在大燕的记忆……后来大燕灭了，你来香取山找我，我已什么都记不得……”

他低低笑了一声，好似叹息一般：“造化弄人……这是报应。”

双手已经从她背上撤离，左紫辰起身走到窗边，静静望着窗外的绿树，过了许久才又说：“你……已经杀了我父亲，国仇报过了．就此安安静静过下去吧，不要再做这种危险的事。”

覃川缓缓松开拧紧被角的手，掌心里已是湿漉漉一片，因为用力太甚，骨节都隐隐作痛。她闭上眼，低声道：“你可以不用再管我了，我不想再承你的情，我承不起。”

左紫辰苦笑一声：“你离开香取山之后，我什么都想起来了，于是四处寻找你。路上听说父亲被杀，心里便隐隐猜到是你做的。可又抱着万分之一的希望，盼着不是你。我在天原国徘徊了两个月，终于找到你。我最后的那点希望也……”

“我杀了左相，你要为他报仇？”

她语气平淡地问了一句，却激得左紫辰猛然转身，脸色骤然变得铁青，可是那铁青很快就变成惨白。他伸出手，想触摸她，却又立即缩回去，声音粗嘎沙哑：“……我不知道。我只是希望你不要再做这么危险的事。”

覃川坐了起来，弯腰穿鞋：“那你自己慢慢想，想好了答案再来找我。”

“覃川！”手腕被他死死攥住，左紫辰终于有了一丝怒气，“你还要走？你想我说什么？我恨你，我要杀了你；还是我不恨你，你杀得好？！”

她用力甩开他的手，红着眼颤声道：“这句话应该我问你。你到底要我怎么做？我不该杀左相，我应该拍手说他做得好！还是说，我应该马上忘掉一切，和以前一样乖乖留在你身边，承受你时不时的痛苦和恩情？”

他沉默了，那双灵魂的眼睛紧紧闭着，她再也无法从他眼里看到那些或醉人或痛楚的眼波。覃川忽然觉得心底漏了个洞，失落而且委屈。她最最需要他的时候，他什么都忘了。她现在可以忘记那段痛苦的回忆，他却又什么都记起。命运是在玩弄他还是她？

左紫辰的手慢慢松开了，长长的睫毛剧烈颤抖着，他忽然转身，低声道：“有些时候我会想，如果还是什么都记不起，或许会更好。”

覃川怔怔地坐在床上，突然无法承受地痛哭出声，她把脸埋在膝盖里，声音颤抖：“你不要再管我了……我不想再看到你。”

左紫辰极缓慢地木然点头："……好，我不会再出现在你面前。"

她深深吸了好几口气，才把喉头的痛楚压下去。抬起头，脸上已经没有泪水了，她说："紫辰，我以前真的喜欢过你，也想过要嫁给你。这是真心的，绝没有半点虚假。"

左紫辰喉中微微酸楚，点了点头："我知道，我也是真心的，绝无半点虚假。"

她又说："只是现在什么都变了，你喜欢的燕燕已经死了。我喜欢过的那个左紫辰在我心里也等于死了。我们不要再争，就这么分开吧。互相给彼此一条路，至少让我能笑着走。"

左紫辰紧紧捏着拳头，过了良久才低声道："你还要复仇？"

她没有回答，起身倒了两杯茶，递给他一杯，另一杯被她举到胸前，沉声道："以茶代酒，喝了这一杯，从此两无瓜葛。"

他慢慢接过茶杯，僵硬地等着她在杯上一撞，清脆的一声响，像极了他心底什么东西碎裂的声音。

覃川一口喝干杯中茶，把杯子丢在床上，决绝地拉开房门下楼。

这里是一个客栈，出门便是皋都最繁华的一条大街。覃川漫无目的，却又步伐坚决地走了好久，忽然觉得有人跟在自己身后，她静静回头，对上了玄珠风尘仆仆且憔悴的脸。

覃川看了许久，面上露出一抹笑："我就一直奇怪，左紫辰在这里，你怎么会不在。原来一直躲在暗处。你看上去并不怎么好啊。"

玄珠冷冷打量她如今并不怎么纤细轻盈的身材，突然开口："你现在的样子丑疯了，肥得像猪！怎么好意思出来见人？"

覃川笑了笑，毫不在意："我变丑了不是正合你心意吗？"

玄珠森然道："你真是个冷血的女人！"

覃川还是不在意："我冷血不也是你期望的吗？"

玄珠恨道：“不错！但我更期望你马上就死掉！你不该再折磨他！”

覃川疲惫地垂下肩膀，静静打量着她，低声道：“玄珠，你也要长大一些了，别再这么幼稚，也不要一直活在过去。不然只会让我更加看不起你，虽然我已经很看不起你了。”

她的脸色立即变了，可是覃川不等她再说什么，身影在人群中一晃，再也看不见。

第十四章

传说中的公子齐大人

小毛驴慢吞吞地在青石板路上前进，发出清脆的哒哒声。覃川脑子里空空的，不知道为什么，什么也不愿想，任由毛驴随意走动，她也不知道自己要去哪里。这么些年，她一直都把剩下的日子计算得十分完美，要做什么、怎样做到、什么时候做完，可是现在她实在是有些累了。

甚至累到连为什么会累都不愿想。

这样茫茫然过了三四天，她觉着自己实在不能这样下去了，得找点事来做。要杀太子、要杀国师、要点魂灯……要做的事很多，可是这第一件她就没办好，不但没能把太子杀了，反而差点儿被他抓住。

为什么杀不掉他？难道天原皇族当真具有妖魔血统？覃川从没遇过这种事，一时也颇感手足无措。但对方永远不会等她把事情想通，三天后，皋都全城都被贴了通缉告示，赏金极其丰厚，上面赫然画着她的脸，画得还挺像。狡猾的天原太子，直接把她推上风口浪尖，不容许她再躲在暗处。

覃川知道，这时候自己暂时离开天原国是最好的选择，等过几年，天原国元气恢复，太子再次领兵出征，在战场上狩猎要比在这里守株待兔来得强。但八处城门前都设了关卡，盘查所有出入者，这次还有修仙者帮忙，她这张假脸被有心人碰一下就会露出破绽了，不能冒这么大的险。

在城门前徘徊良久，她只好掉头往回走，重新制订更加完美的计划。

小毛驴忽然停了下来，探头不知道嗅着什么，覃川回过神，只见它停在一家小小饭馆前。天色还早，饭馆只开了一半门，里面飘出一阵焦煳的臭味，紧跟着有个女人大叫：“这怎么办？今天还要不要做生意了！老娘养你们这么些年，怎么连个菜都炒不好？！”

大门哗一声被踢开，烧煳的饭菜一股脑全泼了出来，差点儿砸中覃川。开门的是个肥硕的中年女子，满脸怒色，见到覃川愣了一下，才道：“今天还没开门，客人迟些再来吧。”

覃川摸摸荷包，她身上剩余的银两不多了，再抬头看看头顶饭馆的名字：燕燕饭馆，不由露出一个笑，跨下毛驴背，说：“等下，你们是不是没有好厨师？”

老板娘狐疑地打量她：“看你不像个穷苦人家的孩子，能做什么好菜？”

覃川牵着毛驴就往门里走：“我做了，你们尝尝，合适的话我来给你们当大厨好了。”

当年跟着先生学习，她可是硬生生从十指不沾阳春水变成了万事通。先生年纪大，嘴还挑，为了满足师父的口腹之欲，她没少研究食谱。到后来，只要她一做饭，村里的小孩都忍不住要过来偷尝，为这个先生时常气得胡子直翘。

这家燕燕饭馆先前倒是有个不错的大厨，奈何回老家娶媳妇了，这个空缺一时填补不上，饭馆已经好几天没开门了。覃川径自走到厨房里，左右看看，取了几棵青菜，外加鸡蛋、火腿等物，烧火切菜放油翻炒，动作一气呵成，不过一会儿工夫，便做了清炒菜心、青椒牛柳两道热菜，蒸笼里热气翻腾，香味扑鼻，是蒸了火腿虾仁鸡蛋羹。

老板娘看傻了，覃川把菜摆上饭桌，微微一笑：“过来尝尝吧。”

盛夏七月的皋都并不平静。

那自出生以来便被称为拥有无双命格，将要血战天下，一统中原的太子，一夜之间丢了脑袋，和左相一样被取走魂魄。当夜侍寝的两个妾被关在地牢里，

日日严刑逼供，皮都打掉一层，却什么都问不出来。

太子自出生后，一直与常人不同。因他体内妖血浓厚，除非使用非常手段，否则无论如何也杀不死他。据报，暗杀的人下手又快又狠，在太子熟睡的时候一刀切下去。若非有超乎常人的腕力与冷酷之心，实在不可能做到。

太子之死与左相之死完全不可同日而语，对天原皇帝来说，不啻于天塌下来。信天信地信鬼神，却是这么个结果。天原皇帝受到沉重打击，干脆病倒了，成日只是抱着太子没有头的尸体哭泣。时间一长，纸里包不住火，消息渐渐泄露出去，满朝文武哗然。

国师深知太子对天原国的意义，不光因为他骁勇善战、妖血浓厚，更因为他出生时种种异象，还有他那天下无双的命格。此时正值一统中原的关键时刻，人心千万不可动摇。

于是在谣言传到最顶峰的时候，文武百官赫然见到太子骑马从宫门中出来，与二皇子亭渊说说笑笑，神色如常，见到百官朝自己行礼，倒也和气了许多，笑吟吟地让他们起身，不再像以前那样爱理不理。

谣言，不攻自破。

当然，这些头等机密大事，下面的百姓是不会知道的，他们另有需要激动疯狂的事情。

却说覃川在燕燕饭馆做了一个月的厨娘，手艺精良，风味上佳，这原本生意冷清的饭馆渐渐有了人气。老板娘简直要把她当菩萨供起来，除了做菜，其他的事一律不需她动手，连衣服都要别人替她洗，小日子过得不知多幸福。

大抵是因为店里老板娘宠她，那些在前面跑腿的伙计也难免对她刮目相看，成日忙着给她暗送秋波。那天覃川还收到一封歪七扭八的情书："川儿，我受你，我受你受得心每天都和唱了酉一样碎。"（川儿，我爱你，我爱你爱得心每天都和喝了酒一样醉。）

覃川哭笑不得地改了别字，再还给那个年轻伙计，他的眼泪登时逆流成河，被打击得好几天不来干活。

老板娘私下里找她谈心：“川儿，你年纪不小了，就在这里成个家如何？咱们店里都是不错的小伙啊。”

覃川在假脸上使劲揪了两把，硬是把双颊掐得嫣红如血，这才抬头娇声细语：“人家……人家早有心上人啦！豆豆哥说了，等赚到成家的钱，就来接我成亲。”

买菜的郭大婶最喜欢这些家长里短的事，赶紧过来凑热闹：“豆豆哥？怎么叫这么个怪名字！他是做什么的？”

覃川连连干笑，绞尽脑汁：“他……他……呃，是专门画画的，所以常年在外面跑，说要找什么灵感……”

说完突然又觉得心虚，她为什么要说是画画的？莫名其妙……

郭大婶更有兴趣了：“画画的？是个画师？我倒是听说最近咱们天原国来了个不得了的高人，就住在凤眠山下，那些大官儿啊亲王啊，成天赶着马车往他那里跑，求着要他画画。他该不会就是川儿你男人吧？”

不等覃川回答，老板娘激动了：“怎么可能！公子齐先生要能看上川儿，他绝对就是被屎糊了眼睛！川儿我没别的意思……你别多想……”

覃川硬生生被“公子齐”三个字吓得一个激灵，扭到了脖子，疼得龇牙咧嘴，要说的话全给忘了。

郭大婶连连说：“对！就是公子齐！老板娘你也知道啊？”

这才真正是叫作“闻名天下”，随便找个小饭馆里的人问一问，人人都知道公子齐是什么人。传说中的公子齐先生是一位真正的神仙，云游四海，潇洒自在；传说他日出可在南海饮酒，正午便去凤眠山顶小憩，日落便徘徊在玉水河边作画；传说他去过哪里，哪里便有好运，男子与他说上几句话，便无病痛，女子握一下他的手……就要思春跟着他夜奔。

传说，永远是荒谬而虚幻的。

这位神秘的公子齐大人，近来不知为何来到了天原国，住在凤眠山下，每日作画。当年他在大燕画的那些仙画，经过战乱早已不知踪影，如今真人就在眼前，谁不想求一幅画？一时间朝中大臣们一起排队去凤眠山，把个幽静避世的凤眠山弄得车水马龙热闹非凡。

奈何公子齐脾气古怪，见凤眠山不能再住，索性收拾收拾，住进了皋都最大的青楼里，也不再画那些花鸟鱼虫，整日琢磨着画起了春宫图，画一张烧一张。他烧的是画，但在别人眼中烧的可是货真价实的黄金，难免肉痛得很。

当年大燕还没灭的时候，老板娘去过一趟，远远地看过公子齐作画，至今说起来还是得意扬扬："那才是人中龙凤！要是老娘年轻个十岁，索性便抛弃那没用的男人，跟他私奔算了。"

大家笑了起来，覃川只好也跟着笑，摸摸脖子，满手冷汗。

大抵技不如人就是这么悲哀，傅九云一伸手，手掌就有十万八千里，她驾上筋斗云也飞不出去，在他面前永远和折了翅膀的鸟似的。这次他不惜大张旗鼓来到天原国，明摆着是告诉躲在暗处的她：大人我来了，你小心。

她还真的很小心，毫不怀疑这次再被他抓到，自己会被切成一片片，给他当下酒菜。

隔日跟着郭大婶上街买菜，郭大婶是个碎嘴子，遇到那些三姑六婆足可以唧唧呱呱不喝水说上一整天。覃川听了半日，无非是张家姑娘嫁了个酒鬼，李家小伙娶了个悍婆娘之类的废话，听得实在没劲，她只好自己提着篮子翻菜。

正捡了几个茄子，忽听对面街头噼噼啪啪一阵鞭炮响，跟着便是乒乒乓乓震耳欲聋的锣鼓声。她还当有人家办亲事，不由抬头望了一眼。只见对面街角拐过来一队人，敲锣的在前面开道，打鼓的在旁边助威，中间一辆油壁大车，随扈几十人，足把整条街都霸占了。

郭大婶不愧是郭大婶，转眼就问到了确切消息："前街的礼部张大人好

容易请动了公子齐先生去家里作一幅小像，看这阵势！和嫁新娘子似的！那车里坐着的就是公子齐先生了吧？”

众人一听传说中的公子齐大人就在车里，索性一哄而上，挤在路边铆足了劲探头眯眼望，只盼车窗上的竹帘能稍稍露出一道缝，教他们能看清里面人的模样。

覃川想躲来着，奈何郭大婶就是不放手，生猛地拽着她一路挤到最前面，所过之处满地狼藉，满耳闻呼痛声。那长车停在张大人府前，官家府邸，平民不敢靠近，只得屏息凝神看。

长车门开了，一个修长人影慢悠悠地下了车，一时还不急着上旁边给他准备的小轿，倒是回头看了一眼。他面上套了半截面具，看不清面容，姿态倒是大方的，还冲人群挥了挥手，郭大婶的尖叫声炸得覃川耳朵差点儿聋掉。

回到小饭馆，那一整天郭大婶都很不冷静，见人就抓着说她见到公子齐了，果然是人中龙凤，俊美似神仙。天知道他脸上根本戴着面具，能看出俊美似神仙才有鬼。

老板娘听得心动不已，因郭大婶还处于狂热状态，她只好过来问覃川：“川儿，真看见公子齐先生了？他穿什么衣服？长什么样儿？”

覃川点点头：“嗯，看到了……太美了，真像神仙一样。”才怪……

老板娘听说了后，连生意也没心思做了，索性搬张小板凳，坐在店门前朝前街那里张望，只盼公子齐出来的时候能再看一眼。一直等到日落，前街那里才又传来一阵骚动，店里那些人一齐跑出去看，却见公子齐既没坐车也没坐轿子，背着双手大大方方在街上走，身边围了一群人。

老板娘默默从怀里取出一条帕子，四处张望，因见覃川躲在店门后面，她立即把帕子塞给她，难得红了老脸：“川儿啊……我……有点不好意思。咱们店里就你一个年轻姑娘，听说公子齐先生从不为难姑娘的，你帮我过去找先生要个签名墨宝呗？”

覃川几乎要跳起来，连连摆手：“我……我不去！”

几个伙计听说要墨宝，急忙也取了自己的汗巾子塞给覃川：“川儿！拜托你了！”

郭大婶把店里十几个账本都抓出来，连自己外孙的练字宣纸也没漏下，一股脑地丢给她：“快去快去！”

覃川怀里抱着帕子汗巾子账本子，无语望青天，青天当然不会理她，她只好泪流满面地走过去，每一步都和走在刀尖上似的，好容易鼓足勇气抬头，对上那张青木做的半截面具勇气突然又没了，声音细若蚊蚋：“先生……帮……帮我签个名吧？”

传说中的公子齐大人没有回答她，甚至没朝她这边看一眼，围着他的人实在太多，覃川的声音实在太小，他根本没听见，就这么轻飘飘地走过去了。

覃川火烧屁股似的赶紧往回跑，把东西都丢给郭大婶：“他不肯签，不关我事！”

大家狠狠鄙视她一通，最后还是郭大婶以万夫莫敌之勇冲进人群，气盖河山地要到了签名。那块染了墨迹的帕子被老板娘当作至宝，从此后每天捧在胸前，见人都要亮一亮，把上面龙飞凤舞的“公子齐”三个字一个个指给人看。

一个人能出名出到这地步，也算圆满了，覃川很是感慨，生来就骚包的人果然到哪里都是骚包的，戴着面具也遮不住他的骚包。

本来以为事情就这么结束了，谁想没几天老板娘忽然郑重其事地来找她：“川儿，你有什么最拿手的菜不？要最最拿手的！”

覃川不解其意：“有是有，不过我会做的都是家常菜，那些稀奇古怪的东西可做不出来。”

上回她在皋都最大的酒楼里吃了一顿，那里面大厨的拿手菜都是令人眼花缭乱的，什么豆腐雕刻成人形，里面还塞肉，放蒸笼里蒸熟了，居然不散。这种菜打死她也是做不出来的。

"没事，就拣你最拿手的家常菜！"老板娘亲自提了菜篮陪她上街买菜，甚至关门停业一天，只让覃川在厨房专心做菜，做好一道她便尝一口，觉得好吃的便记在纸上。

这么一直忙到太阳落山，才算定下四菜一汤，老板娘认真地把热气腾腾的饭菜装好盒子，小心封死，防止漏风，这才递给覃川："川儿，快些送去清风楼，不要叫饭菜冷了。"

覃川突然升起一股不好的预感，小心翼翼地问道："清风楼什么吃的没有，为何要送饭菜过去？"

老板娘老脸又是一红，忸怩地卷着染了墨迹的帕子，难得细声细气："听说公子齐先生搬出了青楼，因嫌那里吵闹，饭菜也不合口味。我想他这几天住在清风楼雅间，吃的必然都是大鱼大肉，眼下换点清淡家常的口味应当会很喜欢……你看，人家那么大方，给咱们签了名，总得回报点什么吧？"

覃川把盒子塞回老板娘手里，拍拍衣服就走人："老板娘你自己去送！"

开什么玩笑，又要把她这头鲜嫩嫩的小绵羊送到骚包老虎的嘴边上吗？想也别想！

老板娘差点儿要抱大腿："我……我早去过了，可先生只见年轻姑娘……川儿，咱们店就你最年轻……"

年轻姑娘？满大街都是！

覃川放眼望向大街，随手抓了个提着篮子的年轻姑娘进来，把盒子递给她："姑娘，我给你一钱银子，帮我把这盒子送到清风楼公子齐先生那里吧？"

那姑娘白眼一翻，将自家篮子晃晃："做梦，人家自己也要送饭给公子齐先生呢！一钱银子岂能买走我的一片真心——一两银子我才卖！"

穷鬼覃川只好再次泪流满面地提着盒子上路，她觉着自己已经很久没听说过一两银子那么多的钱了。傅九云真是个祸水啊，活生生的祸水，他住青楼，青楼的生意就夜夜爆满，现在他住清风楼，门口排队的人眼看都快排到前街，粗粗一看，竟十有八九都是和她一样年轻的提着盒子篮子的姑娘。

原来大家都想到一处了，竟有这么多人送饭。姑娘们还有意无意地攀比菜色，因见都是家常菜没什么好比的，就开始攀比手里盒子篮子的质地。覃川手里半旧的木盒子引来不少鄙夷的目光。

清风楼对这反常的一切早有准备，三四个伙计挡在门口，大声嚷嚷：“慢点慢点！大家都有份！一钱银子的报名费，一手交钱一手交饭，在这边册子上登记饭馆与个人名字。公子齐先生保证每样菜都仔细品尝，倘若哪家的饭菜合了先生的口味，将有神秘大礼送上！诸位要踊跃参与，机不可失，时不再来！”

居然还要报名费！覃川转身就走。丫就吃吧！这么多人，撑死丫的！

只是就这么提着饭菜回去，见到老板娘不好交代，少不得瞒天过海一番……她四处看看，趁人不注意，抱着盒子钻进一条僻静小巷，端出依旧热气腾腾的饭菜汤，双手合十：“老天有眼，浪费食物是可耻的，傅九云跟你们无缘，我来吃掉好了。”

说罢塞了一大筷子鸭掌白菜进嘴。

饭吃了一小半，头顶忽然吱呀一声，一扇窗户被推开了。一个男人半截身体探出来，赞叹：“好香，我饿了。”

覃川抬头，正对上那张青木面具，一口饭登时卡在喉咙里，上也不是下也不是，憋得一个劲挠墙。他翻身一跃，轻飘飘地落在她身边，蹲了下来，笑吟吟地问：“你也是来送饭菜的？怎么不送上来，反倒自己在这边偷吃？”

她还在痛苦地挠墙，脑袋奋力在墙上撞着，试图把喉咙里那团可恶的饭菜撞出来。他一面对她说：“别激动，莫怕，来，我看看饭菜。”一面探头看菜，仿佛完全没看到她在一旁凌乱地扭曲着，还在赞叹，“清炒蕨菜倒是不错，你怎知我爱吃蕨菜？”

她要死了她要死了！被一团饭噎住，口吐白沫死在她最不想看见的人面前。覃川手指乱扭，冷不防抓到他的衣服，他俯身下来，捧着她的脸颊，嘴唇贴在她颤抖的唇上，轻轻吹了一口气，那团倔强的饭立即柔顺安静地滚了下去。

覃川浑身发软瘫在地上，咳得快要断气，耳边隐约听见他问：“我可以吃吗？”

吃？吃什么？她警觉地扭头望，却见他捏着她用过的筷子，端起她吃剩的饭碗，夹了一筷子肉末茄子，吃得认真且仔细。那筷子上还沾着她方才吃剩的白菜，饭碗边上还沾着她不小心掉落的饭粒。他有没有洁癖她是不清楚，但一个男人可以这么随意吃陌生女人剩下的东西吗？

不用手掐，她的脸现在也和染了血似的红，眼泪汪汪，不知是因为咳嗽还是什么别的。就这么瘫在地上，傻子一般仰着头，看他蹲在自己身边，把剩下的饭菜一点点慢慢吃完，一粒米也没剩。看着他替自己把碗碟收拾进盒子里，修长的手指，中指上有一颗熟悉的淡青色的小痣。

覃川不信他没发现她，此人精明得像只鬼，指不定老早就躲在暗处等着她自投罗网了。

为了不小心撞上网的那天，她心里做了许多准备。以为他会冲过来，甚至一掌劈上，将她打成猪头再拖回香取山。再不济也要言语讽刺一番，大约还会来点诸如撕衣服啦，拽头发啦，硬上弓啦等很不雅观的举动。

可他居然装作不认识她，轻飘飘又漫不经心，好像曾经那个说爱自己的男人根本是个幻觉。

她说：“你……不认得我？”

他将木盒放在她手边，淡淡飘来一句：“哦？你是谁？”

她顿时很不舒服。

鬼使神差，她又低声问了一句：“饭菜好吃吗？”

公子齐的大半面容隐藏在面具后，可是唇角却是微微上扬的，他点头：“很好吃。”

再度鬼使神差，她说：“好吃的话，记得常来吃。燕燕饭馆，在城北的白水巷，不远。”

唇角上扬得更多：“好，我记得了。”

那天回去的时候，覃川的模样是很狼狈的，衣服上沾满尘土，头发乱蓬蓬，双颊上的红晕一直都退不下去，越发映得两只眼水汪汪，仿佛里面有桃花一朵一朵噼噼啪啪地绽放。

郭大婶一见她这模样差点儿晕过去，哭号着抱住她，如丧考妣：“川儿！你是被哪个混账欺负了？！”

老板娘更加惊慌，把乱喊乱叫的郭大婶使劲推进门，将店门关了个结实，这才小心握住覃川的手，低声问：“怎么回事？被人……欺负了？有没有……受伤？”她不敢问得太仔细，怕小姑娘受不了。

覃川摇摇头，把盒子放在桌上，说：“没事，只是摔了一跤。饭菜送过去了，公子齐先生说……说他以后会常来。”

满屋静默，覃川咳了一声：“是真的。”

尖叫声顿时掀破屋顶，趁着外面一群人兴奋得群魔狂舞，她老早就悄悄回到自己的小屋。头很晕，脆弱的小心脏很不听话地要往外面蹦跶，好像快兜不住，她只好用被子死死压着。

想起方才因他答应得很顺溜，覃川大约是把脑子咳坏了，脱口而出一句话：“你……你真觉得好吃？不是为了什么别的原因？”

公子齐这次答得更顺溜：“你希望是什么别的原因？”

覃川恨不得把自己的舌头咬下来，姑且不说他有没有看出她来，就这么一句问话便足以证明她问得多么愚蠢。遇到傅九云她好像总会变得很蠢，一惊一乍，必然是被他整怕了的缘故。

不等她再说什么解释，他说：“是真的很美味，有我心爱的女人的味道。”

覃川心里一下乱了。回想她在香取山，好像确实有一次日常无聊，只随手做了一道鸡蛋羹。原本打算犒劳自己的，结果那天傅九云回来得很早，被他撞见的时候鸡蛋羹只剩一小半，他二话不说抢走就吃掉了。

那时候她也没想这么多，什么那是她吃剩的、勺子上有她口水之类的胡思乱想。可是现在回想起来，就觉着浑身不对劲，肯定是刚才噎得太厉害，把脑子咳晕的缘故。对了，刚才噎得厉害的时候，他是不是对她做了什么？

手无意识地划过自己的唇，覃川不敢确定。她面上覆了假脸，什么也感觉不到。

唉，乱乱乱，遇到傅九云，好好的一切都会变得这么乱！她翻个身，用被子蒙住脑袋，逼着自己把“心爱的女人”五个字赶出脑海，可睡着了之后，不由自主，还是梦到他忧郁深邃的双眸，这样静静看着她，看了沧海桑田的一个梦那么长。

第十五章

暧之昧之

公子齐在第三天打烊的时候静悄悄地出现在饭馆大堂中，老板娘刚把大门合上，回头便望见他那张青木面具，当场因为激动过度晕了过去。郭大婶伸手想扶来着，但传说中的公子齐先生已经先下手为强，拦腰将肥肉滚滚的老板娘一把抱起，毫不吃力，转过头平静地看着如少女般红了脸颊的郭大婶，声线温柔：“把她放哪里好？”

郭大婶流着鼻血倒了下去。

覃川是被慌乱的伙计们撞门拖出来的。她正在洗头，用手拧着滴水的头发探头往大堂看一眼，老板娘和郭大婶一人占了一张桌子，瘫软在上面呈晕死状。公子齐先生戴着青木面具，坐在大堂正中悠哉地喝茶，二郎腿跷得十分自得。

“先生来了呀。”覃川装模作样地走过去打个招呼，头发上两滴水落在他手背上，他微微一动，低头一言不发地看着手背。

旁边颤巍巍地递来一块帕子，老板娘泪流满面：“先生别介意……她素来这么鲁莽，拿……拿去擦擦吧……”

他却将手背放在鼻前轻轻一嗅，唇角扬起：“好香，是加了栀子花香油？”

又在卖弄风骚！傅九云你还能有点别的正经手段不？覃川打心眼里鄙视他这副骚包孔雀样，暗咳一声转移话题：“先生用过饭了没？不介意的话，我去做些小菜，先将就一下吧？”

他果然点点头：“也好，先吃饭，然后谈正事。”

正事？他要谈什么正事？覃川捉摸不透他要搞什么鬼，难不成又要像上次那样，软硬兼施地逼迫她跟他回香取山？猛虎在脚下不安地吼叫，它还记得当日在客栈被傅九云一掌打伤的事，此时简直如临大敌。覃川轻轻踢它一脚，低声道：“你躲着别出来，不许冲动。”

她做了三菜一汤，因记着傅九云说他喜欢蕨菜，便特意多做了些。端去大堂的时候，老板娘和郭大婶已经殷勤地坐在他身边陪着说笑了。傅九云见那一盘明显分量足够的蕨菜，果然笑了，低声道：“有心，多谢。”

覃川咳了两声，装没听见，耳根却有点发烧。幸好戴着假脸，旁人看不出脸红。

大堂里突然安静下来，这么一屋子的人，瞪眼看他一个人吃饭，气氛怪异得很。傅九云毫不在意，众目睽睽下，吃得慢条斯理，动作优雅。明明并不是狼吞虎咽，可饭菜还是很快见了底。

老板娘特别殷勤：“先生再添点饭吧？”

他将筷子整齐地摆在碗上，摇摇头：“不，多谢，我已经饱了。”

说罢却从怀中掏出一朵精致剔透的金花，屋内再次陷入突然的沉寂，每个人的眼睛都不由自主被它吸引去。金花约有巴掌大，满屋子的晕黄灯光下，黄金的色泽令人目眩。那薄软而纤细的金色花瓣上，仿佛还有露水在滚动。姑且不说黄金值多少银子，单是雕刻金花的手艺，便举世罕见。老板娘他们早已看傻了，就连覃川也忍不住多看了两眼。

傅九云悠然道：“我很喜欢这位小厨娘，只不知老板是否愿意割爱相让？我愿以金花一朵聊表诚意。”

覃川霍地起身，椅子都被撞翻了，倒把老板娘从惊愕中震醒，犹豫着看了她一眼：“呃，我……我们是没什么，但川儿她……”

郭大婶赶紧插嘴：“是啊！能被先生看上当然是川儿的福气，不过川儿已经有了心上人，叫什么豆豆哥还是花花哥的，是个画画……”

“咳咳！”覃川大声咳嗽，总算把她的话打断了。

傅九云微微愕然地看着她，问得很无辜：“豆豆哥？哦．他不修仙，改画画了？”

覃川嘴角一阵抽筋，干笑道：“是啊……听说修仙没前途，改行了。”

“原来如此。”他了然地点头，“那小川儿带我去见见你那豆豆哥好了。先生我想看看他，顺便指点一下他的画技。”

覃川终于体会到什么叫搬起石头砸自己的脚，恨得差点儿把满嘴牙咬碎，艰难地说道：“他……他……在很远的地方……”

“长途跋涉什么的，先生我最擅长了。”他笑吟吟地起身，不顾挣扎一把揽过覃川的肩膀，反手将金花一抛，老板娘赶紧伸手接住，捧在掌心爱不释手。他说：“老板，小厨娘我就带走了，多谢你们照顾她这些时日。”

金花在手，老板娘早笑成了皱纹花，乐呵呵地点头。覃川急得扭成了麻花，怎么也甩不开他的手，她大叫：“老板！大婶！我……我不想……”

话未说完，人已经被连抱带拽地弄出去了，只剩余音袅袅。捧着金花的老板娘忽然从狂喜中清醒了一瞬，为难地说：“等等，川儿刚是不是叫不愿意来着？”

郭大婶连连摇头：“没有啊，她开心得眼泪汪汪。”

老板娘感慨一声：“没想到公子齐先生真看上了川儿，他的眼睛果然被屎糊了……”

确实被糊了，而且好像糊得很开心。

不开心的人是覃川，无论她怎么甩、扯、咬、啃、拉，他的手就和铁钳似的卡在她胳膊上，纹丝不动。她怒道：“傅九云！放手！”

他无辜地低头：“你叫谁？谁是傅九云？先生我是公子齐．下次别叫错了。”

“你少装傻了！你……”覃川还没叫完，却见他蹲下身，从怀中取出一只黑漆漆的五寸长短的东西来。那东西像是活的，被他揪住了细长尾巴，不停

地扭动翻卷。猛虎本来一直怯生生地跟在后面，一见他掏出这东西，登时两眼放光，两只耳朵摇来摇去，一副馋虫大动的模样。

“乖乖的，好孩子，这个给你吃。”他笑吟吟地摇着那只小小妖怪。这种小妖怪只生在水里，对猛虎这些灵兽来说，再没有比这个更香更好吃的零食了。大抵是记着上回这人打了自己，猛虎磨磨蹭蹭不肯上前，欲迎还拒的小样儿。

覃川感动极了：“好猛虎！坏人给的东西一律不要吃！”

傅九云不慌不忙再掏出三四只同样吱吱哇哇乱扭的小妖怪，悠然道：“咦？真的不要吗？我这里还有很多，可以吃个饱。”

猛虎眨巴眨巴眼睛，口水流一地，忽然把耳朵一背，踩着纤细的猫步走过去，张开大嘴等他丢进来。他一口气丢了十几只进去，猛虎陶醉极了，立马把一掌之仇丢在脑后，滚在他面前，亮出肚皮等摸。

傅九云笑眯眯地摸着它柔软的肚皮，似笑非笑地瞥了覃川一眼，柔声道：“真是个坏主人，对不对？从来不给你吃好吃的，咱们以后不理她。”

太卑鄙了！太无耻了！覃川瞠目结舌地看着自家灵兽被几只好吃的就拐走，叛变叛得神速无比，转眼便开始围着傅九云讨好打转，恨不得抱着他舔满脸口水似的。

傅九云摸着它的脑袋，语重心长：“小厨娘，这么好的灵兽，你养不起还是不要养了，看把它馋得。”

她一个字也说不出来，像个木头人，被他拽着继续往前走。他说：“你的豆豆哥呢？在哪里？叫出来给我看看？”覃川突然很想哭，“无地自容”四个字怎么写？看看她就知道了！

傅九云没有回清风楼，也没去什么青楼。天快亮的时候，他们赶到了凤眠山脚下。那里有一个小村庄，早先他就是住在村庄的竹林里的。覃川被迫走了一夜，累得一肚子邪火也发不出来，推门见到有床，第一件事就是扑上去抱住枕头。

接下来他要做什么都先丢在一边吧！要逼着她回香取山也罢，要抢走魂灯也罢，总之先让她睡上一觉再来处理这些乱糟糟的问题。

可有人存心不让她好过，傅九云走过来一把揭开被子，说：“先生我还没吃饭，你怎么就睡了？快起来，做早饭去，先生我饿了。”

覃川痛苦地抱着被子一角，喃喃：“傅九云你个没良心的……让我睡……”

“都说了是公子齐先生，傅九云是谁？你是厨娘，可不是请来让你睡觉的。”他捻了根小纸条儿，作势要往她鼻孔里塞。

她恨得牙痒痒，好，装不认识是吧？看谁厉害！

狠狠拉开大门，她一声不出去到厨房，揉面的时候往里面撒了大把盐巴，再倒上半瓶醋，蒸了四个乌溜溜的馒头，送到隔壁的瓦屋里：“先生，早饭来了。”

门被打开，他披散着长发站在门口，面具不知何时取下了，露出眼底那颗醉人的泪痣。覃川乍见到这张脸，手腕禁不住一颤，馒头差点儿摔地上。好像……好像有很久没见到他的脸了，他一直都是笑眯眯的，此刻却难得神情严肃，淡淡说一句：“放桌上就好。”转身立即就走回桌前，取了蘸墨的狼毫，在玉版宣纸上飞快勾勒。

覃川趁着放托盘，到底压不住好奇心，凑过去偷偷瞄了一眼。她还是第一次亲眼见他画画，当年她就为了公子齐的画好几次出宫打算结交之，想不到今天却突然有了机会。

他正描画中女子的蛾眉。

蛾眉微蹙，似忍似痛似晕眩；衣衫半褪，若喜若惊若无措。他居然在画春宫图！在这样的光天化日，白昼朗朗的时候，画春！宫！图！覃川的耳朵一下烧了个通红，脆弱的小心脏狂轰滥炸似的蹦起来，想夺门而逃，偏偏两只脚和钉在地上一般，动也动不了。

傅九云神色平淡，好像他画的不是春宫而是花鸟鱼虫，语气也格外冷静：“好看吗？”

画上的女子容貌艳丽风骚，星眸半眯，看着眼熟得很，有些像皋都最大青楼里那个花魁。上回青楼之间搞了个什么琴棋书画比赛，她跟着老板娘他们看过一次热闹，对这位花魁印象十分深刻，因她也跳了一曲“东风桃花”。

她窘迫得口干舌燥，窘迫里还带着一海子的酸意，睡意瞬间飞到了九霄云外。这种情况，她是应该破口大骂此人下流无耻，还是娇羞无限地说“你好坏”，还是捂着脸掉头就跑？覃川觉得这三件事她一件也做不到，莫名其妙，她居然问了一句：“……这是谁？”

他声音里含着笑，漫不经心地说：“一个女人，看不出来吗？”

她那颗脆弱的小心脏要炸开了。很好很强大，她自愧不如！覃川落荒而逃，刚走到门口，傅九云却丢下画笔，捏了一个馒头放在鼻前轻轻一嗅，慢条斯理地说：“味道有些不对了，闻着酸得很。”

覃川大窘，怎么就忘了此人的鼻子比狗还灵？放了那么多醋，他闻不出来才有鬼！

傅九云放下馒头，突然低低笑了一声，歪着脑袋，眸光只在她身上流转，转得她坐立不安。他的衣裳敞开许多，长发披在肩上，将锁骨半遮半掩，光洁的胸膛上的肌肤在烛光下映出暖昧的光泽。覃川的眼珠子乱转，一会儿看看他的头发，一会儿看看他的脚尖，一会儿再看看窗台，就是不看他的眼睛，胆怯地逃避着。

“小厨娘，”他叫她，语气悠然，声音醇酒般浓厚，“我对我心爱的女人，忠贞不贰，至死不渝——所以，下次做菜别走了她的味，听话。”

最后一抹夕阳余晖渐渐消失在墨蓝的天顶，天黑了，那个睡了一整天的小厨娘也该起来了。傅九云把散落一桌的宣纸收拾好，朝正对门的窗口望了一眼，她已经亮了灯火，朦朦胧胧的黑影映在窗上，分外慵懒。

他走过去，正要推窗，木窗却已经从里面被人打开，覃川趴在窗台上看他，那张可笑圆润的假脸不知何时被撕了，露出藏在下面的珍珠般的美色，大有娇慵之态，犹带睡意的双颊，被披散的柔软长发簇拥，显得一种柔弱的稚嫩。

“我饿了，可我不想动，公子齐先生那么能干，去做些吃的呀？”她的语气像在撒娇，睡了一觉终于缓过劲，先前的忐忑一洗而空，索性豁出去了。

傅九云含笑走过去，上下端详她，几个月不见，她再没有先前那种风吹吹就倒的瘦弱，整个人丰润了许多。如果说先前那种纤细惹人怜爱，那么如今便像一朵盛放的花，娇艳欲滴。他柔声问：“也行，你爱吃什么？”

她掰着手指如数家珍：“大肉面、红烧肉、狮子头、排骨冬瓜汤……只要有肉都行，我不挑的。”

他失笑，语带揶揄：“怪不得胖得这样狠，这几个月吃了几头猪？”

覃川的嘴角又开始抽动，干笑：“你也不错，没胖没瘦，依然那么风骚鲜艳，万人喜爱。”

傅九云正要说话，忽听头顶一阵老牛的哞哞叫声，一直睡在阴影中的猛虎一跃而起，急着表现它忠心护“主”的风骨，威风凛凛地站在傅九云身边，对从天而降的一辆牛车龇牙咧嘴。很明显，那个“主”现在换人了。

趁着傅九云走向牛车，覃川试图挽回自己这个“前”主人的面子，讨好地摸了摸猛虎的脑袋，柔声道：“乖猛虎，跟着他没结果的。他不是个好东西。”

猛虎不屑地喷鼻子，爪子在地上画了半天，写出一个歪歪扭扭的“肉”字。

——跟着傅九云，有肉吃！

穷光蛋覃川只好满含热泪地看着自家灵兽屁颠屁颠地跟在傅九云身后，对突然出现的牛车吼之瞪之，其拍马屁的功夫，简直令她汗颜。

牛车上什么记号也没有，独拉车老牛脖子上挂了一个牌子，上书“傅九云你丫滚来陪老子喝酒”几个字。傅九云笑了，从袖中取出一只酒葫芦，喂那老牛喝了大半，它立即喜得摇头晃脑，四只蹄子下腾起艳红的火光。倒把猛虎吓一跳，它刚一直琢磨着这头牛能不能吃来着。

“好吃的上门了，收拾一下，跟先生我走吧。”他弹了弹那个牌子，对覃川眨眨眼睛。

直到坐上牛车，腾空而起直往南飞去，覃川才想起以前在香取山也常发生这种事，夜半月明时分从天而降的马车把他接走，直到第二天早上才酒气冲天地回来。

“还是以前那位常请你喝酒的熟识？”她问了一句。

傅九云揭开窗帘一角，望着繁星璀璨的夜空，淡淡含笑道：“眉山君最贪杯，与他不分胜负已久。若要求他办事，送上金银美人都无用，只需在酒量上赢他一次，便是有求必应。”

看这乘风而飞的牛车架势，眉山君想必也是个仙人。仙人素来不插手凡俗事务，这眉山君能办的又是什么事？被凡人求下山驱鬼祈福吗？

飞了足有半个多时辰，牛车渐渐降下去，停在一座开满红白花朵的木桥前。桥后是一座宽敞的庭院，赭黄色的木门紧紧闭合。门前种满了紫丁香，一团团锦簇着，幽香四溢；在这个炎热的夏夜里，吐露出丝丝清凉之意。

傅九云揽着覃川的肩膀，走到门前轻轻举起挂在门环上的小木棒，在旁边的皮鼓上敲了三下。过了片刻，木门轻轻开了，从里面迎出一双一模一样的小孩子，一男一女，穿着同样的红裙白衫，莹润可爱。

“九云大人。”两个孩子整齐地朝他行礼，“我家主人等候多时，请随我二人来。”

门后又是一条开满花的小径，走到尽头便分成两条岔道，女孩子一面引着覃川走向左边的岔道，一面道：“姑娘请随我来沐浴更衣。”

覃川微微一愣：“还要沐浴更衣？”

女孩子话里带着傲然：“这是我家主人的待客规矩，就算是人间帝王到了眉山居，也没有例外呢。”

真不知这眉山君是什么人物，架子端这么高，还有逼着客人洗过澡换了他家的衣服才能进门的道理。那左边岔道走到尽头便是另一方庭院，院中有天然温泉，色泽乳白，热气蒸腾，弥漫着一股药石味。

覃川痛快地泡了许久，女孩子送来一袭柔软的白衫，一双崭新的木屐，换上之后只觉满身清爽，精神不由为之一振。此时再随她顺原路返回，嗅着庭院中花的芬芳，绵软的夜风透过白衫吹拂在肌肤上，每一步都有种可以乘风而去的感觉。

傅九云等在一丛紫丁香下，松垮的白衫云朵一般笼罩着他，漆黑长发拢在一边肩膀上，正与那个男孩子说笑，一偏头见她从这里来了，便停了不说，只是定定看着她，神色温柔爱怜。

被这样一双宝石般的美丽眼睛凝视，并不是容易的事。覃川情不自禁地垂下头，耳朵又烧了起来。最近她脸皮大约是变薄了，动不动就来个充血脸红，自己都快受不了。

肩上一暖，是他又揽了上来，动作自然且亲密，仿佛他就应当是这样靠近她的。覃川觉得自己应该提醒他一下，可心底却又不愿他当真离自己如陌路人，这种矛盾实在令人无奈。

耳郭发热，是他的唇贴近，热气喷在上面。她呼吸都要停了，却听他低声耳语：“今日只管放开肚子喝酒，能喝多少便喝多少。横竖万事有我，醉了也没关系。”

就是有你在，才不能放开肚子喝醉吧？覃川横了他一眼，见他面上并无戏谑之意，不由愣了一下。他眨眨左眼：“总之听我的，乖。”

眉山君等在庭院深处的一座小小殿宇内，殿中铺了一层柔软白草编织成的地毯，檀木做的小案摊了一地，和小案一起乱七八糟滚在地上的还有许多同样穿着白衫的人，有男有女，有老有少，有妖有人。

浓烈的酒气夹杂着暖风扑面而来，这些人应当都是醉得晕死了，遍地挺尸也无人来管。醉生梦死的殿内，只有一人在动，他在斟酒，从巨大的酒坛里把酒倒进酒壶里。这是个瘦得十分离谱的年轻男子，像一具骷髅架子撑着衣服似的，双颊上带着病态的晕红。听见脚步声，他忽然抬头，目光居然湛亮锐利，仿佛可以看透人心一般。覃川被他扫了一眼，脚下不由自主地一停。

眉山君话不多，直接抛了一坛酒过来，被傅九云飞快一捞，拆封仰头一气喝了大半。他这才露出一丝微笑，拍拍身边的软垫："可算来了，坐下，一起喝酒。旁边的姑娘也来。"

傅九云揽着覃川坐在他身边，介绍得十分简短："她叫覃川。"

眉山君淡道："好！大燕国的帝姬，我敬你一壶。"

他敬酒用的居然不是杯子，而是酒壶。覃川被动地端起酒壶，默然看了他两眼，见他手腕上系着一串五彩琉璃珠，过世的老先生腕上亦有同样一串，于是露出一丝了然的笑："我们亦算是同一师门了，这壶酒，应当我敬师叔才对。"

说罢毫不犹豫，仰头饮干了壶中酒，倒转壶身，一滴不剩。

眉山君又笑了一下："好眼力。大师兄当年为了报恩离开师门，投身大燕皇宫教导皇族白纸通灵之术，一晃眼，百年过去了。他只是个半仙，如今应是过身了吧？"

覃川答得恭敬："是，先生葬在西方琼国挽澜山下。后事全由我打理。"

眉山君并无悲戚之色，又取了两壶酒，一人一壶，与她碰了一下："这壶我敬你，多谢帝姬料理师兄后事。"

虽说覃川是个无底酒桶，却也架不住他一上来就一壶一壶地敬酒，而且壶中酒并非普通烈酒，一入口便知是起码三种以上的酒兑在一处的混合烈酒，极易醉人。她睡了一天，一粒米也没吃，空着肚子灌了几十壶酒，渐渐地头便晕了。

所幸眉山君比她好不到哪里去，到了第三十五壶的时候，手腕抖得厉害，酒液倒是大半洒在了外面。他长叹一声：“好一个酒中女豪杰，我今日喝了整整一天，眼下是不行了。明日再战你二人。”

他从袖中抛出一把白纸，落地瞬间化作十几个红裙白衫的童男童女，与门口接待他二人的并无二样，吩咐：“把这些没用的酒鬼统统丢出去，锁上大门，明后日一律不见客。”

这一手白纸通灵术却比大燕皇族用得漂亮多了，覃川到如今也只能召唤灵兽，唤不来人形灵鬼。眉山君摇摇晃晃起身，扔了一个厚厚的信封在傅九云怀中：“这次算我输，国师的来历先给你一半，明天赢了我再给你另一半。”

说罢身形一晃便消失了，只留一阵浓烈酒气。

覃川原本醉得脑子里嗡嗡乱响，听到“国师”二字却和一个霹雳炸在头顶似的，立即醒了，转头疑惑地看着傅九云。他什么也没解释，只将信封塞进怀内，对她眨眨眼：“干得好，明天再接再厉。”

她静默半晌，突然说：“国师？天原国的国师？”

他淡淡一笑：“乖，别问那么多。”

覃川果然没再问，扶着酒案要站起来，两条腿却和棉花做成的似的，受不住力瞬间便软了下去。傅九云拦腰将她抱起，一路穿廊过院，最后她被放在一张柔软的床上，被褥带着松林竹叶般的清香，轻轻盖在她身上。

覃川几乎是一沾床就睡着了，睡了不知多久，突然惊醒过来，只觉屋里漆黑不见五指，身旁躺了一个男子，胳膊横过来扶着她的肩膀。

他身上有熟悉的香气和酒气，是傅九云。覃川微微动了一下，见他没什么反应，鼻息绵长，显然是睡着了。她咳了两声，低低叫他：“傅九云，傅九云？”

他嗯了两声，睡意十足地，翻了个身把她搂住，当被子似的蹭两下继续做梦。

覃川瞪圆了眼睛，心头咚咚乱跳，悄悄抬手探入他的衣服里，不着痕迹地摸索那个他藏起来的信封。摸啊摸，摸到一片光滑紧致的肌肤，赶紧撤手继续摸别的地方。再摸，摸到衣服里的暗袋，摸上去感觉没有信封。再再摸——却被他用力抓住了手腕。

她一惊，顿时把眼睛闭死，装作睡着的样子。身上一紧，被他像是要揉进身体里那样抱住，纵使隔着衣服，也能感觉他身体那种烫人的热度。覃川再也不敢装睡，急道："我……"

话未说完，他已经重重吻了下来，甚至有些粗暴，近乎蹂躏地吮吻她的唇。跟不上他的节奏，她感到唇上的痛楚，像是被火在燎，不由奋力挣扎，拉扯他的头发，将两人密合的唇拉开一些些距离。

"信封！"她颤抖地说了两个字，他却什么也没说，趁着她张口，一路攻城略地，侵袭口中瑟瑟发抖的舌。

覃川以为自己会死在这种可怕的力道与炽热中。不再是轻佻的挑逗暧昧，纠缠包裹在一处的唇舌满载着凶猛的欲望，他要吃下她，巨细靡遗，每一寸都将要属于他，容不得她拒绝。

他掌心如烙铁，忽然从衣衫下摆探入，罩在她赤裸的后背肌肤上，渐渐下移，勾住腰身最美的那个弧度。覃川只觉意乱情迷，一种巨大的空虚攫住了她，想要紧紧地贴上去，抱紧他，像是怕失去什么重要东西似的那样抱紧。

胶着缠绵的唇稍稍分开一丝，傅九云粗重炽热的呼吸喷在她面上，声音喑哑得几乎分辨不出："你要做坏事？那大家一起来做坏事好不好？"

大家一起来做坏事吧——可她本来只是想偷看一下那封信。

第十六章

那大家一起来做坏事好不好

覃川脑子里已经成了稀烂的糨糊，这个念头也不过是一闪而过。像是要溺毙在他深沉的怀抱里，纵使大口喘息，也吸不到气。手、脚、身体，统统不是自己的了，要怎样安置才能安心？

他心有灵犀一般，钩着她无措的双臂环在自己肩上。这一次，湿润的唇落下得极温柔，细嚼慢咽她唇齿深处的柔软娇嫩，不动声色地引诱她跟随他的节奏，一下一下，舌尖纠缠；一下再一下，如海草一般摩挲不忍分离。

身上那件白衫左一道衣带右一颗暗扣，穿的时候都觉复杂无比，可在他手下却温顺驯服，指尖所到之处衣衫所有的缝隙都开了，被他用牙齿咬住，一点一点从肩头拽落。

覃川抖得几乎要散开，十根指头死死掐着他结实的肩膀，指甲陷了进去。想要躲，后背却被他那样用力地抱住，不知往哪里躲去。可怕而汹涌的潮水自踵至顶，带着近乎死亡的甜美，吞噬她。他身上的白衫冰冷绵软，长袖擦刮着她的腰；他的唇却烫得要把她点燃，噬咬，舔舐，仿佛她的身体是诱人的糕点。那是一种令人无法忍耐却又必须忍耐的酥痒微疼，她真的快要死了。

遥远的脑海深处，有个声音轻轻地说：停下，要停了，不能再继续，你不该这样。

停不下来，心底有个更加清晰的声音回旋。她对他，是依恋，是闪躲，是爱慕，还是仅仅想要寻找一个可以稍稍依靠的温暖怀抱？她自己亦分不清，或许都有，也或许都没有。大约他于她是一杯芬芳毒酒，其实知道饮鸩止渴四字的含义，她现在最该做的是给他一个响亮耳光，然后愤然离去。

可是做不到，我做不到。她这样和自己说，隐隐有个疯狂地豁出去的念头，想要尝尝这杯毒酒的甘甜芬芳。

已经没有什么可以失去的了，是的，她何曾畏惧再失去什么？这世间，欠她的人太多，她却独独欠了傅九云一笔债，还不起他，那就这样吧。这么长时间，一直要心计，与人斗、与妖斗，她已经累了，只盼早日了结这场复仇的空虚。在一切都结束前，至少她还可以拥抱他，用依然存在的双臂紧紧拥抱不停追逐在身后的他。

覃川像是一尾刚被捞上岸的鱼，不甘心地弹了起来，无法抑制地，晕眩中自喉间发出一个哭泣般的呻吟："九云……"

柔软的双臂却迎上去，藤蔓一般缠在他脖子上，将他钩向她，钩向她。

傅九云的手指突然停了下来，没有撤离，只是那样静静覆盖着她。他沉重地压在她身上，呼吸急促，脑子里仅剩一根绷得死紧的弦，要么就此松开，要么干脆拉断。她已经为他敞开，已经在他眼前，想要她，好像下一刻死亡就要来临，迫不及待、急不可耐。

他那么想要她。

紧密贴合的身体敏感地察觉到她身上的白衫已经松垮得差不多了，仅仅能替她遮掩一些体肤，那样反而令她如今曼妙丰润的身体显得越发诱人。

接下来不是她疯就是他要疯了。

不知过了多久，他的手指突然慢慢撤离。覃川不知是失望还是松了一口气，心里骤然感到一阵绝顶的空虚，失神地看着他，长长的睫毛上凝结了细小的水珠，随着他的呵气摇摇欲坠。

"我想做坏事了。"他捧着她火热的双颊，贴着唇喃喃说。

那就做吧！她闭上眼，张开口，牙齿轻轻咬住他的下唇。

窗外不知何时开始下雨，淅淅沥沥的小雨滴落在窗台下的芭蕉叶上，那细碎缠绵的声音像他模糊的耳语，从她耳边唇畔辗转蜿蜒而下，一寸寸。

他轻轻咬着她的耳垂，低沉的声音像一个迷幻的梦，说了许多只有他和她才懂的话，像是安抚，像是引诱，引诱她落在他的网里，再也不会挣脱开。

可是他却什么也没有再做，只是紧紧地这样抱着她，炽热的掌心摩挲在她湿润的面颊上。

覃川只觉不足，身体不安地叫嚣，叫嚣着更大的空虚。她颤巍巍地睁开眼，长长的睫毛上滚下泪珠，哀求似的看着他。

傅九云却合上了双眼，坚定地摇头："不行，不行。"

覃川双眼又红了。

他笑了笑，将她腮边汗湿的长发拨到耳后，低声道："我要你记着我，但我还想要你更重要的东西。"

不是她爱着他就不行，不是心里塞满他就不行。他要她的平等，从心到身体，只有他一个人。傅九云就是这样自私自大，他可以纵容她，可以为她生为她死，为她做一切自己不甘愿做的事，但在那之前，她必须要爱他。

覃川再次闭上眼，眉头紧蹙，心里只觉无穷无尽的疲惫空虚。她什么也没说，用力推开他的手，傅九云却不屈不挠换个方向继续抱住她。推了几次，他始终不放，霸道却动作温柔，一次次抱紧她。

她一把抓住他的手，狠狠咬了下去，一直咬得嘴里满是血腥味。

傅九云安静地把手放在她唇边，另一只手却揽着她的脑袋，指尖摩挲着她的头发，一下一下轻轻抚摸。

她却觉得自己的身体快要碎了，碎在他温柔的抚摸下。

"不要再逼我。"她终于松开口，声音里带了一丝哽咽。

他紧紧抱了她两下，柔声道："好，你睡吧，我就在这里，我不走。"

隔日见了眉山君，他很君子地什么也没问，没问他们为什么睡到近午时才起身，也没问为什么夏天那么热覃川要用丝巾把脖子围起来。他只略带同情地看了一眼傅九云，好心地说：“今天能赌吗？不行的话后天再说。”

谁都能看出傅九云眼底淡淡的黑色，俨然是一夜没睡且备受折磨的模样。覃川装没听懂，把脸别到一旁看窗外的小桥流水，傅九云笑了笑：“啰唆什么，我何时输给你过？”

眉山君不以为意，拍了拍手，立即便有三四个红裙白衣的孩童捧着一个一人多高的酒坛走进来，那里面已兑满了芬芳美酒。酒坛旁架了两个大木勺，大约是用来舀酒的。

“我本来是打算你我二人今日喝干这一坛‘醉生梦死’，但既然情况有变，我身为东家也不会占你便宜。我们就用这木勺舀了酒，帝姬来判，到申时，谁喝的勺数多，谁就算赢。如何？”

“悉听尊便。”

覃川见他貌似疲惫地揉了揉额角，心里也不知是什么滋味，憋在心里的一句话脱口而出：“九云，还是我来喝吧？”

傅九云回头对她抿唇笑了一下，眸中宝光流转，竟有一丝妩媚之意：“怎么，心疼了？昨夜才应当心疼我。”

她立即闭嘴，故作冷漠地别过脑袋，耳根却渐渐红了。

静静地看两个大男人喝酒实在没什么趣味，覃川坐着看了一会儿就不耐烦了，正打算起身走动走动，忽听外面一阵喧哗，几个小小孩童惊慌失措地闯进来，失声高叫：“主人！有个煞星冲破大门进来了！”

三人一齐抬头，却见远处有个提着长鞭的高大男子飞快地朝主屋奔来，身后一群人形灵鬼跟随，有的拽有的扯，有的施法拖延有的拳打脚踢，却无一能奈何得了他，眼睁睁地看着他走进主屋。

眉山君和见了鬼似的，一骨碌滚到了桌子下面躲着，死也不肯出来。

那人看了一圈，眉头一皱，冷冷问地傅九云："那窝囊仙人呢？"

傅九云耸耸肩膀，笑道："谁知道？或许是醉死在温泉里了吧？"

那人神色更冷："也罢，回头替我告诉他，辛湄我带走了，以后他若敢再靠近半步，休怪我下狠手！"

说罢转身便走，没一会儿便不知从哪个厢房里找到了个少女，抱在怀里大步流星地出去了，来去如风，谁也拦不住一步。

傅九云饶有趣味地用脚踢了踢躲在桌下号啕大哭的眉山君："人走了，出来吧。没用的东西，胆子这样小也敢和别人抢女人。"

眉山君哭得鼻涕都流出来，哀怨地一遍一遍叫着"小湄"，可劲儿捶地，先前那高傲如瘦梅的姿态是半点都没了。覃川捂着嘴不让自己笑出声，好奇地看着傅九云，用眼神问他接下来怎么办。

傅九云朝她眨眨眼睛，弯腰把哭成破布一般的眉山君扶起，一面慢条斯理地替他整理头发衣领，一面柔声道："眉山，一个女人而已，你是堂堂仙人，要什么女人没有？赶紧忘了她，咱们喝酒才是正理。"

眉山君哭得更厉害，哀号："小湄不是别的女人！天下就一个小湄！她好不容易自己跑来找我一趟，怎么这就走了呢？"

"你既这样喜欢她，那就去抢回来好了。"

"……不行！她男人太厉害，有战鬼血统，我打不过他！"眉山君一提起那男人就哆嗦了一下。

"你只管攻陷女人的心，只要她喜欢你，就来十个战鬼也奈何不了你们。"

"不行……小湄心里根本没我！"他哭得昏天暗地，捶胸顿足。

果然是个窝囊仙人。

傅九云一言不发给他倒酒，眉山君一勺一勺地灌下去，便像打开了话匣子，絮絮叨叨地说了起来。无非是他怎样与她相识，怎样为她心动，她怎么好，怎么可爱怎么美丽。覃川听着都快睡着了，背过去打了个大呵欠。

据说心情不好的时候不能喝酒，因为很容易就会醉，眼下眉山君正是这个状况，被别有用心的傅九云一勺勺灌下烈酒，还不停说话，说到后来舌头都打结了，突然哽咽一声，扑在桌子上继续号啕大哭。

傅九云转头对覃川眨了眨眼睛，她立即会意，笑眯眯地问："师叔，您老醉了，还是下去歇息一下吧？"

真正喝醉的人从来不肯承认自己醉了，眉山君只是含含糊糊地摇头否认，隔了一会儿，鼾声大作，却是睡着了。

傅九云唤来灵鬼把他扶着去卧室休息，回头对覃川露齿一笑："这次赢定了。"

果然第二天眉山君脸色十分不好地找来，丢了一个信封在他怀里，恨道："你也不是好东西！乘人之危！东西给你！昨天的事……不……不许说出去！"

傅九云了然地点头："你只管放心，这么丢脸的事说出去连我的脸也没了。"

眉山君脸色发绿："你……你一点儿也不懂我的痛苦！"

傅九云拍了拍他的肩膀，收敛笑容，正色道："眉山，真要喜欢她，被打一顿也没什么。你连自己的心都不敢告诉她，只会哭鼻子，是不是男人？不要叫我看不起你。"

眉山君脸色更绿："他是上古战鬼后裔！你说得轻松，你怎么不去和他打？！"

"我爱的女人又不叫辛湄。"他轻描淡写一句，堵得眉山君脸色绿成了青桃子，忽然把袖子一撸，把脚一顿："你说得对！我……我去和他打！"

说完掉头就奔了出去，唤来灵禽仙鹤，长衣飘飘仙风道骨地去找情敌打架了。

覃川同情地看着他瘦弱的背影，再看看一旁奸笑的傅九云。话说，他交了傅九云这样的朋友，真是倒了八辈子大霉。此人见谁黑谁，已经到了黑遍天下的地步，实在让她不得不佩服。

“眉山素日冷静自持，熟知天下苍生之事，无数人花费上万金也未必能求到他一道情报。”傅九云好心解释了一下，“只是他有时候脑子会抽筋，习惯就好。我们住着，等两天再走好了。”

覃川奇道：“为什么？”

他同情地望着远方的天空，说：“等他被揍个半死，回来我们可以看笑话。”

“……”

半月后，鼻青脸肿的眉山君回来了，覃川合着傅九云痛快地看了次笑话，为其恼羞成怒地驱逐，收拾一番回到了凤眠山脚下的那个小竹林里。

其时皋都却出了一件大事。礼部张大人并着几位守京武将一夜之间被贬，合家老小尽数充军。那张大人本是住在前街的，下旨之日，全府男女号哭震天，周围百姓亦为之恻然。究其缘故，却是欺君之罪。

原本七月底是天原充实后宫，大举选秀的日子。天原国选秀女和大燕不同，有品级的官员家中有女年满十六便要请画师为女儿作小像，写上姓名出身，密封了送入宫中由皇上、皇后亲自挑选貌美端庄的。当日张大人出资一千金，求了傅九云替他女儿作小像，谁知却被一口回绝，理由是：公子齐从不为未婚女子作小像，除非是春宫图。

张大人无奈之下，于家中众多妻妾内选了个容貌与自家女儿有两三分相似的，死乞白赖央着傅九云替她作了画，密封起来送入宫内。

岂知世上没有不透风的墙，别的官员听说此事，纷纷来求傅九云作画，他亦是被缠得头疼，索性带着覃川躲到了眉山居，一躲就是半个月。

再说那个天原国皇帝，因为太子之死气得一身恶疾缠身，对选秀原本并不怎么上心。谁晓得因缘巧合之下见到张大人送上的那幅小像，竟然就对上眼了，连病都好了三分，立即选中其女，当夜就招来侍寝。见到了张小姐又觉得与画中人不甚像，皇帝难免发一通火，把这个没怎么见过世面的千金小姐吓住了，失口将事情经过全说了出来。皇帝龙颜大怒，派人调查此事，确认无误，当即便下旨将那些送上假画的官员发配充军。

张大人一家老小，连着那位可怜的张小姐都被押往边陲之地，唯独那画上的小妾被人秘密留下了，送上龙床，连着玩弄了三四天，玩得不成人形，皇帝的丧太子之痛才稍微好转些。

又因得知画画的人叫作公子齐，他也听说过此人的名号，知道是一位高人，指不定还是个神仙，故而立即派人前去相邀。

传旨的太监到达竹林外的时候，傅九云正将新近画好的春宫图一幅幅卷起，装进细长的画筒里，交给门外等得焦急的商人。一幅春宫图三百金，吓死人的高价，覃川一面剥枇杷一面咋舌：“我还以为你从不卖画呢。”

傅九云走过去低头从她手里咬住一颗她吃了一半的枇杷，大嚼特嚼一番，才道：“如今与往常不同，我要上面的人知道我的存在。”

覃川怔怔看着自己变空的手，隔了半天才喃喃道：“你……你又打算做什么？”

他没回答，意味深长地往竹林里看了一眼，果然片刻后听见太监特有的尖锐嗓音响起：“公子齐先生，圣上有旨，快些出来领旨！”

覃川刚剥的那颗枇杷掉在了地上，她几乎要跳起来，却被他一把按住：“别动，只管坐着。”

他是要接近天原皇族？！她深深地盯着他，谁知傅九云并不答话，只悠闲自在地捡起方才她掉在地上的枇杷，剥了皮继续吃。太监在外面连叫三遍，不见回音，大约是有些气急败坏了，踩着竹叶要闯入竹林。

傅九云抓了几颗滑溜溜的枇杷核，随手抛进竹林，也不见有什么动静，外面的太监却转来转去死活进不来，鬼哭狼嚎一番便灰溜溜地走了。覃川愕然看着他：“呃，你就这样让他走？”

他笑得有些贼，慢条斯理地说：“一招就到便不是高人了，庸人才对。”

“你接近皇族，是为了什么？”她觉得自己是知道答案的，可偏要问出口，自己也不明白为什么。

傅九云摇了摇头，还是没有回答这个问题。竹林边有几株细竹抽高，鲜嫩欲滴的模样，他用手摩挲着，忽然兴起，在竹上刻了“傅九云”三字，笑道：“回头这根竹子长高了，我的名字大约也会随着长高，叫别人知道这根竹子是我的。”

他难得孩子气一番，覃川也觉得有些好笑，凑过去在另一根竹子上刻下自己的名字，得意扬扬：“那这根就是我的。”

他俩把靠着竹林边上新长出的小竹子都蹂躏一遍，覃川抢不过他，只好抱住最后一株竹子不放，飞快地在上面刻下“覃川”二字，还没来得及宣称自己是主人，傅九云便强行凑过来，明目张胆地在她名字旁刻了自己的名字。

“这根就是我们两人的吧。”他握住覃川挥上来的拳头，忽然回头对她微微一笑，“就算以后人死了，成灰了，总还是有痕迹证明一切存在过。不会所有一切都成灰的。”

覃川别过脸不看他，心底不知是什么滋味，鬼使神差，居然盯着竹子上两人靠在一处的名字发起呆来。是的，他说得不错，就算以后肉体陨灭了，魂魄被忘川洗涤了，把这一世的痛苦美好尽数抛却，这片竹林却是他们存在过的证明。青竹不会说谎，两人并排在一起的名字便可胜过千言万语。

她发了很久的呆，忽喜忽悲，一时心跳一时又颓然，竟有些如痴如醉。

已在黄泉的亲人们，此刻是苛责她，还是为之欣喜？她从未有一刻像现在这样，有一种想要活下去的欲望。不是对刹那美好的欲望，是活生生的，鲜血般炽热活泼的欲望。或许真像傅九云说的那样，他想要她过一个普通女人该过的幸福日子，事到如今，她自己也隐隐有这样一种愿望。

明知这样的愿望不可能，可期盼的心不是假的。她就这样被来回拉扯，想要在幻想里逃避令人痛楚的那面。她才发觉自己仍然会幻想，想与他看着这片竹林越发茂盛，刻着两人名字的那根青竹越长越高，到白发苍苍的时候两人来探望它，说起那些永不湮灭的事情——多么美好的幻想，令人流连忘返。

覃川有些疲惫地合上双眼，把额头埋进掌心，她已经不愿再想为什么傅九云会出现在幻想里，仿佛那是理所当然的，除了他以外其他人都不可以，甚至左紫辰也不可以。

不用再想了，也不能再想，她对这个事实感到筋疲力尽。

傅九云从后面轻轻环抱上来，下巴抵在她肩窝上，什么也没说。她没有再反抗，深深地无力地靠向他，像是战败了，对自己缴械投降。

“起风了，回去吧？晚上我做红烧排骨。”他低声说，拍了拍她的头顶。

覃川半天没声音，忽然动了一下，耍赖似的回答：“大厨师，我不要红烧排骨，要你的拿手菜。”

他立即起身左右张望，神情犹豫。她奇道：“你看什么？”

“看庄子里哪家养了羊，不是要吃我的拿手菜吗？”他笑得诡异，“九云大人的拿手菜就是烤全羊。我去偷一只来烤。”

“……”

第十七章

太子的邀约

羊到底是没烤成，傅九云倒是买了些牛肉，切成巴掌大小的薄片，放在铁丝网上细细炙烤，撒上些许盐末油脂，香气四溢，覃川差点儿把舌头咬下来，连夸好吃的工夫都没有。看不出，他居然真的会做菜，而且手艺极好。

两人正为最后一块肉的归宿而大辩特辩，忽听竹林外一阵凌乱的脚步声，像是有许多人要闯进来。傅九云仔细听了一阵，点头笑道："被小瞧了，那皇帝居然只派了两百人来围剿。"

覃川瞬间便悟了，估计是天原皇帝觉着脸面尽失，恼羞成怒，索性派了人马来围剿他。估计这一番动静也有试探之意，看这个传说中的高人究竟有多高。她趁着傅九云侧耳听动静，急忙抢了最后一片牛肉塞嘴里，含糊不清地说："你招来的，你自己解决。"

傅九云在她脸上拧了一把："回头和你算账。"

他随手抓了一把小石子抛出去，一落地便化作金光闪闪的天兵天将，每个都有两三人高，往竹林外一站，唬得外面那些士兵纷纷倒退。没过一会儿，竹林里缓缓飞出一只雪白的小鸽子，在领头将士面前绕了两圈，落在他掌心，却化作一张白纸，上面只写了两个字：请回。

两百人马霎时没了士气，不战自败地走了。

俗话说，有一就有二，有二就有三，覃川本以为那天原皇帝会再派更多的人来围剿，谁知一等就是十天，没等来围剿，却在竹林外收到了一个天青色的信封，用细细的铁箭钉在一根青竹上。

取下一看，上面的印鉴令她眉毛一跳——是天原国的太子。

打开信纸，劈头两个字便让她的心沉了下去——“大燕帝姬，别来无恙否？月十五，昊天楼，盼卿有雅兴，一同赏月饮酒。”提也没提傅九云，对方根本就是冲着她来的，也早知道她与傅九云混在一处。

或许她早知道这一天会来的，那次没能杀掉太子，他只需细细调查一番，便能摸清她的真实身份。不过更让她惊愕恐慌的，并不是身份被识破，而是信封中另附的一个东西。

那是一截巴掌大小的绸缎，紫色，用暗暗的青黑线绣着密密麻麻的云纹。

认识的人里，只有左紫辰才会穿这种颜色的衣服，只有他，再没第二个。

覃川把信纸撕成碎片，一颗心在胸膛里时紧时松，身体仿佛在浓稠的水里缓缓下坠。几乎是本能，她立即回头往竹林后的瓦屋看去，瓦屋前空荡荡的。她愣了好久，想起傅九云应当正在厨房做饭，如今做饭做菜都轮到他来弄了。

她在竹林前想了很久很久，久到脖子上的肌肉都开始发酸发疼。

大风拂过竹林，叶片纷纷坠落，覃川突然动了一下，像惊醒了似的，将那块碎布塞进怀中，转身走了回去。

八月十五，月明风清，夜风里带着桂花的甜蜜香气。这是个合家团聚、把酒赏月的好日子。覃川在竹林外烧了些黄纸，庄子里还有卖锡纸做成的小月饼小酒具之物，一并丢在盆子里烧了。

火光跳跃，她面上少见地露出一丝悲戚之容，连一向缠着傅九云的猛虎也默默无语地卧在她脚边，不再吵闹。

“或许我再见不到你们了。”她低低说着，伸手摸了摸牛皮乾坤袋，已经被点燃一缕精魄的魂灯异常沉重，“此去凶险异常，但无论如何，我会把魂灯真正点燃的。”

风声幽咽而过，没有人回答她。回头看了一眼，傅九云屋里的灯亮着，应当是在画画。是该走的时候了。覃川摸了摸猛虎的脑袋，笑了一下：“你去陪着他，别再跟着我。”

猛虎极不甘地低吼，虽说它被傅九云好吃好玩的临时收买住了，但它还是一只很有风骨的灵兽，绝不会抛弃真正的主人。

“好啦，快去！”覃川推了它一把，“你留着他或许还不会发觉什么，别给我碍手碍脚的。”

猛虎委屈地捂住脸，从爪子缝里瞅着她真的走了，眼泪都要流出来，呜呜咽咽地跑回去蹲在傅九云窗下哭，哭得傅九云不得不开窗，叹道：“春天早过了，老虎难不成都在夏天发情？”

窗下只蹲着一只眼泪鼻涕扑簌簌往下掉的猛虎，他一怔：“你主子呢？”

猛虎当然是不会说话的，傅九云忽然感到一丝心惊，放眼望去，竹林里幽深漆黑，夜风扑打在面上，原本应当在林中烧纸的那个人影，早已消失不见了。

昊天楼位于城东，与擅长制作各类佳肴的清风楼不同，这是一家纯粹的酒馆，嗜酒之人才爱来的地方。八月十五，城内大部分饭馆酒楼都早早打烊，独它一家灯火通明，热闹非凡。

覃川一袭白衫娉婷地走进昊天楼，霎时引来众多目光追随。

太子就在眼前，自上次刺杀他未遂，已是过了好几个月，他一点儿也没变，除了脸色发青，像个死人。这次他身边还跟着一个青年人，修眉俊目，面上带着笑，甚至笑得有一丝腼腆，一眼望着便会产生想要亲近的好感。

“帝姬果然是个重情义之人。”那陌生青年含笑道，“在下天原二皇子亭渊，能与拥有倾城之名的大燕帝姬饮酒赏月，在下荣幸之至。”

覃川冷道：“今日来，只怕不光是饮酒赏月那么简单吧？”

懒得与他们耍嘴皮，她索性单刀直入。

亭渊但笑不语，斟了一杯酒推到她面前，自己高高举杯:“我且敬帝姬一杯，帝姬手段高明，行事迅决，胆量惊人，实让我等须眉佩服不已。”

看一眼杯中物，其色紫红如血，却是清香四溢，应当是用葡萄酿成的美酒。覃川用手掩住杯子，回绝：“抱歉，我不擅饮酒，只得辜负二皇子的好意了。”

那太子坐在对面像个木头人，动也不动。真是奇了怪了，不是他叫自己出来的吗？怎么只让个二皇子唧唧呱呱说话？

亭渊顺着她的目光瞥了太子一眼，带着一些腼腆，轻声说：“现在想想，国师聚了阴魂替太子补上脑袋，想要引蛇出洞的计策，实在无聊得紧。帝姬做事必然是自信的，岂会被这些鬼蜮伎俩迷惑。我猜，若非信中附上帝姬故人的衣裳，你今日也必不会来吧？既然来了，亭渊只有一事相问，太子的脑袋与魂魄如今在何处？还乞帝姬不吝告之。”

袖子下的酒杯顿时翻了，酒液泼在她白裙上，像一摊刚染上的鲜血。覃川慢慢抬头，死死盯着面色诡异的太子，心里反复被惊涛骇浪击打。

是真是假？太子在她不知道的时候被人割了脑袋，连魂魄也抽走了？

多么让人震撼的事实！她处心积虑，却是功亏一篑，本打算按兵不动好好沉淀一段时间，谁知世事无常，本该死在她手下的仇人却被别人杀了个彻底。现在她是该高兴，还是该遗憾？

亭渊见她皱眉不语，便又道：“国师与我的意思一样，只要帝姬肯交出太子的魂魄，你的故人便还给你，我们并不欲和你为难。”

覃川微微一动，指着太子，低声道：“他，真的死了？”

亭渊没有回答，抬手在太子背上轻轻一拍，那颗安安稳稳搭在肩膀上的大脑袋下一刻便骨碌碌滚在了桌上，将酒具撞个粉碎。直滚到覃川手边，她才发觉那不过是一颗木头雕成的空心脑袋，木头里用咒符封印了许多阴魂，才使得太子尸身可以活动说话。

酒楼里霎时变得安静无比，过了不知多久，突然有个人撕心裂肺地尖叫一声："头掉了！"众人这才如梦初醒一般，哭喊着连滚带爬往门口跑。

亭渊叹息着笑了笑，有些埋怨："看看你，这次麻烦大了。"

他从怀中取出一张折成方胜状的符纸，往烛火上轻轻一丢，符纸在那细小的火焰上翻转绕圈，却不飘落。下一刻，无明黑暗当头笼罩，那黑暗瞬间掠过，不过是眨眼工夫，异象消失，原本喧闹的酒楼忽然变得极安静，安静得极其诡异。

流动的物事，在昊天楼内盘旋而覃川背后密密麻麻出了一片冷汗，下意识地探头往外看，只见所有人都维持着一个往外跑的姿势，如同雕像般被定在原地。她喉咙里不由阵阵发紧，看样子她不光小看了天原国师，连这个高深莫测的二皇子也小看了。

亭渊抓起那颗木头脑袋，重新安回太子肩上，温言："我最讨厌这些神神怪怪的东西，却也没办法。先钉着他们一会儿，等国师来了处理一下就没事了。"

覃川把掌心在衣服上不着痕迹地搓了一下，那里面满是汗水，她发觉自己遇到了有生以来最严峻的考验。来之前她到底还是怀着一丝侥幸心理，左紫辰无论怎么说都是从小修仙的人物，不至于那么轻易便为人挟持，可如今看来，那果然是很侥幸的想法。

一时又想到傅九云去找眉山君打赌，赢了国师的来历．此举当时看只觉突兀，如今反思却让她有种惊心动魄的感觉。太子的死莫非是他做的？割头取魂魄，太过极端的做法，除了要点魂灯，人的魂魄拿来一点儿用也没有。而她身上带着魂灯的事，也只有傅九云知道。

他杀了太子，或许还想过要对付国师，可发觉对方不好对付，所以才找了眉山君索要国师来历？国师来历必然不简单，所以他才放弃暗处刺杀，改由明路试图接近天原皇族？

他是……他真的是在出手替她复仇？

手腕在微微颤抖，她竭力让自己不动声色，声音平静：“在那之前，我要先看到那位故人。”

亭渊笑吟吟地起身：“请随我来。”

昊天楼地下五百尺有秘密地宫一座，沿着细长且弯曲的石台阶节节往下，前面深邃未知的黑暗令人恐慌。

亭渊将手中的烛台递给覃川，道：“闻名天下的公子齐先生忽然来到皋都，莫不是为了帝姬你？父皇派了两百人先去围剿，却一无所获，此人当真厉害得很。我大胆猜测，是不是公子齐先生在太子的事情上助了你一臂之力？”

覃川漠然道：“谁知道呢？二皇子可以尽量多想些可能性，反正这一路空荡荡，无聊得很。”

亭渊笑了笑，并不以为意：“帝姬的那位故人在刺杀国师的时候失手被擒，虽是鲁莽了些，可胆子委实不小，脾气也倔强之极。我竟没想到，大燕国的皇族们个个都挺有骨气的，令人敬佩。”

覃川握着烛台的手骤然一紧。倘若那人真的是左紫辰，要不要救？怎样救？有个深浅难测的国师，还有个聪明绝顶的皇子，随便哪个都比她要厉害数倍。她能做的不过是尽量拖延，于瞬息间期盼可以找到他们的软肋。

亭渊忽然停在台阶中间，她不明所以回头看着他，却见他笑得有些诡异，上上下下仔细打量她。覃川心底阵阵发毛，面上还要做出镇定的模样，问他：“二皇子是有什么想说的吗？”

他垂下头，淡道：“不，我只是在想，帝姬计划得挺周全，奈何实力不足，没能杀掉国师，可惜得很。”

……这是什么意思？

覃川只觉一颗心跳得厉害，故意笑着说：“或许也未必，你们不怕我不守承诺吗？”

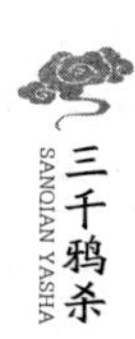

他也笑了："以后的事，谁知道呢？"

再也没人说话，台阶走到尽头，便是地宫大门。门前有一团周身布满火焰的狰狞妖兽趴着睡觉，因见他二人来了，便摇摇晃晃地起身，甚是桀骜地仰着脑袋，不把他们放在眼里。

亭渊拱了拱手："帝姬，请进。故人与国师都等在门内。"

她绕过妖兽，指尖刚刚触到石门，它便悄然无声地开启了，倒让她吃了一惊。亭渊皱眉一笑："所以说，我最不耐烦这些神神怪怪的东西。帝姬自己保重。"

地宫内灯火通明，石床石椅一应俱全，式样奢华中却透出一股阴冷之气来。覃川边看边走，下意识地捏了一把牛皮乾坤袋，魂灯就在里面，这或许是她唯一的胜算。她要激怒他，人在愤怒的时候最容易暴露弱点，只要国师能露出软肋，那她还是有希望拿他点了魂灯的。

不远处陡然响起一阵撕心裂肺的尖叫，在这空荡荡的地宫里一阵阵回荡，覃川的心脏仿佛被什么东西一下捏紧，脸色瞬间变得煞白。

一个粗嘎沙哑的声音冷冷地说："太子的魂魄究竟在何处？说不说？"

尖叫声渐渐弱了下去，最后变成抽泣，听起来竟不像男人的声音，依稀是个女子。覃川拔腿便跑，一把揭开层层叠叠的冰冷纱帐，只见殿正中放着一座人形石台，上面绑着一个紫衣女子。石台对面静静坐着一个满头银发的男子，手中捏着一团鲜红跳动的人心，时紧时松。那女子的尖叫声也随着他的动作忽强忽弱，像是快要断气了。

许是听见有人来了，他缓缓转身，正对上覃川的双眼。他满头长发已如雪一般白，面容竟是出乎意料地年轻，五官普通，然而眉宇间充满了阴郁冷漠，令人不寒而栗。

他上下打量一番，沙哑的声音再次响起："大燕帝姬？"

此人必然就是天原的国师，覃川还未来得及说话，被绑缚在石台上的紫衣人听见“帝姬”二字却一阵颤抖，挣扎着抬头，充满恨意地盯着她，喃喃：“来的人……怎么会是你？”

覃川那颗心骤然一松，紧跟着又被一提，霎时间竟有些头晕目眩。怎会是玄珠？怎会是玄珠？！千算万算，算破了肠子也算不到关在这里的人会是玄珠！

“请坐。”国师缓缓起身，神色平静且有礼地给她让座，“想不到大燕帝姬如此年幼，小小年纪却行事狠辣，令人佩服。”

覃川看了玄珠一眼，什么也没说，默然坐在了石椅上。因见国师手里捏着那颗乱跳的人心，袖子上都染满了鲜血，这情景实在诡谲之极，她只觉胸口被什么东西堵住了，呼吸有些困难。

国师坐在她对面，神色淡然：“我近来一直在想，或许该对大燕皇族稍稍改观。你父皇宝安帝懦弱自私，想不到却生了几个有骨气的儿女。连诸侯国的公主都这么硬气，中了我的剜心之术，还能嘴硬那么多天。大燕皇族，不愧曾有‘铁血瑞燕’的称号。”

覃川什么也说不出来。坐在她对面的这个人，就是天原国师，与她想象中完全不同的一个男人。很早之前就听说过天原国师的威名，精通各类异术，为人沉稳，惜言如金。她曾想此人应当是个滴水不漏面容沧桑的老者，谁知他虽满头白发，容貌却异常年轻，观之只觉高深莫测，看不出喜怒，委实令人胆寒。

国师丝毫不介意她的沉默，继续说道：“天原灭了大燕，一统中原乃大势所趋。帝姬放不下国仇家恨，也是常理。我见你年幼，心中有些不忍，只要你交出太子魂魄，我便放你们生路，再不追究。”

覃川深深吸了一口气，片刻后才低声道：“你先放下她，她什么也不知道。”

国师抬手将那颗心脏一抛，瞬间便没入玄珠的胸膛里。大约是痛楚过甚，玄珠喘了几声便晕死过去。石台上卡着她四肢的铁圈叮叮几声收了回去，她的身体软绵绵地摔在地上，狼狈到了极点。

覃川整了整衣服，思索片刻，方道：“在来天原之前，我早已做了必死的准备，从未想过活着离开。你就这么相信我会愿意交出太子魂魄，求一条生路吗？”

国师深深看了她一眼，突然说：“帝姬，就算你杀了左相，杀了太子，甚至杀了我，杀了皇上，中原各国的情势也不会有任何改变。我天原国皇族有上古妖魔血统，注定一统天下，创造一个更强盛的中原大地。你们大燕的左相是个识时务的人，了解到大燕的腐败，也了解了天原的强大。他不过是做了最正确的选择，甚至不贪名利。你有什么立场为了私仇杀他泄愤？”

覃川笑了笑，低声道：“我不需要和你解释，正如你也不需向我解释为何以妖为尊。你有什么立场来责备我？”

“妖之间是没有互相猜忌、互相算计的。”国师取出一方丝绢，将手上的血迹细细擦干，“太子正因为单纯轻易信人，才会着了你的道。如今大势已成，就算天原的皇族被你一杀而空，天下依旧是天原的。你所作所为，不过增添自己与别人的痛苦，没有任何意义。”

她点了点头，漠然道：“不错。我愿你们天原早日达成伟愿，从此妖魔肆虐，永无宁日。”

国师目光微微一闪，似是有了怒意。

“你抬头，”他粗嘎沙哑的声音像是砂纸在地上摩擦那般，简直令人牙酸，“你抬头，看着我。”

她毫不畏惧地愤然昂首，刚一对上他冰冷妖异的双瞳，她便觉心口微微一凉，像是被一柄最薄最利的冰做成的刀轻轻插了进来。没有疼痛，还没有来得及感到疼痛，她只觉胸膛那里似乎空荡荡的，少了一个十分重要的东西。

而那个东西，此刻活生生地被国师捧在掌心——她的心脏，剧烈跳动着的，鲜血淋漓的心脏。他用指甲在上面轻轻划了一道，覃川只觉心口一阵撕裂般的剧痛，几乎要晕厥过去，额上冷汗涔涔而下。

“帝姬，我不喜欢与孩子争辩。现在，你老老实实地告诉我，太子的魂魄放在哪里？”他对着那颗心脏吹了一口气，对她而言却犹如千万把冰冷的刀锋插在胸膛中。生平从未受过此等闻所未闻的痛楚，偏偏还不能晕厥，愈是疼痛，意识愈是清醒。

覃川死死攥住衣角，指甲一根根崩裂开，拼尽全身所有的气力去抵挡那种可怕的疼痛，突然冷笑了一声，颤声道：“好！有一国太子为我陪葬，我已经不亏了！”

国师默然半晌，忽然抬手将那颗心脏抛回她的胸腔，冰冷的眼里依稀带了一丝钦佩之意。能在剜心之术下扛着，还能说话的人，实在不多。女人就更少了。

“我知道你认识公子齐，也知道他很有本事，所以你什么也不怕，认定他会来救助。”他沙哑地笑了，“不如我们来打个赌，在他能闯入我的地宫将你救走之前，我会先从你嘴里问到太子魂魄的下落。”

覃川慢慢舔着嘴唇上的血迹，都是被她自己刚才咬破的。她虚弱地笑了一声：“那么，我赢定了。”

国师走了，地宫的石门被特殊封印封死，一切都恢复了死寂。覃川浑身乏力地瘫在石椅上，僵硬地转动脖子四处打量，很好，没窗户没门，没水没吃的，安静得像是一座坟墓。一般人被关在这里三天，不用任何酷刑，只怕连自己祖宗八代都要招了。

幸好她有个宝贝牛皮乾坤袋。

覃川从乾坤袋里掏出两床被子，一床垫在石床上，一床盖在身上。再取出糕点水囊，少少吃一些压惊，顺便仔细思考以后要怎么办。玄珠从昏迷中醒来之后，见到的就是她半躺在石床上，糕点塞满嘴的模样。

因见她眼神分外狠辣怨毒，特别是在自己喝水的时候，覃川很好心地递给她一个水囊：“要喝吗？”

玄珠一言不发抢过水囊，仰头一气喝了大半，呛得连连咳嗽，头发衣襟都被浸湿了，比先前还要狼狈数分。等她渐渐停止了咳嗽，覃川才说：“好了，玄珠。告诉我为什么是你在这里。”

信里附上的衣角令她以为是左紫辰，因为只有他才会穿紫衣，谁晓得这位姐姐爱屋及乌，竟然也套了件紫衣在身上。如果……如果早知道是她，她可能就不来受这个罪了，由着她自生自灭比较爽。

玄珠冷道：“那你怎么会在这里？”

“听说你去刺杀国师，难道说你突然有了国仇家恨的意识，所以想要复仇了？”覃川没理她，说了个自己也觉可笑的理由。

“什么国仇家恨！”玄珠冷笑起来，“我哪里有什么国什么家！我不比你小时候千人宠万人爱，我的那个家被灭了，父母都死了我才要拍手称快！”

覃川正色道：“那我来猜猜。想必是为了左紫辰，他杀了太子？然后想杀国师？你于是也来插一脚，故意失败，就是为了要他陪你来一出英雄救美？”

“不是！闭嘴！”玄珠霍然抬头，目中血丝密布，显得又憔悴又阴冷。她死死地，甚至带着怨毒地看着覃川，片刻后，却把脸转过去了。

“我知道他心里想着什么，整日郁郁寡欢，时常在纸上写国师和太子的名字。我也知道他心里总觉着自己欠了你，没能赶上杀太子，他却已经被人杀了，那么至少杀了国师。其实这笔账根本不用他来还，他根本没什么欠你的！我来替他完成心愿好了，他总会知道，谁才是对他最好的。何况，天原灭了大燕，我杀国师比他名正言顺。你懂什么，根本轮不到你大放厥词！”

覃川默然看着她，目光从她倔强挺直的肩膀，一直流连到她染了血的紫色衣角上。她身上的紫衣与左紫辰的式样一模一样，只不过加了一道女装的束腰。似是感觉到她的视线，玄珠瑟缩了一下：“看什么？你还没说为什么来的

人会是你！”

覃川忽然笑了起来，低声道：“好吧，玄珠，你永远比我想象的还要能拼命。我若是左紫辰，不顺了你简直天理难容。”

“不用你安慰我！”玄珠狠狠背过身，下一刻却泪如雨下。她等了三天，被死去活来折磨了整整三天，每一刻每一刻都在心底不停地呼唤左紫辰，盼着他来救自己。可是门开了，进来的那个人却是她最不想见到的女人。

她从未像现在这样彻底地绝望无奈过。一直争，一直抢，自我欺骗着左紫辰心底应该是有她一些位置的。这种自我欺骗在三天里已经快要消耗殆尽，在见到覃川的那个瞬间便彻彻底底被踩碎了。

她在他心底，大约连一根头发丝也没能留下。

不知过了多久，玄珠坐得腿麻了，站起来走了几步。见覃川神色平静，毫不慌张，到底忍不住问道：“你为什么会来这里？”

覃川微微一笑，眉宇间有些阴沉：“我来送死。至于你，你就陪我一起死吧。”

玄珠脚一软，再次跌坐在地上。

第十八章

公子齐来此一游，送上雷剑风刃

三天后，国师来了，听见脚步声，覃川动得比兔子还快，将乱七八糟的被褥、装了糕点的盒子、丢了一床的水囊，统统丢进乾坤袋，省得被他发现什么蛛丝马迹。

大抵见她没有半点憔悴之色，甚至脸色还红润了几分，国师也有些无奈，抱着胳膊低声道："公子齐不见了，不在凤眠山，也没来昊天楼，想必是不愿蹚浑水，早已放弃你离开了天原吧。"

覃川的反应很冷漠："哦，这样啊。我和他本来就没什么关系，倒是劳烦你替我难过了一场。"

国师叹了一声，弯腰坐在她面前，声音难得柔和了一些："帝姬，你年纪还小，还有一辈子可以活，不要让我替你惋惜大好年华却断送性命。狠辣的法子我有很多，可我不想对你用这些手段。这样吧，我们各退一步，我可以送你们离开天原国境，作为交换，你告诉我太子魂魄的安置处。"

覃川定定望着他的双眼，那里面难得有了一些焦急，还有心痛。为谁心痛？为那个妖魔太子吗？

"你很在意那个太子？作为臣子，你的在意有些过头了。"

淡淡的一句，却让国师脸色剧变，额上汗水一颗颗涌了出来，目光阴冷地盯着她，低声道："你说什么？在意……过头？"

覃川笑了笑："是啊，我看皇帝都没怎么心痛，病了一场找个美人玩玩也就好了。看起来，你倒比他更像太子的爹……”

话突然断开了，她惊愕地看着国师忽青忽白的脸，深邃的目光里，悔意、怒意、杀意、恐惧之意糅合在一处，双目渐渐变得赤红，就这样死死看着她。她一下子被惊醒似的，捂住嘴皱起了眉头。

不是吧？随口一说就说中了？

“你刚才说了什么？”

他的嗓音骤然变得妖异低沉，令她打了个寒战，连连摆手：“我什么也没说！那个……今天天气挺好的！风和日丽，秋高气爽！”

国师看了她很久，张嘴正要说什么，忽听石门外的妖兽惊天动地地大吼起来，紧跟着石门被什么东西狠狠击打震荡，整个地宫都为之震颤。他立即起身，闪电般蹿了出去！

可他还是慢了一步，石门为那股不可抗拒的大力生生砸烂，碎石飞溅。烟尘滚滚中，有个紫影慢慢走了进来。国师眯起双眼，将面前翻卷的尘土随手拨开，立即见到自己的坐骑妖兽为人砍成两截，血流满地，早已死透了。

紫衣人一直走到他对面五尺处，忽然停下了。虽然他半边身体都被妖兽之血浸透，莹玉般的脸颊也染上数道血痕，甚至双目也瞎了，紧紧闭着，却依然是秀若芝兰，俊雅得仿佛一杆青竹。

玄珠浑身都开始发抖，突然起身朝他扑过去，尖叫起来：“你来救我了？！紫……”

话未说完，只觉脑后被人重重一击，登时头晕眼花跌了下去。覃川收回手，取了绳子将她手脚缚住，往白纸化出的小毛驴背上一丢。这位姐姐素来成事不足败事有余，与其让她冲上去找死，连累得大家都不好，不如让她晕过去，起码还安静些。

因见国师和左紫辰都无语地看着自己，她赶紧笑着摆手：“没……没什么！你们继续！继续！”

虽然左紫辰双目紧闭，但她还是能感到他朝自己看了一眼，只是很快又淡淡移开，对上了国师。他的声音从来都是偏冷的，这次冷得分外彻底："你一直想见公子齐，甚至数次派人前来骚扰，无非是想要探底。如今我来了，你何不彻彻底底探个仔细？"

覃川无意识地咬住舌头，他冒充公子齐？这是什么计策？

国师上下打量他，目光中有不信，有赞叹，有疑惑："先生此言差矣，我只是仰慕先生的风采，想要结交。呵呵……只是当真想不到先生竟这样年少俊秀，难怪时常出门要戴着面具。"

左紫辰淡道："你想结交？如今我人已在这里，有什么想说的只管说，看看能不能将我说动，为你们天原做事。"

国师目光闪烁，拱手弯下腰，沙哑地笑道："先生果然是爽快人……"一语未了，袖中骤然射出一道血红的线，快得惊人，直攻左紫辰心口。轻微的咯咯数声，那道红线的顶端被左紫辰随意用手握住了，发力一捏，尽数碎裂。直到这时覃川才看清，原来那根本不是什么红线，而是一条细长妖化的胳膊，比最薄的刀刃还要薄，其色如血，五根手指生得一般长短，指甲如针尖一般。如今那只手被左紫辰用力攥住，骨骼尽碎，软得好似肉团一般。

"剜心之术？"左紫辰露出一个讥讽的浅笑，"这就是国师的诚意？"

寒光一闪，那只妖手齐腕被他手里的剑斩断，国师面上掠过一丝痛楚之色，断臂蛇一般游弋而回，钻进宽大的袖子里，没一会儿，他的肘部便被血浸湿了。他非但没有怒意，反而带了前所未有的恭敬，诚恳道："不愧是公子齐先生，倒是我鲁莽了，仅断一只妖手，足见先生心胸宽大。"

长剑轻轻甩了一下，将上面残留的血珠甩干，左紫辰收剑入鞘，道："现在可以开始说了。"

第一次见到左紫辰面冷心更冷的模样，覃川只觉掌心里满是汗水，突然十分庆幸先把玄珠撂倒了，不然这会儿指不定她要怎么尖叫呐喊，耳朵都要被她叫聋。

国师神情肃穆，沉声道：“我不敢狂妄自大，更不敢妄自菲薄。我天原幅员辽阔，国人淳朴高雅，皇族继承上古妖魔血统，更是一片赤子之心，不以尔虞我诈为荣，更从不提倡官场算计。太子身负无双命格而降，一统中原已是大势所趋，他日问鼎中原，将如今这散沙般不停纷争的局面结束，创造一个更强盛的中原大国。先生扪心自问，中原从此只有一国，再没有国与国的战乱，以妖为尊，再没有人与人之间的算计猜疑，难道不是极好的吗？先生难道忍心百姓流离失所，一生都卷入各国权贵的纷争里不能解脱吗？先生是个极聪明的人，我更是略微了解过先生真正的来历，先生冷眼旁观这么多年，心里必然明白我说的绝无夸大。俗话说，良禽择木而栖，先生和这位亡国帝姬纠缠不清，其实是失了先生的身份，令人惋惜喟叹。”

这一席话当真是掏心之言，左紫辰却只淡淡笑道：“国师稍稍了解我的来历？只怕未必吧。反过来说，我对国师的来历倒是十分清楚。你原本是天地间逍遥自在的一只妖，餐风饮露岂不快活？何必让皇权之争污了你的心。那太子的无双命格，你拿去糊弄旁人也罢，说给我听，又叫我说什么好呢？”

国师的脸瞬间变得煞白，双目却渐渐红了，骤然放轻声音：“先生此话何意？”

“你这招借腹生子将整个天原皇族都耍了个彻底。我知道你担心什么，倘若叫皇族明白太子并非皇帝与皇后所生，甚至丝毫皇族血统也没有，你方才那些好听话里的伟愿半件也成不了。”左紫辰对他因心情激荡而泄露的妖相毫不在意，“你做了这么多年国师，难道还未明白过来？只因有太子在，你的国师位置才这样稳当，皇帝也要让你三分。是你靠着太子的名声才起来的，否则你永远只是那个只能给人看看命相、祈祈福的无实权神官。”

“公子齐！”国师怒极狂吼一声，其声势实在不亚于晴天霹雳。覃川只觉胸口一阵气血翻涌，三日前心脏上受到的损伤又开始疼痛起来，只有死死用

手按住心口，咬牙强忍。

“你这只无形无体死不掉的三千年老鬼！”国师身后八只妖手扇子一般张开，霎时间伸出数丈长，齐齐朝左紫辰砸去，“你连自己是什么东西都不知道！有什么资格羞辱我？！”

八只妖手从不同的方向齐齐疾射，怕是神仙也躲不过。这千载难逢的时刻，终于被覃川找到了。国师因愤怒丧失了理智，后背露出大片破绽，她猛然起身，下一个瞬间便来到他身后，捞起他一绺白发，嚓一声割断收入袖中。

国师一个激灵，似是发觉了她的异动，当即抽回一只妖手，深深没入她的胸膛，将那颗鲜活的心脏抓了出来。覃川就地滚了好几圈，虽然心脏在他手里被死死捏紧，痛得死去活来，她还是呵呵笑了几声，像是了了一件最大心事，轻声道：“你这招剜心之术，已经过时啦！若是想太子魂飞魄散，你就尽管杀了我！”

国师射出的八只妖手立即收了回来，他终于发觉自己的头发被她割了一绺。身体发肤，都是通灵的媒介，尤其是他这样擅长异术的，更明白头发被人割断是多么可怕的事情。她如要请个厉害的仙人来咒杀他，他根本就是毫无活路。

若非念着太子的魂魄，他直恨不得将她的心脏细细切成碎片，令她受尽折磨而死。他忍了又忍，才森然道：“帝姬，你很厉害。但你最好弄清楚，我若不放人，就是神仙也别想离开我的地宫。”

他背上的八只妖手霎时间变得碗口粗，如八条妖异的红蛇，在半空缓缓摇曳舞动。覃川躺在地上，无力地看着他妖相毕露，暗自猜测此人可能是蜘蛛妖，否则怎么会有那么多只手？

门口发出一阵龙吟般的剑声，清光一闪，左紫辰已纵身跳了起来，瞬间便斩断他两只妖手，谁知刚斩断，两只手又长了出来。长甲如斧如刀，没轻没重地朝他身上扎去。覃川突然大叫：“公子齐！你把他的头发带走！凭你的身手必然能独自离开！太子的魂魄也拜托了，你知道我要做什么。你不用管这个妖怪国师，让他杀了我就行！”

左紫辰微微一怔，立即便会意了，身子一沉便要落在她身边，国师的攻击突然停了，他喘着粗气低声道：“等等——好！我将心脏还给帝姬，倘若你们肯把头发与太子魂魄归还，我愿以国师之名送你们离开天原国境，今生今世绝不反悔追究！”

覃川笑道：“成交！先把心脏还给我！”

国师恨得几乎一佛出世二佛升天，抖着手腕把那颗心脏丢进她胸膛，摊开掌心一直伸到她眼前：“头发！”

覃川痛苦地忍耐着心脏归还的痛楚，抖着手腕在牛皮乾坤袋中掏了半日，掏出一绺白发，却是当年老先生过世的时候为她剪下留作纪念的，飞快地丢在他掌心。左紫辰将她扶着坐起，冷不防她扯了扯他的衣袖，耳语：“快……把玄珠也带着，我们快逃！”

国师果然很快便发觉头发不是他自己的，狂怒之下几欲晕厥。堂堂天原国师，三番四次被一个小姑娘耍在掌心，简直比杀了他还要耻辱。回头一看，左紫辰一只手提着玄珠的腰带，另一手却将覃川挟在腋下，似是打算找机会逃走。

他狂号一声，八只血红妖手变作墨一般漆黑，合并在一起，变成一只硕大无朋的浓黑妖掌。妖掌如烟雾般突然散开，刹那又变作实体出现在左紫辰面前，快到令人根本无法反应。左紫辰本能地一让，谁知那只手中途改道，目标却是覃川，将她一把抓了起来，高高抛起。

轰一声，那一掌结结实实拍在她胸前，她的身体如断线的风筝般倒飞出去。左紫辰只觉满身鲜血从头到脚都瞬间凉透了，几乎要不顾一切丢下玄珠冲上前将她拦住。

耳边忽然响起傅九云的声音：“都弄好了，快带她先走，快！”

覃川的身体像是被一双透明的手轻轻接住，翻卷的烟尘中，一个人影缓缓浮现，乌发在狂风中如云，面容若隐若现，只有眼底一颗泪痣分外妖娆。他将覃川紧紧抱在怀里，朝脸色发青的国师冷冷看一眼，抬手指了指屋顶，低声道："你的手太多，真恶心。好好收拾一下吧！"

国师下意识顺着他的手往屋顶望去，只见上面不知何时被人贴满了符纸，雷剑风刃下雨一般落下，他要躲已是来不及，只得用那只漆黑妖掌护在头顶，转身便往地宫门外跑。谁知那人居然在门前也贴了符纸，淡黄色的结界卡在门前，他一只肩膀撞上去，竟如同撞上了金刚石的墙，骨头都快碎开。

走投无路之下，他只有将整个身体蜷缩在妖掌中，任由无数的雷剑风刃劈砍擦刮。那只妖掌渐渐被削断，越来越小。等雷剑风刃终于停止的时候，妖掌铮然断裂开，又变成八根妖手，只是每一根都断得不成样子，血淋淋的。

半空缓缓飘下一张小笺，国师忍着剧痛接住，只见上面龙飞凤舞写了一行字：公子齐来此一游，送上雷剑风刃，望主人笑纳。

他恨得将那张小笺撕得粉碎，直到此时才明白他被人耍了个彻底，后来那人才是真正的公子齐！

覃川此时只觉得疼。说不出的、比剜心之术更甚的、无法理解的疼。在疼痛里她乱七八糟想了一堆，觉得自己自从去了香取山好像就没遇过什么好事，成天就忙着和疼痛做斗争了。

记得以前跟着先生学习的时候，砍柴不小心把脚背砍出个大血口来，当即疼得大喊大叫，虽说有大半是为了诈得先生心疼她，多给点银子好让她买些零嘴吃，但也有一小半因为她曾是个十指不沾阳春水的帝姬，血流满地的痛楚于她还是很陌生的。结果先生一边替她包扎，一边慢条斯理说："这就叫疼了？回头点了魂灯，比这个还要疼千万倍，你趁早想清楚。"

魂灯还差两缕魂魄才会轮到她自己上阵去点，不过现在覃川很怀疑自己

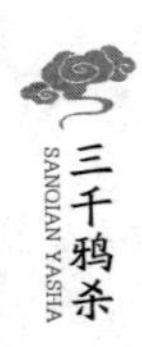

是不是在不知不觉中被点上了。

恍恍惚惚，朦朦胧胧，不停有人在身边徘徊走动，也不停有人用手在她脸上摸来摸去，摸得她心头火起，很想跳起来大叫登徒子。

一个低柔的声音自遥远处隐约响起："心脏还是被国师剜去了，是我的过失。"

心脏……怪不得总觉得胸膛里空荡荡冰凉凉，原来最后那一掌不光是拍飞她，顺便也神不知鬼不觉地又用了一次剜心之术。呃，她是不是要死了？没有心脏的人还能活吗？

另一个声音低声道："现在不是自责的时候，少不得找个东西替代一下，免了她的苦楚。"

然后一双手解开了她胸前的衣服，一颗冰冷坚硬的东西放在了心口处。等等——稍等稍等！难不成他们是想找颗石头来给她做临时心脏？！覃川大急，再怎么说，石头做心脏也忒夸张了呀！

一只手掌按在了心口那块冰冷的东西上，不消半盏茶工夫，那东西居然渐渐变得炽热柔软，一下一下跳动起来，像是变作了一颗陌生人的心。手掌用力一按，那颗替代心脏没入胸膛，填满了她胸腔里的冰冷空荡，全身的血液仿佛也开始重新流动，周身痛楚顿时大减，令她舒服不少。

"只有先这样了，三个月之内必须将她真正的心夺回——我劝你最好不要擅自行动，此次对付国师能顺利逃脱，关键还是出其不意，何况他想着拉拢公子齐，并未下重手。如今他已知我们底细，凭你一人绝不是他对手。"

"他已被你重伤，正是虚弱的时候，此时不去更待何时？"

"国师来历十分蹊跷，连我也没太大把握对付。所幸川儿伶俐，取到了他的头发。他虽剜了她的心脏，却始终不敢折磨伤害，怕也是顾忌这个。只要有头发在，我们这里的胜算总是多一成的。你与其在这里干站着，不如去屋外看看，那个女人哭得我头疼。"

脚步声渐渐远去，屋子里恢复了寂静。覃川心头一松，渐渐地便要睡去，忽然有一只手在她额头上缓缓抚摸，替她将汗湿凌乱的额发拨开。那个醇厚酥软的嗓音里难得带了一丝疲惫与叹息：“覃川，两缕魂魄已经齐了，国师那缕魂魄我必然帮你取来，只是……真正点燃魂灯的最后一缕魂魄，你要用谁的？天原皇帝？二皇子？还是说……你早已做好自己点最后一个根准备了？”

所以才谁也不看，谁也不靠近；所以走得那么利索干脆；所以说自己没有未来？

真是没见过这么固执到可怕的姑娘。

“我或许很早就知道了，最后一缕魂魄最重要，选谁都不行，只有你能上。你想杀谁我都可以帮你，不过最后你想杀的是自己，我要不要帮呢？”

没有人回答他，屋子里是那么安静。那只手慢慢从她额头上撤离了，像是带走了一片至关重要的温暖，覃川忽然就没了睡意。明明胸膛里已经不再空荡荡，却仿佛再次体味了冰冷孤寂。

就这样吧……她告诉自己，这样挺好的。或许石头做的心也会变得冷硬，她似乎可以无情淡漠地看待他们的黯然了。事情已经进行到这一步，天塌下来她也不会退缩，谁也不能够再阻止她一点点。

就算她自己那颗隐隐约约难受的石头心也不行。

不知沉睡了多少天，再次睁眼，床前已是半个人都没有。覃川一骨碌从床上爬起，愕然地低头看着自己的身体。一点儿也不疼了，也没有任何不适。胸腔里那颗替代心脏平稳缓慢地跳动，一切如常。

不平常的是这个房间……

她像傻子似的盯着身下的“床”，研究它到底是不是一只巨大的蚌，看起来它实在太像一只蚌了。周围家具俱全，但都是珊瑚与海石做成，成片的柔软海草在墙上飘啊飘，一群色彩斑斓的小鱼在珊瑚和海草间游弋。

她使劲揉了揉眼睛，眼前景象没变，再揉揉，一条小鱼已经游到身边了，被她用手指戳一下，吓得落荒而逃。

……她活在水底了？

穿好鞋，揭开珍珠做成的门帘，绕过珊瑚遍地的门厅，外面是白茫茫的海底，细沙如银，她住的屋子是一只硕大的贝壳，像一朵风骚鲜艳的花开在海砂里。

覃川傻了。

“我说，你刚刚痊愈，又搞什么鬼？”一个男人的声音骤然在下面响起，覃川愕然低头，只见傅九云、左紫辰并着玄珠三人站在贝壳屋下，仰头无语地看着她。此刻她的形象很不雅观，只披了一件薄衫，以恶狗扑食状趴在贝壳屋顶，伸长了胳膊要去捞屋顶那一篮子鸽卵大小的明珠。

大抵是因为少有的羞愧难当，她脚滑了一下，从屋顶上滚将下来，身子下面登时蔓延出一群一群的大泡沫。泡沫横飞中，傅九云一把抓住了她的腰带，挟米袋似的把她挟在腋下，似笑非笑地低头看她一眼：“小贼想偷明珠？”

覃川诚恳地低头承认错误：“没有没有，我只是打算摸一摸，赞美一下这种奢侈。”

大燕国最奢侈的时候，也没听说用一篮子夜明珠挂在屋顶的。玉藻池的墙上能嵌两颗明珠都很不得了，后来还因为打仗国库空虚，被宝安帝拿出去偷偷卖了。可悲啊，堂堂一国帝姬，被夜明珠晃花了眼。

四人进了贝壳屋，很快便有几尾彩色小鱼头顶着茶盘游弋而来。茶碗里泡的不像是茶叶，也不知是什么海草，绿得十分鲜艳。覃川有些心虚，赶紧端起来喝了一口，味道别有一种清爽，不由赞了一声，这才问：“那个……我睡了几天？”

说真的，他们四个人会坐在一起喝茶，实在很诡异，诡异到她不得不先找个话题冲散凝滞的气氛。

玄珠脸色不好装没听见，傅九云只管望着她冷笑，笑得她浑身发毛，只有左紫辰四周看了一圈，见没人理她，于是犹豫着开口化解她的尴尬：“你被国师那一掌将全身骨骼震碎五成，上灵药后睡足了五日，如今身上还有什么不适吗？”

“呃，我已经没事了……”覃川别过头不去看傅九云冷笑的脸，“那什么……谢谢你们救了我……不过你和傅九云怎么会碰到一起的？”

“我本打算离开天原，”左紫辰微微顿了一下，不看玄珠苍白的脸色，继续道，“无意遇到了九云，才知你和玄珠出了事。所以两人一起商量了这个计策。我与国师说话拖延时间，九云张贴符纸，伺机将你二人救出。”

咔嚓一声，是茶杯碎开的声音。玄珠手里那只茶碗被她狠狠砸在地上，碧绿的茶水立时随着海水荡漾开了。她眼中满是泪，起身便要走。

“等下。”傅九云突然开口，“这几日我被你这走走停停的闹剧折腾得头疼，你到底是要走还是要留？要么你这次走了就别回来，要么你就给我乖乖坐下来。”

玄珠看了他一眼，眼内满是难堪的恨意，不过那眼神很快又转到左紫辰身上，里面便多了许多委屈与愤懑，低声道：“紫辰，你也要我走？”

左紫辰默然半晌，忽然轻叹一声：“该说的我前几日已经全部和你说清楚了，也不想再说第二遍。你愿意回到香取山那是最好，一味赌气在外，不过是给自己造孽。”

玄珠木然站在那里，死死盯着他紧闭的双目，说：“你说你感激我是不是？你根本没有欠她什么！你是欠了我的！你要还她，为什么不想着来还我？！”

没有人回答她。她点了点头，喃喃道：“你心里一点儿我的地位都没有，所以也从不觉得亏欠我……好，我知道了。”

她一面转身往门外走，一面又说：“我不会再回来。紫辰……我们在香取山的日子多好，我以为那时候你是喜欢我的，不是吗？只是你又要抛弃我

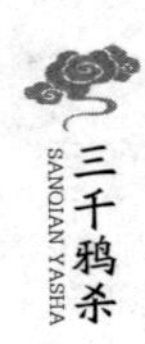

一次。”

她生命里最美好的时光仿佛只有在香取山的那四年，没有国，没有家，没有秋华夫人，也没有帝姬。不过美好的东西总是短暂的，尤其于她而言。或许那只是一个失忆男子无助之时做下的一个幻梦，梦醒了他倍感耻辱毫不留恋抽身就走。但那已经是她生命里的一切了。

“左紫辰，你会后悔的，我要叫你永生永世后悔！”

第十九章

哪怕铁石心肠，还是幻想着和你一起变老

怨毒的诅咒渐渐消失在屋外，屋内三人良久无语。左紫辰动了一下，起身淡道：“我累了，想去歇息。你们慢慢聊。”

覃川感觉到傅九云的眼神一个劲在自己背后打转，征兆十分不妙，急忙放下茶杯赔笑道：“那……那我也累了……好困，去睡觉……”

“覃川。”他的声音不高，语气里也没威胁感，甚至还挺温柔的，为什么会让她有出冷汗的欲望呢？她刹住脚，回头朝他一笑：“我真的困了，重伤初愈呢。”

傅九云朝她招招手，笑得诡异：“碍事的人都走了，现在我们可以好好谈谈了。”

她坐回去，想了想，说：“好，你说，我听。”

傅九云却没说什么，只是扬手将两个信封丢给她，讥诮似的笑：“在你面前，天皇老子都要认输。你一直想要的东西，这就给你。”

覃川愕然望着怀里的信封，隔了片刻才反应过来这是国师的来历，再也顾不得其他，立即展开细看。

眉山君果然手段了得，连国师出生在何年、师从何人都仔细列了出来。

国师身负南蛮二十四洞妖一族的古老血统，妖血纯正，到今年已有三百岁高龄。大抵是贪恋人间繁华名利场，五十年前来天原做了个默默无闻的神官，其不老不死的模样引来皇帝的兴趣，想学一些长生不老之术，便提拔他当了国师。

太子无双命格一说，却是取自天原国自古以来的一个预言。数代之前曾有神官预言百年后天原降临无双命格之子，血战中原，完成一统天下的霸业。国师想必便是钻了这个空子，将自己的精血与凶煞之鬼糅合炼化，借了皇后的肚子生下一个人不人妖不妖的太子。他本身便有纯血妖魔之力，再加天生煞气，比旁人来得要嗜血善战，谁想一时不察，被傅九云偷偷割了脑袋，连魂魄也取走，也难怪国师怒发如狂。

信纸最后写了应对方法。南蛮二十四洞的妖血统古老，十分难缠，就算割下脑袋将其细细切成碎片，也未必能杀之。覃川想起当日刺杀太子的情形，不由暗暗点头。如要彻底灭之，方法有二，一是割下脑袋后立即取出魂魄，这法子被傅九云拿来对付太子了；二是取极北冰底清莹石的灵力，做成一方结界将其困住，以其身体发肤做媒介，咒杀之。

要想割下国师的脑袋取出魂魄，何其困难，经过此役，他只怕也防备得犹如铜墙铁壁，再不可能像上次那样侥幸伤之。唯有第二种方法可以试试了。

覃川看完之后难抑激动，连声道："多谢你！我知道该怎么对付他了，接下来不用你再帮我，我自己会……"

"覃川，我问你，是不是一定要用自己去点魂灯，绝无回旋余地？"

傅九云冷淡的一个问句，令她僵了一下，下意识地将信纸抓紧在手心，低声道："你说得不错。该说的话我也早就和你说过，九云，我很感激你愿意帮我。欠你的只怕还不起，我也只能就这么欠着了……接下来我真的可以自己……"

"即便我也会丧命，你还是要坚持？"又是冷冷一问。

覃川手腕微微颤了一下，喉头发紧，目光游离地望着在珊瑚里游弋摇尾的彩色小鱼，干笑了两声："你丧什么命？事情本来也与你无关。不要说是殉情……呵呵，这种事和你一贯的风格未免大相径庭。”

她故作轻松，开了个一点儿也不好笑的玩笑。

傅九云静静看着她低垂的脸，或许他从来也未曾这样严肃认真地看过她，以往都是带着些许戏谑和爱怜的。这样的神情令她有些僵硬，本能地把衣带放在手指间使劲绞，揉得乱糟糟。

“原来你是这样想的，我终于明白了。其实，我原本是想无论如何也要阻止你。”他淡淡开口，“可那些漂亮的大道理说来能感动的只有局外人，我亦没有资格说叫你放弃复仇的话语。我最后问你一句，老实回答我，倘若我再次将魂灯夺走，你会怎么做？”

她神色慢慢变冷，过了许久才轻声说：“何苦再逼我？”

他笑了两声，缓缓起身，沉声道：“所以我也是不得不来帮你，不用你来感激。夺走也不行，我也不想看着你死在别人手上。真要死，不如我看着你上路。不过覃川，你的心当真硬如顽石精钢，这一点连我也自愧不如。”

即使追上她，带着她一起生活，过了那么久，于她大约也只是水滴落在青石上那样轻飘飘的力道。怪谁都不好，只怪在她最好的那些年华里，他没有赶上。

他转身走了出去，覃川急急开口：“你去哪里？”

傅九云淡道：“若不是有魂灯在，我们之间根本没有任何关系。你不需问，我亦不需答。这样于你来说不是最好的吗？”

他走出门，再没有回头。覃川怔怔坐在空荡荡的大厅里，那些色彩斑斓的小鱼在周围缤纷摇曳，透明的泡沫像玻璃珠子一般扑簌簌往上蹿，分明是罕见且绮丽的景致，她却再也没心思看。

这些应当是她期盼的，在死亡之前有人会一直陪着她，随时随地给她想要的慰藉和温暖，然后在需要他离开的时候利落干脆地离开。是的，她想要的就是这样，即使被说自私也好，怎样都好。

覃川木然地起身，胸膛里明明已经有了一颗心，却仿佛突然又空了大块。他帮了她很多，一直默不作声，在背后给她所有她想要的。好吧，那都是他自愿，其实与她无关，他自己也说了，不需要她来感激。

她一直都在盼望这样的局面会到来，直到它真的来了，她站在原地看着他的背影，只觉得自己在一个劲往下坠。她并不惧怕死亡，也不惧怕死后点了魂灯迎来的那些无穷无尽的痛苦。她只是怕……怕什么？自己也说不清。

像是阿满死去的那一天，还像先生含笑闭眼的那个晚上，她都没有流泪，只觉得心里被人挖走了一块，整个身体像是一张皮挂在骨头上，中间只剩飕飕冷风，吹得她想要发抖。

覃川突然拔腿就跑，一直追到门外，厉声高叫："傅九云！你会死到底是什么意思？你说清楚啊！"

透明的泡沫随着她的动作翻滚，他已经消失了，或许是没听见，或许听见了也不想回答。她奋力向前跑去，觉得这样很傻，很不应该，可她还是做了。像是明知道幻想自己会活下去，变成白发苍苍的老太太，和傅九云一起坐在竹林里吹风这样的事情根本不会存在，可还是忍不住要幻想。

是她自己推开他的，冷若铁石的心一遍一遍反复预想过这样的场景，认为自己完全可以淡然接受。但他为什么会提到死？又是一次恶意的诈骗，还是一次引她上钩的诱饵？

她跑累了，蹲在柔软的海砂上大口喘息。透明的海水密实地包裹着她，忽然自身后传来一阵暗潮的波动，她急忙回头，来的人却是左紫辰。

他双手拢在袖子里，默然垂头对上她的脸，过了许久，才说："不要跑得太远，回去吧。过几天他应当就回来的。"

覃川无力地跌坐在海砂上，喃喃："你知道他要走？去哪里？"

"应当是去极北之地寻找清莹石。"他走过来，将她从地上拉起，很快又松了手，"走吧，回去。"

覃川颓然跟着他回到贝壳屋，因见他瘦了许多，脸色越发白得好似透明，心中也不知是什么滋味，低声唤了一下：“紫辰……”却又不晓得要说什么。

他却回头笑了一下，眉宇间虽有忧郁，之前的茫然与痛楚却没了，反而透出一股真正的仙家清淡之气来，柔声道：“覃川，杀了国师便不要再想复仇的事了，和他好好过下去，计划一下未来的事情。”

她勉强一笑：“那你先说自己有什么计划。回香取山继续修行做神仙吗？”

他摇了摇头，笑道：“我不会回去了。天下山水何其多，我早已计划好，将你的心脏夺回之后，便离开天原云游四海、寻仙访道，做一个无牵无挂的仙人。”

覃川第一次在他脸上看到真正的笑容，或许他已经将一切都看开了。这样也很好，左紫辰素来是聪明仁慈的，与其纠结那一段没结果的往事，不如做个好仙人。于他来说，是解脱，也是新的境界。

“好，等你做了仙人，我会去找你要仙丹的。”她笑吟吟地，说了个美好的谎言。

五天后，傅九云回来得神不知鬼不觉，覃川早上醒了出门散步，老远便见他迎面走来，一见到她，却转身折回，大步流星地躲开了。

“傅九云！”她大叫一声，生平从未跑得这样快过，炮弹似的砸倒了海石、碰歪了珊瑚，跳过栏杆便拼命一般追上去。

一直追到他房门前，那贝壳做的门却用力合上了。覃川狠狠踢了一脚，厉声道：“你出来！把话说清楚！躲在门后算什么男人？”

他的声音在门后冷冰冰地响起：“公主殿下还有什么吩咐吗？我一路奔波，疲惫得很，恕不能招待。请回吧。”

“好，那你听好。”覃川贴在门上，“我只有一句话问你，那天你说自己会死，到底是什么意思？请你说个明白。”

他冷道："哦，很感激公主殿下的关心。那不过是我随口胡诌的而已。你不用当真。"

"你连人都不敢出来，我凭什么相信那是胡诌的？"

"爱信不信。"

他丢下这句话，就没声音了。不管她在外面怎么敲、砸、踢，他就是不理。覃川缓了一口气，突然从牛皮乾坤袋里取出匕首，一刀一刀砍在贝壳门上，大约是想戳个大洞出来。一连串泡沫横飞之后，那扇紧闭的门终于从里面飞快打开了，傅九云面色阴霾，站在门后皱眉看着她，声音冷淡里还带了一丝少见的怒意："你也太过任性！"

覃川收了匕首，抱着胳膊抬头盯着他："现在，把话说清楚吧。"

"我们好像已经没什么关系了，我死不死关你何事？"他也抱起了胳膊，笑得讥诮。

她突然就哑了，方才那万夫莫当之勇的气势被他一句话打得烟消云散。因为她发现他问得非常有道理，也非常切中关键。他们根本屁关系也没有，撑死了不过是自己给他做过一段时间的丫鬟，还根本没怎么干过活。

温柔地抚慰她、杀太子、杀国师、生活在一起的时候经常逗她笑——这些他也可以随口一句"我高兴这么做"敷衍过去。他们不是夫妻，不是血亲，连私订终身的恋人也不是，她实在没什么理由气势汹汹问到人家鼻子上。

或许这又是一次他放出来的诱饵，只要抵制了诱惑，拼死不张口去咬，他就不能得逞。但就算金刚石做的心也禁不起一而再再而三的重压，她长长叹了一口气，整个人都软了下去，低声道："好吧，我认输了。"

咬住他的饵，上他的钩，她已经累得一根手指也不想反抗了。

"那句话真的是随口胡说的？"她无力地问。

傅九云点了点头："嗯，我胡扯的，不用多想。"

覃川吐出一口气，一串泡泡就蹿了上去，转身要走，他忽然在后面说："稍等，这两样东西给你，就当礼物吧。”

她愕然回头，便见他抛来一个细长的包袱，里面装了一卷很大的画轴，还有一个水晶瓶子。瓶口用符纸封了口，内里有一团火焰形状的物事，灼灼跳跃着。那颜色像是水墨画中的淡淡青色——妖之魂才会有的颜色，凡人的魂魄大多是或浓或淡的天青色。

是太子的魂魄。

那卷巨大的画轴被打开后，画中亭台楼阁一一俱现，海水微微一卷，便似平地升起重重华美宫殿，正是垂丝海棠盛放的春季，红与白的花瓣漫天飞舞。她死去的亲人们一个接一个出现在身边，眉目灵动，对她款款而笑，神态温柔。

覃川的手一抖，画轴与水晶瓶一起掉在了海砂里。

“太子的脑袋割下太久，早已烂了，被我丢在野外，这缕魂魄我留着毫无用处，你爱怎样随你。”

傅九云合上房门，袖子在那个洞上一拂，贝壳立即恢复原状。

“拿着你朝思暮想的画，好好做个美梦吧！再见了，公主殿下。”

覃川眼睁睁望着那扇无情紧闭的门，忽觉全身的气力都没了。

她从未像这一刻，感到无比疲惫与无助。

爱着她的人，都已经被她推开，她原本是盼着这个局面的。就这么潇洒而狠绝，孑然一身点燃魂灯赴死。

“拿着画做个美梦吧！”——鄙夷的语气，像是嘲笑她只懂得从虚幻里寻找温暖，一到现实便开始冷漠地逃避。

她蹲下去抱住膝盖，只觉绝望与灰暗，累得很想就这么消失在世上。

覃川躲在房里三天没出来，那幅画一直摊开放在床上，她一遍又一遍地入睡，醒来，睁眼看见亲人们对自己笑，好像他们从不曾离开。傅九云说得没错，这真是个让人不愿醒来的美梦。

阿满笑吟吟地端着茶盘走过来送茶，弯下腰看着她，像是要与她说话。她忍不住伸出手去摸——摸了个空。

她低低叹了一声。

鉴于覃川把自己关在房里足有三日，不怎么想多事的左紫辰也忍不住开口发问了：“你对她说了什么？”

傅九云正倚在窗边喝酒，神色淡漠，只说：“什么也没说，不过送她一幅画而已。”

他递给左紫辰一个杯子，替他倒满酒，又淡淡笑道：“多谢你，没将公子齐的身份泄露出去。”

左紫辰“看”了他片刻，说：“你既有这么大的本领，为何要屈居在香取山，替山主搜刮宝物，做他的弟子？你的本领应当比这些仙人都要高明许多。”

傅九云略想了想，懒洋洋地笑了：“因为我无聊，你若活了那么多年，不停转世，也会无聊的。”

“当然，还有个关键缘故。”他喝了一口酒，“魂灯在香取山，所以我得留下。”

“魂灯？”显然左紫辰对这件宝物很陌生，根本想不起是什么东西。

“大概就是这样吧……不过终于可以结束了，这种生活。来，我们再喝一杯。喝酒这事情，果然有人陪着才有趣。”他索性递给左紫辰一整壶酒，学着眉山君的样子与他碰壶对饮。

左紫辰有些哭笑不得：“我可没有这种好酒量。”

话音一落，便觉身后的海水微微起了颤动，回头一看，只见三日没见的覃川打扮得利落干净，带着笑容走出来了。不知这三天她遭遇了什么，整个人清减了许多，昔日纤细娉婷的姿态隐隐可见。

因见他二人大白天靠窗喝酒，还是碰壶，她不由笑着走过来：“咦？饭

还没吃就开始喝酒了？”

左紫辰不由关切地问了一句：“你没事吧？”

她随意摆了摆手：“没事，我减肥而已。”

左紫辰再次啼笑皆非，找了个借口回到自己屋中打坐修行了，不欲打扰他二人的独处。

覃川大大方方地往窗前一坐，捞了那壶左紫辰剩下的酒喝了一口，再捡一颗花生吃，在傅九云不悦的目光中，浅浅开口：“什么时候去找国师算账？”

傅九云盯着她看了半天，慢慢别过脸：“等眉山有空，他近来忙着和那只战鬼玩捉迷藏，一时半会儿来不了。”

居然还要劳驾眉山君出动，覃川不由肃然起敬，举着酒壶朝南拜了三拜，感谢师叔的帮忙。

傅九云喝完了酒便要关窗，被她一把抓住，含笑问：“你就这么害怕看到我？”

“我？怕？”他慢条斯理地反问，果然就把窗户大敞着，将酒壶收进外屋，然后便和衣半躺在床上，似睡非睡，把她当空气。有几条带鱼大约是迷恋他的美色，在他怀里钻来钻去，抬头亲吻他的下巴，被他一次次拨开，再一次次赖上来。

覃川不由好笑，四周看了一圈，轻声说：“想不到你在海底也有府邸，你总有一些让人出乎意料的事。这里比凤眠山好多了，我觉得甚至比眉山居和香取山都好，有趣得很。”

傅九云闭着眼睛：“是吗？喜欢可以多住几天，住到老也没事。”

覃川一口喝干壶中酒，低低说：“好。”

咚一声，他的脑袋从手掌上滑下来，撞在巨蚌壳上，发出好大的声响。

她没有笑，垂头望着手中酒壶，过了许久，又道：“我以为自己什么都不在乎了，此心如飞鸟……呵呵，原来我根本没那么洒脱。被很多事情伤害了，就只好躲在后面这样安慰自己。看来，我还是会幻想的，我幻想过很多，比如我们老了以后会怎么样，会不会生孩子，孩子长得像谁……都是些可笑的幻想。以前我也会幻想，不过想的都是紫辰，不知道什么时候开始幻想的就变成你了。这种无聊天真的女人心我很鄙视，我应当铁石心肠，死得痛快干净才对。不过，我发现幻想变成了期望，我……实在是愧对大燕子民。”

话音一落，他整个人便像一只大鸟般扑了上来，隔着窗台死死抱住她。他什么也没有说。覃川眨了眨眼睛，只觉眼前越来越模糊，有水珠不停往下掉，低声道：“你也不要再说死这样的话。我受不了，所以我乖乖投降了。呵，在点魂灯之前，我们还有很长的时间，就当我们这辈子是在一起的，不管是几天还是几年。以前我怎么没想过呢？”

傅九云摩挲着她的头发和脸颊，手劲有些失控，几乎要把她捏碎了。炽热而带着酒气的唇贴上来，把她脸上的湿意吻掉，声线里甚至带了一丝颤抖：“放心，魂灯里我也会陪着你，大家一起疼。”

她忍不住笑了一声，反手抱住他的脖子：“魂灯只能点四缕魂魄，你来凑什么热闹？小心把它挤爆了。”

没有回答，他的唇已经盖在了同样带着酒意的樱唇上，双手一抬，将她从窗前抱进来，坐在自己腿上，混乱中还不忘把那几条缠着自己的带鱼赶出窗外，再关紧窗户，省得某些不解风情的鱼虾蟹蚌来破坏气氛。

没有人说话，该说的，不该说的，他们早就说了许多，言语往往令人疲惫猜忌。没有什么比契合的唇齿与身体更能说明那些埋藏起来的感情。覃川全身的力气仿佛都被抽走了，鼻息里仿佛也被染上甜蜜的呻吟，她甚至不敢相信自己真有这样爱他，到底从什么时候开始的？

是他说不会放手的时候；还是在青竹上刻名字，给她一个更加美好幻想的时候？

她自己也说不清。

没什么可以再逃避的，他们还有那么长的时间，直到死亡把她带走之前，他们都会幸福。

不停有细腻的泡沫从纠缠密合的唇间弥漫而出，擦过脸庞又麻又痒，有一颗泡泡凝结在她浓密的长睫毛上，随着她微微颤抖。傅九云忍不住把嘴唇贴上去，这令人窒息的长长的亲吻终于稍稍停歇。

他的身体甚至在轻轻颤抖，紧紧抱着她，喘息着把脸埋在她肩窝上。覃川忽然感觉到他身体某处的变化，本能地动了一下，想躲避。冷不防他的手骤然一紧，近乎脆弱地哼了一声，忽然轻轻一口咬在她脖子上："我等不及了。要是不够温柔，别怪我。"

什么不够温柔？覃川一头雾水，突然间天旋地转，她被一把抱起，下一刻又陷入柔软的巨蚌里。那只巨蚌立即悄悄合上，像一间黑暗的小屋将他们锁住。蚌壳顶甚至缀了两颗明珠，发出微弱而清莹的光。

覃川猛然意识到了什么，他这样沉重地压在身上，指尖钩动衣带，几乎是急不可耐，像是极渴之人终于寻到水源那般，上次的游刃有余和利索也一并消失，竟然连衣带也扯不开，最后那一袭长衫被他刺啦一声撕烂，滚烫的掌心抚在她的身体上。

她啊了一声，他一旦失控起来，她也开始手忙脚乱，冷不丁死死抓住他游走的手，颤声道："等下……"

"这种时候，千万不要和我说不愿意……"傅九云声音里带着一丝痛苦。

烧成一片激荡火海的脑袋里隐约还剩一点点清明，告诉他：等一等，听她的话。不要鲁莽，不要冲动，你不是那些青涩的少年。

那就让我做一次青涩少年吧！他无情地将最后一丝清明踢出脑海，她会是我的，我要她！

破烂成一团的衣服被丢在角落，他将那个柔软细腻的身体紧紧捧在掌心，在这样昏暗仅有一丝光晕的环境里，低头找到她的唇，抑制不住疯狂，像是要

把她吞下去似的，这样吻她。

覃川既热且晕，像一块布被他翻过来折过去。他那些从容温柔不知藏到了什么地方，眼前的傅九云简直是个从未见过的陌生人，像是下一个刹那便要天崩地裂了，于死神之前逃命般销魂。

第二十章

二皇子亭渊

她的手从凌乱的被褥中抬起，拨乱他的长发，本能地把身体向他贴近。

傅九云低喘一声，右手抄到她腰间最纤细的那个弧度下面，令她毫无空隙地把整个身体向自己敞开，体肤之间的摩擦依偎令热度骤然升高，谁也不会再想忍耐。突觉他忽然松开了自己，她握住他流连在脸颊上的手指，哀求似的喃喃："别走！"

别再像上次那样，说不行，不行。他们的时间不多，每一个目睫交错的时光都比明珠珍贵，别再无谓地浪费。她想要他，就是现在。

他立即便俯下身将她紧紧抱住，贴着唇喘息："我在。"

他们如今真正成为一体，密合无缝，从此再不能分开，也不会被分开。她从未像此刻这般有着深刻的感悟，在这世间她再也不是孤单一个人，爱她的人就在这里，她爱的人也在这里。

"川儿……"

"嗯？"

"我要看着你。"

巨大的蚌壳豁然打开，海水蔚蓝透明的光泽倾落而下，激烈冲撞的细碎泡沫蒸腾而出，一串串一颗颗，好似水晶的细珠。

她现在就在这里，在他怀里，他们是相爱的。

这甜蜜而交缠的欢爱可以到达天荒地老，海枯石烂。她是如此美妙，怎么也爱不够，他甚至不知要怎样再爱才可以真正满足。环带河边第一次见到她穿着男装，焦急地看着潺潺流过的河水，满心里只想着要见他，像一只刚刚会飞的小黄鹂，又天真又可爱——他从那个时候起就时常自觉或不自觉地幻想被那双美丽的眼睛凝望。

你要看着我，只有我一个，因我早已在你还不知道的时候，便这样看着你了。

不知过了多久，喧嚣的海水渐渐平静。他的指尖缠绕着她的长发，汗水与她的汇集在一起，湿润的唇在她微张的柔软的嘴唇上磨蹭了一下，叹息似的："抱着我。"

覃川抬起无力的胳膊抱紧他的脖子。他的心跳极其剧烈，擂鼓一般，撞在她心口。她累得快要睡着，任由他轻轻梳理自己的头发，忽而在她额边吻了一下，低声道："还疼吗？"

她慢慢摇头，学着他的模样将他的长发抓在手里，理顺了编成小辫子，轻轻说："你疼吗？"

傅九云失笑："傻孩子，男人怎么会疼。"

覃川只觉困倦疲惫，每一寸肌肉都酸且胀，可她还不想睡，心里又喜悦，又有一种说不出的失落，从此以后她就是一个真正的女人了。这一刻她想他用力抱紧自己，什么也不用说。或许世间真有心有灵犀这么一回事，下一个瞬间他便环住了她，手掌安抚似的在她光裸细腻的后背上来回抚摸，温热的唇在她脸颊、眉骨、耳边细细亲吻。

光线渐渐暗沉下去，覃川却从昏睡中惊醒过来。

成群结队的在黑暗里会发出美丽光芒的小小鱼游弋在屋内，排列成许许多多不规则的花纹光线。它们偶尔会游到覃川身边。她怕惊醒身旁沉睡着的傅九云，便用指尖轻轻触摸它们，结果反而引得更多的小鱼儿往这边游，争着来亲吻她的手指，仿佛上面有好吃的东西。

那朦朦胧胧的光隔着海水映射在傅九云沉睡的面上，像是快要从他轻颤的睫毛上流淌下来一般。覃川撑着下巴望着他装睡的脸，含笑低声道：“九云，你醒着吗？”

他唔了一声，把脑袋埋进被子里继续装作熟睡，眼底忽然有些热辣，只怕是自己在做梦似的，不敢抬头。

覃川不由好笑，真不敢相信这么个男人居然也会有害羞的心思，醒了之后不晓得怎么面对，索性蒙着脸躲到第二天。只有姑娘家才会这么做。

她俯在他肩膀上，揭开被子，柔声道：“九云，你别怕，我会对你负责。”

他猛然转身，饿虎扑食一般把她扑倒在巨蚌床上，覃川笑着要躲，冷不防他却用手盖住了她的眼睛，声音里还残留着一丝沙哑：“死丫头，不许看，不许说话。”

她果然不再说话，只是用手抱着他的肩膀，替他把凌乱的长发理顺。傅九云的手慢慢从她脸上往下移，捏住下巴让她转向自己，目光交接，那些冗长的烦琐的却又动听的山盟海誓他们谁也不需要，眼神已经可以说尽一切。

“傅九云，公子齐……为什么要取两个名字？”

她对他了解得实在不多。

傅九云想了想：“这是秘密。”

他被轻轻打了一拳，可面上却渐渐浮现出一个怀念似的微笑。抓住她的手腕，让她安安静静躺在自己怀里，他声音里带着感慨：“很久了……你又一次问我这个问题。”

覃川不解地用眼神询问，他却只是摇头笑，末了又道：“你看上古画圣叫平甲子，可他为什么还有个名字叫姜回呢？”

出乎意料的解释，却又十分合理。覃川愣了一下：“倒真是这个道理，我先前怎么没想通？”

“你总是这么笨。”

又被打了一拳。

他翻身而上，要彻底欺负回来。那巨蚌床上的被褥乱得叫人看不下去，枕头都掉了一只在海底，被海砂埋了大半。天渐渐地亮了，光线折射进海水里，泛出一层珍珠般柔和的光彩来。

覃川的手指插入他浓密的长发里，心里忽然有些害怕，飞快地闭上眼。

“天快亮了。”她轻轻地说，“最好迟些再亮，我还不想起来。”

有些不甘，她还没有做梦，梦里还未来得及与他死生契阔，携手同老，过完那短暂而美丽的一生。

他将她紧紧抱在怀里，巨蚌缓缓合上，阻绝企图闯入的黎明。

“天不会亮。”

他说，将她的下巴放在自己肩上，双颊紧贴。

无论怎样绵长的黑夜总有过去的那个瞬间，覃川的双眼能够重新适应海面上明亮光线的时候，已经过了好几天。

上岸那天，天气晴朗，风不大，很适合做一些危险刺激的事情。

眉山君骑着灵禽仙鹤等在岸边，气色不大好，想必近来被他那位情敌战鬼折磨得不轻。接过覃川递给他的国师白发，用指尖轻轻触摸了几下，他淡道：“帝姬，我帮你并不是为了国与国之间的争端，你要明白这点。大师兄的身后事由你一手操办，我是还你一份人情。”

覃川点了点头，微微一笑：“无论是为了什么，我都感激师叔愿意出手。”

眉山君望着站在后面的傅九云，犹豫了一下，又说：“国与国的争端永远不会停止，人的生命却是有限的，所以仇恨也是有限的。你所作所为对后世来说，兴许半点意义也没有，还是执意要做？”

她抬脚向前走去，过了一会儿，才回答：“我不是为了仇恨。”

几千万的大燕子民日夜煎熬，成为妖魔们的口粮。这世上有远比仇恨更加重要的东西，超脱世俗的仙人们或许永远也不会懂的。

眉山君落在傅九云身边，苦笑：“我帮不了你，还是告诉她吧？要不魂魄凑齐后我将魂灯偷走……”

“不。”傅九云笑得心满意足，“现在我什么也不想要了。”

眉山君愕然看着他快步上前，用手挽起覃川被海风吹乱的长发，两人的额头抵在一起，不知说了什么悄悄话，她忽然笑起来，踢了一脚沙子到他身上，两人在长得看不到边际的沙滩上轻盈地跑起来——这一幕深深刺激了眉山君那颗近来饱受情敌摧残的脆弱小心脏，他禁不住泪奔而去。

九月初四，连续下了几天雨，难得放了晴，国师府前不知何时被放了一封信，没有署名，但纸上一枚瑞燕麒麟的印鉴已足够说明来信人的身份。信中只有一行字：今夜子时正，凤眠山下，不见不散。

告病在家足不出户的国师捏着这封信，心情很复杂。整个国师府都被布下重重结界与法阵，他可以叫一只小老鼠都有进无回，可帝姬不是老鼠，她来也不来，只丢一封信在门口，吃准了他必然会赴约。

手头有属下暗地里调查的帝姬资料，上面清清楚楚写着：大燕帝姬，性娇体弱，天真纯善，雅擅歌舞，粗通白纸通灵之术。

国师将这些资料撕个粉碎，她天真纯善，性娇体弱？他还是第一次见到这么狡猾狠辣的“天真”姑娘。怀中有一个沉甸甸的玉盒，里面放着帝姬鲜活的心脏，上面密密麻麻扎满了银针，像只血红的刺猬。

将每根银针都仔细收回，鲜血立即浸了半只玉盒，他随手一拂，其上针眼大小的伤痕瞬息消失，一切都恢复原状。

就算得到太子魂魄，也不能放她活得逍遥，他要她尝尽苦楚，活不过五年。

当夜子时正，不知怎的淅淅沥沥又下起小雨来。覃川撑了一把青竹劈成的油纸伞，提着灯笼等在竹林外，远远地见到国师骑着妖兽落在十丈之外，身后还跟着那位无头太子，太子身上依稀负着一个女子，似是在昏睡。

她慢步迎上去，浅浅一笑："国师果然是个守时的人。"

国师四周看了一圈，竹林空荡荡的，显见是只有她一个人，不由沉声问："公子齐呢？莫非又躲在暗处了？"

覃川笑道："这是我自己的事，与他人无关，当然也只有我来见国师了。"

他会相信才真是见鬼了，见她转身要往竹林里走，他立即挥手："不必进去了，就在这里说个清楚。头发与太子魂魄交还给我，我便将心脏还给你——我本不欲杀你，只是事后我要你即刻离开天原，终生不许踏入我天原疆土半步！"

她了然地点头："我自然省得，国师是怕我将太子的秘密泄露出去，你的野心便不能成了。"

国师盯着她看了良久，方缓缓说道："帝姬，其实撇开这些恩怨不说，我很欣赏你。因为你不信命。我也从不信所谓的天命，或许在这些事情上，你是能理解我的。

"老天替我们安排了所有的，何时生，何时死，何时贵，何时贱。它说天下要大乱，于是纷争不断；它说中原必将大统，于是就有天命之子降临。我为什么要乖乖听从天命？所谓天命之子，从来不该由天注定，在这个人与妖共处的世间，谁强谁便是王。倘若世人皆听从所谓的命，那我便造一个最强的出来打破它！

"世人已被上天蹂躏成瘾，忘却痛楚，我会叫他们记起疼痛。这世上从来没有神，即便有，我也会杀了他们。从此，我便是神！"

覃川冷冷看着他狂热的眼神，淡道："在我眼里，你只是个被贪欲吞噬的可怜老妖。"

“……你果然不懂这些。”国师失望地摇头，不愿与她一个孩子废话什么，将手一招，无头太子便踩着沉重的脚步走到覃川面前。说真的，他这没脑袋还能走路的模样很可怕，尤其现在大半夜的，冷不丁撞见真能把人给吓死。

覃川屏住呼吸，见他把肩上那女子毫不客气地丢在地上，泥水浸了她半边身体，在地上滚了一下，露出半张干净艳丽的脸来——是玄珠！

“这位公主试图不交钱混入经商队伍的船渡海，被人指认后竟然毫不愧疚，反而出手伤人。我想她与你也是旧识，不好叫你担心她的安危，这便一并还给你好了。”

覃川只觉心里咚咚乱跳，委实没想到对方居然还能再次擒住玄珠。这位姐姐真是成事不足败事有余，成日除了给人找麻烦，还会点什么有用的不？看她那个模样，死不死活不活，只怕是被人下了咒陷入沉睡——见国师打算解开咒文，她赶紧抬手：“等下！就让她先睡着吧！”

要是叫醒她，不知道又会说出什么狠话来。今日兹事体大，少不得委屈她多睡一会儿了。

她从袖中取出一绺白发并一个水晶长瓶，瓶身晶莹剔透，内里藏着一团淡青色的火焰，似烛火般轻轻跳动，灵性十足。

覃川望着瓶中魂魄，笑了笑：“魂魄在这里，只是脑袋早已烂得不成样子，被我丢了。以国师的身手，这点小事情自然不会是问题。”

“拿来！”国师记挂太子，禁不住上前一步，伸手便要抢。

她含笑掩了瓶子，也不说话，只是拿眼瞅他。国师立即掏出玉盒，里面那颗人心鲜活跳跃，半点也看不出早已离体大半个月。那颗人心逆风而起，如稚鸟投怀一般，咻一声钻进她心口。

心脏归体，剜心之痛才齐齐发作，覃川痛得弯下腰去，忽然倒退数步一把抓住玄珠，眨眼便消失在竹林外，地上留了那个瓶子并一绺白发。

国师难抑激动，先抢了瓶子捞出那一捧沉重的魂魄，熟悉的脉动令他心潮澎湃。

什么是无双命格？什么是一统中原？这些古老而迷信的预言他早已不再需要！只要太子在，只要有太子！这个他用精血孕育出的凶煞之子可以将他送上权力的巅峰，天原那古老的预言即将被打破，无论那无双命格的真正主人是谁，都已不重要。太子即将回来！

他会成为一统中原的皇帝，走向高高的神坛，成为睥睨天下的天神！

他欣喜地将那团灵魂之焰贴在胸前，低声呢喃："好孩子，爹把你找回来了！"

身后的妖兽忽然仰首嚎叫一声，似是在预警什么。国师缓缓转身，见那茫茫夜色中，一行人马悄无声息地冒雨前进，将竹林外团团围住。当头一人点亮了火把，往这边照了一下，跟着一个熟悉而亲切的男声响起："国师，这样深的夜，您老人家怎会孤身在此？"

说着那人策马走近，一身甲胄，头盔下是一张被雨淋湿的俊秀的面容，双眸笑得弯起，十分温和，千分可喜，是二皇子亭渊。

国师一见是他，悬起的心顿时落下三分，淡道："这话应当老臣问二皇子，这等雨夜，领兵来剿匪吗？"

亭渊柔声道："今日收到消息，说凤眠山脚下有反贼出没，故而父皇令我领兵来擒拿。不过绕了一大圈，黑漆漆的，反贼没见着，倒遇到了您老人家。还要劳烦您老给我说说，可有见到反贼出没？回去我也好和父皇有个交代。"

国师那颗提起来的心脏又放下五分，指着幽深的竹林淡道："方才有几个形迹可疑的人进了竹林，二皇子何不进去搜查一番？"

亭渊果然招来十几名亲信，策马走近竹林，忽然探头望了一眼国师怀内，奇道："咦，您老人家怀里装了什么亮晶晶的东西？"

国师低下头，果然见太子的魂魄自领口露出小半，因周围都是士兵，太子已死之事只有极少数的皇族才知道，此刻说出来难免惹人怀疑，他立即用手掩住，淡道："我来抓一些雨夜才会出现的小妖，炼制丹药有用。这是夜来有萤光的妖。"

亭渊笑道："原来如此，我还当是什么东西的魂魄……说起来，您身后那位兄台，莫不是什么妖怪？怎的没了脑袋？"

那些士兵原本未曾注意，听他这样一说，纷纷点了火把去看，果然见到那无头的太子直挺挺地站在雨中。太子身材极高大，纵然没有脑袋也比寻常人高出两个头，昔日他领兵狂扫中原诸国，众将士对他的身形极为熟悉，当下便纷纷惊叫："那是太子！太子没了脑袋？！"

国师心中一阵恼怒，冷眼望着亭渊，他却仿佛什么也不知，无辜而迷惘地看着他，喃喃："国师，这是怎么回事？"

国师面色阴沉，忽将那魂魄取出，硬生生拍进太子尸身背后，厉声道："我让你们看看是怎么回事！"语气中杀意顿现。今日之事看到的人太多，倘若泄露出去，谣言纷飞下太子的威信必然大减。斩草要除根！

魂魄没入太子的后背，那原本一动不动的尸体顿时手舞足蹈起来。众人看着一具没有脑袋的尸体乱蹦乱动，不由吓得毛骨悚然。国师将那颗一直拴在他腰上的木头脑袋小心翼翼地嵌合在太子脖子上，他立即抱住脑袋，状似痛苦，忽而张大嘴，依稀是打算狂吼，却发不出半点声音。

咔嚓一声，那颗木头脑袋被他自己捏碎了，浓黑腥臭的尸血忽然从头断之处泉涌而出，太子沉重的尸体狠狠砸在泥水里，再也不能动。

第二十一章

没有你的黎明

四下里一片死寂，所有人都被这诡异绝伦的场景吓怔了。

国师脸色惨白，忽然痛骂一声："无耻贱人！魂魄是假的！"

他身形忽闪，瞬间便到了竹林外，似是要冲进去。

守在两旁的士兵犹豫着望向亭渊，他目光闪烁，仅考虑了一瞬，便低声道："只管拦下！"

数百人马只怕对付不了一个国师，但此时此地实在不能再拖，再等不到另一个良机。今早天原皇帝在御书房收到一封没有署名的信，信中历数国师犯下的种种欺君之罪，将他借了皇后的肚子生下没有皇族血统的太子一事细细呈上，并说今夜子时正在凤眠山可知一切真相。

皇帝对太子本来就没有多大的感情，早些年的父子情只怕也被忌讳和惧怕给代替了。太子死后他也只是心忧中原尚未大统，死了个领头的太子，天原难免遭到他国报复。故而见信后，皇帝竟反倒松了一口气，只觉他死得极好极妙。

国师犯下的欺君大罪他也不过象征性地派给二皇子几百人马，大意是想要说服他，毕竟皇帝舍不得长生不老之术。国师炼制的丹药尚未出炉，现在杀他，就可惜了一炉长生不老药丸。

亭渊抽出长刀，趁着士兵们拦住国师的工夫，回头见那只妖兽兀自嘶吼，朝这里直冲过来，似是打算护主。他手腕一转，利落干脆地一刀斩下去，妖兽的脑袋皮球一般滚了出去，身体却扑在他所骑的战马身上。所幸他躲得快，扑在地上连滚好几圈，正要开口说话，忽觉地面一阵剧烈震颤，刚站起来又摔在泥水里。

其余人也没比他好到哪里去，地面像是滚开的水，翻滚不休，忽而在中间凹进去大块，众人不由自主便一起滚进大坑中，连国师也不能例外，脚下一滑摔了进去。国师反应却极快，当即伸出妖手要抓住上面的青竹。冷不防眼前万道银光拔地而起，像一个巨大的笼子，瞬间将众人的身影锁入银光之中。

下一刻地面的震动立即平息，有人试图用刀剑去戳那银色结界，孰料结界看着薄软，竟比金刚石的墙壁还要坚硬，刀剑戳上去火花点点，半点也撬不开。

亭渊端坐在结界后，随意用手摸了一把，在心底咦了一声。这是清莹石布下的结界，可困天下万物。清莹石质地古怪，可吸收体力、妖力、仙力，被困其中愈挣扎便愈无力，倒不如安安静静坐着，静观其变。

他转头见国师面色极难看，不由笑了一声，低声道："国师，莫非困住我们的，是您老人家的仇人？"

国师没有回答，目中好似要喷出火来，只是恶狠狠地盯着漆黑一片的竹林。

片刻后，有个身穿鲜红衣裙的少女打着伞从林中漫步而出，那是火一般的红，极少会有人在平日里穿这种颜色。可是她此刻穿着，却又令人挑不出一丝毛病，仿佛这种鲜艳欲滴的颜色正是为了她准备的。

她脸上带着笑，甚至叫人看不出什么恶意，慢悠悠地蹲在结界外，歪着脑袋打量国师，开口说道："你太小看我，几乎废了半条命才换来的机会，我会那么浪费吗？"

国师冷道："帝姬，你困住我又有何用？这结界内共有三百一十九人，我可以杀了吃，吃了再杀，你困上我两三年我也不会有事。怕只怕你再没有两三年可活。"

覃川微微一笑："喂，我仁慈些，叫你看看明早的太阳。记得好好看，因为你以后再也看不到了。"

她抽出白纸，变作一张椅子，就这么坐在结界外，嗑着瓜子，跷着二郎腿，笑眯眯地看着里面挣扎号哭的人。生平从未如此享受，如此惬意。

国师张口正欲说些什么，忽觉头顶仿佛有一团无形压力狠狠压下。他像一团被揉烂的面，脸朝下狠狠摔在泥水里，无论怎样奋力挣扎，也挣不过那种无形而巨大的力道。他胸口窒闷得几乎要炸开，突然想起什么，急忙探入怀中，将那一绺白发取出。障眼法在他们被困入结界时已经解除，那一绺根本不是头发，而是从羊背上剪下的毛。

他眼珠几乎要裂眶而出，死死指着覃川，额上青筋跳动，什么也说不出来。

覃川慢慢说道："先别急，时间还早。我父母，加上五位兄长，还有一名婢女，共八条命。我会让你死过去八次的。剩下那些你欠了大燕子民的，我也会让你慢慢还清。"

国师再也承受不住咒杀的力道，在地上一滚，现出妖相，三十二只血红的妖手凌乱地挥舞着，吓得结界内那些士兵们狂呼乱叫，四处逃窜。

妖力的急速流逝，外加咒杀的威力，令他急需补充鲜活的血肉。他猛然回身，双眼血红，像是要掉出眼眶一般，死死瞪着结界中躲成一团的士兵们。

妖手一挥，不知抓了多少人，送去嘴边狠狠咀嚼，忽又哈哈大笑起来："帝姬！你等着！迟早我要出来将你嚼个粉碎！"

覃川目不转睛看着他血红的脸，低声道："在那之前，我会让你先被压碎。"

不知过了多久，雨渐渐停了，天边开始泛出淡蓝的晨光。国师已经死过去活过来记不清多少次，遍体满是伤痕与鲜血，周围布满断肢残尸，都是死在他手下的天原士兵。

凉风吹过，虽有结界围困，覃川还是觉得自己嗅到了一股浓厚的血腥气，她有些疲惫地揉了揉额角。身后伸出一双手，代替她的手按摩头顶穴位。她没有回头，只是笑了笑，低声道："玄珠如何了？"

傅九云将她的脑袋抱进怀里，在额头上吻了一下："早醒了，难得没哭也没闹，就是不说话。"

说完又想起什么，道："眉山说咒杀已经基本完成，只差最后一步，问你何时要夺他性命。"

覃川冷冷望着晕死过去的国师。这个野心勃勃的妖，灭了大燕的元凶，终于是死在她手上了。

"天亮了，等他醒来，看一眼太阳吧。"她面上浮出一丝极淡的笑容，是心满意足后的解脱与疲倦。

"帝姬，你比我有良心。我不想让他看到今天的太阳。"结界中忽然响起一个温和的男声，实在太出乎意料，连傅九云都愣了一瞬。

要知道清莹石的结界可以吸取体力，被困上一夜，就是一头老虎也只有瘫着喘气的份了，居然还有人能说话，简直可用奇迹来形容。

结界中人影忽动，闪电一般蹿到国师身边，长刀高举，明明是冷冽凌厉的寒光，偏偏被那人用得如此优雅温柔。一刀削下，国师那颗脑袋滚了很远。那人甩去血珠，抬手撑在结界上，笑吟吟地隔着银光与两人对视，正是二皇子亭渊。

"你还能动？"覃川惊愕得猛然站起。

亭渊没有回答，只是眨眨眼睛："我要谢谢你们，替我除去心头大患，让我省力不少。"

长刀在结界上划过，堪比金刚石的结界就这么静悄悄碎裂开。他跨出大坑，回头看了一眼，带出来的人马死了大半，没死的也被结界吸走半条命，活下来也是废人了。他转身对上覃川发白的脸，笑得温和："那么，我走了。脑袋可以让我带走吧？"

他手里提着国师的脑袋。南蛮二十四洞的妖就算被砍了脑袋也不会死，他的嘴唇仍在翕动，似乎随时可以醒来说话。

覃川浑身僵硬，眼睁睁看着他大踏步走了老远，突然叫道：“为什么……结界对你无用？”

亭渊抬头认真地想了想，露出个很爽朗的笑，带着一丝腼腆：“或许因为我最讨厌这些神神怪怪的东西吧。保重了，再见。”

她本能地想要追，傅九云却用力攥住她的袖子。

“别追！”他低声说，“这个皇子很古怪……”

二皇子身体周围三尺内全无声音与鬼魅，所到之处鬼神避让，仙力妖力在他身上发挥不了作用。傅九云神色复杂地看了一眼国师没了脑袋的身体，他曾想打破天原的预言，将真正的天命之子压在下面永世不得出头?

真是差一点点便要成功了，国师倒比他想象的了不起。

“不要和那个人再有牵连了，你动不了他。”傅九云摸了摸覃川的脸颊，忽然一笑，“乖乖的，你就听我一次话吧。”

覃川木然地点了点头，走到国师身边用符纸引出魂魄。牛皮乾坤袋里的魂灯仿佛感应到这股妖力强大的魂魄，竟微微颤抖起来。魂灯上两股灵魂之焰比先时要明亮许多，左相与太子的魂魄已被点燃，将国师的魂魄引燃第三根灯芯，那火焰霎时跳了三寸多高，其色如晴天时最澄澈的那一方天空。

傅九云骤然退了一步，张口似是想说些什么，竹林里忽传来眉山君大喊大叫的声音：“是谁？！谁扰乱我的咒杀仪式？！我还没完成最后一步人怎么就死了！”他活蹦乱跳地跑了出来。

傅九云一把扳住他的肩膀，低声说了句话，眉山君脸色大变，急忙扶住他，回头看一眼覃川。她正蹲在地上盯着魂灯发呆，不知想些什么。

神器只差最后一缕魂魄便要发挥效用，受到其神力感染，刚刚晴了半分的天空又变得阴暗，噼噼啪啪下起了倾盆大雨。山间阴魂呼号，发出令人心悸的声音。

雨伞丢在一旁，覃川很快就全身湿透。

她想起很多很多事，昔日大燕尚未灭亡，她过得多么幸福快乐，只是一切都不可能再回去。点燃魂灯吧！勾取十方八荒所有妖魔之魂，黄泉碧落的厉鬼们亦会为那令人战栗的神力而现身，从此天下再无妖魔。

这是她活到如今的唯一目的，再也想不出第二条路可以走。

那苍蓝的火焰仿佛在引诱她藏在深处的魂魄，仿佛有无数双小手温柔地抚摸上来，呼唤她：你来，你来吧！

她的身体不禁为之战栗，禁不住诱惑，高高举起魂灯，对准心口便要用力戳下。

一只冰冷的手握住了她的手腕，覃川茫然抬头，对上傅九云略显苍白的脸。他的笑容里带着说不出的疲惫，没有问她方才想要做什么，只是低声道："身上都湿了，回屋再说。"

覃川茫然看着他，喃喃："九云……"

傅九云缓缓闭上眼，他从未如此苍白疲惫，皮肤下的青色血管都清晰可见，整个人像是要变成透明的。

他说："乖，我们回家。"

覃川蒙蒙眬眬地翘了翘嘴角，仿佛想为自己的最终胜利欣喜一番。可她的眼泪却先掉下来了，猛然捂住脸，蹲下去，将冰冷的魂灯紧紧抱在怀里。

"我赢了……我赢了……"只有不断重复这句话。

在天有灵的血亲、饱受蹂躏的大燕子民，她终于可以将胸膛挺起，没有愧色，没有苦楚，微笑着去见他们。

一只手放在她肩膀上。

"你赢了，你很勇敢，是最出色的公主。"

覃川抬起泪眼，朝他微笑："我没力气了，九云抱我回家好不好？"

"好。"一个温柔的微笑。

他抱起她，双手仿佛在剧烈地颤抖，走得很慢很慢，很是吃力。

她没有发觉，她以为发抖的人是自己。和以前一样，她紧紧抱住他的脖子，把脸埋在他潮湿的胸前。这里是她的家，怎样任性都没关系，怎样撒娇都有人宠爱，她的家。

多年积累的心事一朝了结，覃川忽然累得再也不想睁开眼。迷迷糊糊中觉得有人把她轻轻放在床上，拆了湿漉漉的头发用干布搓揉。

有人在激烈地说些什么，有人在急切地询问，有人在低声解释。

可她什么都听不清了，用小指钩住傅九云的手指，依恋地咕哝："九云，你别走……"

所有的声音都停下，她沉沉坠入梦乡。

多年不曾入梦的家人们来看她了，冲在最前面的是二哥，他叽叽咕咕说了许多话，乱糟糟叫人听不清，脸上笑嘻嘻的，最后给她一个熊抱。

阿满还和以前一样，含泪带笑给她行礼。

父皇、母后围着她，掌心轻柔地抚摸她的头发，其他皇兄们抱着胳膊站两旁，笑得亲切温和。

那些笑容真是久违了。

"黄泉……冷不冷？"她低声问。

二哥摇头。

"死了以后，是什么感觉？"

"和活着一样，闭上眼又活过来了。"

覃川觉着自己从未这么幸福过，低声道："那就好……我……我可能会很迟很迟才能与你们团聚……不等我也没关系。"

"燕燕……"二哥抱住她，"这样就够了。别再继续，不要叫自己后悔……"

他的声音忽然再也听不见，覃川猛然一惊，睁开眼才发觉天快要暗下去，丝丝缕缕的夕阳余晖透过帐子在被褥上漏下一道金边。

傅九云和衣睡在她身边，一根手指还被她的小指钩住。他的面色苍白得好似透明，嘴唇一点儿血色也没有，呼吸平缓细微。

覃川抚上他的脸颊，触手不再温热，反倒带着些许凉意。

她突然感到心惊，急忙唤他：“九云？你睡着了吗？”

他浓密的长睫毛颤一下，那双美丽的眼睛睁开了，眸光流转，最后定在她脸上。他笑了笑，翻身凑过来环住她肩膀。

“醒了？饿不饿？”

“你病了？”覃川拨开他面颊上的长发，想用掌心的热度温暖他微凉的肌肤。

傅九云点点头：“好像受了些风寒，呵呵，我已经很多年没生病，这下真有些丢人。”

她拉高被子，将他盖得结结实实。他这样静静看着她，也不说话，她于是也不想再说什么，一遍一遍替他把落下的长发拨到耳后。她掌心的热度怎样也暖不了他的手，他的手好冷，这样握在手里，仿佛握着一块冰凉的玉石。

“还是去叫个大夫吧？”

覃川翻身要下床，却被他无力地按住肩膀：“别走，我只想看着你。”

她睡回去，将他的上半身抱在怀里。他悠长的吐息喷在锁骨上，激起暖丝丝的痒意，然后他的唇轻轻贴在那块肌肤上，声音很低：“川儿，有机会……再跳一次‘东风桃花’吧？只给我一个人看。”

覃川笑了：“没有乐伶们奏乐，怎么跳？何况这么多年过去，我早忘啦。”

他沉沉笑了两声：“是吗？那也罢了……”

她抱着他，看着夕阳渐渐沉下去了，银盘般的月攀上枝头。魂灯被收进乾坤袋，天气的异象顷刻间便消失。一切都那么安静祥和，这样美的夜色，她从小到大看了无数回，却从没哪次像现在这样觉得移不开目光，甚至依依不舍。

“九云，魂灯的三根灯芯都被点燃了。最后那根要在十二个时辰内点燃，不然……前功尽弃。天亮之前，我要走了。”

他抬头看着她，面上浮出一丝笑，柔声道："那好，今晚我做一顿烤全羊吧。别饿着肚子去。"

她的喉咙里有什么东西在剧烈颤抖，牵扯得整个身体都在疼痛。

先生活着的时候，曾给覃川说过一个故事。有个人生来最怕鬼，整日躲在家中足不出户，请了武功好手替自己看门，以为这样就可以高枕无忧。岂知被鬼听说了这个弱点，便伺机前来吓唬他，这人做了那么多准备，小心翼翼，最终却还是被鬼吓死。

先生说，你心中越怕什么，就越不要回避，孽债皆由心生，一切顺其自然方是正道。

只是那个时候她没能搞懂先生的意思，现在一切尘埃落定，结局渐渐明朗，她才知道自己心底最怕的东西是什么。

是离别。

她一直刻意回避，逼着自己冷了心肠面对所有人，愈刻意，结果愈是背道而驰。有意的冷落无情只能说明心灵上的软弱，最终放下一切爱上了，转眼又要离别，真心笑着的日子那么少。

这是咎由自取。

眉山君已经回去了，兴许是被傅九云赶回去的，覃川记得自己快睡着的时候听见他在嚷嚷。不知左紫辰和玄珠听到了什么，吃烤全羊的时候，谁也不说话，气氛沉闷之极，连玄珠也少见地没有往左紫辰那里不停张望。

大家一起闷头吃羊肉，就着庄子里时不时飘来的"哪个混账偷了我家的羊"这样的叫嚷声，一顿吃了半头羊。

傅九云在生病，吃完饭便进屋休息了。

覃川蹲在水缸旁刷碗，忽听身后传来一阵轻微的脚步声，她随口笑道："没想到你真的偷了一只羊，庄子里骂了好久。"

那人停在她身后，隔了半天，才低声道："其实你不需要这样逼自己。"

覃川手里的碗差点儿砸在地上，跳着起身，愕然张大嘴瞪着面前的人，结结巴巴："呃……你……你是和我说话？"

玄珠会主动来找她说话，不亚于天下红雨。从记事开始，印象里玄珠对她永远只有两个表情：仇恨和冷笑。和如今站在自己面前的，神色里甚至带了一丝悲戚的姑娘简直判若两人。

玄珠皱了皱眉头，淡道："那个窝囊仙人……都告诉我们了。你已经为大燕做了那么多事，不用再继续下去。你要知道，没人会领你的情，世人大都自私冷酷，只想着自己的好处。"

她会突然与自己讲这些话，说不震惊是不可能的，覃川老半天才合上嘴："你确定是在和我说话？"

玄珠冷笑起来——果然还是冷笑适合她——她眼神有些复杂，曾经的鄙夷厌恶一点儿不少，可如今又多了一丝怜悯和温柔，低声道："我果然还是很讨厌你，以前我成日盼着你死，现在你真的要死了，我又想你还是活下去的好。不是已经另有喜欢的人了吗？和他一起过下去吧！你救过我两次，这个人情，我必然还你。"

覃川默然半晌，突然苦笑："事到如今，说这些也没意思。我救你也不是为了让你还人情，你肯安安分分就很好了。"

玄珠转身便走，徒留一丝残音："要说的就是这些，你保重。我会每天和老天爷祈祷，下辈子再也不要和你遇上。"

覃川愕然望着她的背影，忽然一阵冲动："玄珠！"

她没有回头，只停了一下，隐隐约约似是在叹息："那天你和我说的……人要长大一些……我一直被困着，想不到从茧子里出去，第一次长出翅膀，又要被剪断……"

"玄珠，你在说什么？"

她回头，居然是笑着的，再没有刻骨的嫉恨，亦没有难看的嘲讽。

“我还是很讨厌大燕国，从上到下，从头到尾。帝姬，我不是什么伟大的人，没有你那种抱负。像我这样的人，能做什么呢？”

她走了，不管覃川在后面奇怪地叫了多少声，也没有再回头。

覃川回到屋里，傅九云已经睡下了，大约还未睡熟，听见脚步声便慢慢睁开眼。案上烛火跳跃，他眼里仿佛藏了两颗星子，亮得可喜。

她拢了拢被角，朝他微微一笑：“怎么还不睡？我陪着呢。”

傅九云环住她的腰身，脑袋枕在她腿上，难得带了一丝撒娇的意味：“再等等……等等再睡。我看着你。”

覃川握住他的手，紧紧贴着他的身体，心里期盼他可以像从前那样用力抱住她，全世界只剩下他们两人那样的拥抱。可是他虚弱得手指都没力气了。

这场病来势汹汹，真想不到这样一个人也会被风寒打倒。

“我很少和你说先生的事吧？”她低低说着，“魂灯的事是先生告诉我的。不过他到死都在后悔，不该和我说这些。”

傅九云垂下长睫，只嗯了一声。

“他那时候怕我轻生，所以寻了魂灯的事给我个活下去的想头。”覃川顿了一下，“点魂灯需要无比强大的勇气与意志力，他觉得我必然不成。”

“可你的胆子比他想象的还要大？”

她的目光与他胶着，过了很久，才轻声说：“不，我的胆子也很小。至少，点魂灯的时候，有些人我不敢见。九云，就陪我到这里吧，后面让我自己来，你好好过下去。”

傅九云笑得有些迷离：“找些美貌姑娘厮混，风流倜傥地过下去？也成。”

“呃……”覃川一时无语。

“当然是开玩笑。”傅九云对她眨眨眼，拍拍她的手，像安抚一只小动物，“要怎样，都依你。”

覃川将那些无用的眼泪用力压回去，她已经错过很多次离别，有意或者无意地回避。这一次，最后的那个人也要与她告别，再没有人陪着。她只有鼓足勇气去面对。

“哎，过来一些。九云，我想看着你。”

他凑过去，给了她一个轻柔若清风的吻，唇是微凉的。

她又觉着自己实在看不够他，这双眉，这双眼，笑起来的时候有一种独特的天真，不笑的时候因为眼底的泪痣，令他显得那么忧郁。

“你睡吧，我就在这里看着你。天亮前我不走。”

他一定是病得不轻，几乎立即便陷入深深的沉睡，苍白的唇里呢喃地吐出几个模糊的字：“魂灯……等我……”

覃川弯腰亲吻他的脸颊，心底那些喧嚣奔腾的声音忽然停了。

他的人已经在她怀里沉睡，虽然明早的阳光再也与她无关，可现在何尝不幸福？

心爱的人，你会做个好梦。

第二十二章

她的任性娇蛮，他至死娇惯

子时末，左边瓦屋的门被人悄无声息地打开了，睡在窗台下的猛虎好奇地回头望一眼，喉咙里发出呼噜呼噜的声音，要说话似的。

那一袭紫衣缓缓走到它面前，弯下腰对它摇了摇头，它果然不再叫，只瞪圆了一双金色的眸子看他。左紫辰摸了摸它的脑袋，声音很低："好了，睡着吧。不要惊动你主子。"

他走出竹林，正要唤来灵禽，冷不防身后响起玄珠的声音："紫辰，你想做什么？"

他吃了一惊："这么晚了，怎么还不睡？"

玄珠站在对面，目光锐利如剑，无声无息将他刺穿。她什么也没再问，他也不再说什么，他们之间实在是没什么好说的了。要哭要闹，早几年她就做尽。要缠要黏，她身为女子的矜持也早已丢弃，还是没换回什么。

"方才吃饭的时候，我看到你动了手脚。"

傅九云精神不济，覃川心事重重，谁也没注意左紫辰用了障眼法，偷偷将乾坤袋换了出来。

他淡淡一笑："别胡说。"

"是不是胡说你自己知道。"

她将腰挺直，第一次骄傲而满足地直视他。从前她也会挺直腰身，做出凛然不可侵犯的模样，在他面前却永远要垂下头，像是欠了他什么，总觉心虚。

现在她觉得自己可以真正平视他了。

“你做什么我都知道，我永远是第一个发现你细微举动的人。你知不知道为什么？因为我每时每刻都在看着你，我对你的了解，比世上任何一个人都深。所以你永远不要想瞒我什么事。”

左紫辰没有动，甚至没有露出一丝感动的神采。很早以前就是这样，不管她怎么做，都不会打动他。她只是不愿对自己承认，其实这个人真的一丝一毫都不喜欢自己，甚至完全没有可能会喜欢。

她于他，是一块相斥的磁石，从不会真正看进眼里。

“你打算牺牲自己，做点燃魂灯的最后一缕魂魄，成全帝姬和傅九云？”

她问得讥诮。

左紫辰顿了片刻，低声道：“魂灯是她用鲜血开启，已和天神有契约，我纵然有心也无法点燃。对天原国的报复也该到此为止了，太子与国师都已死，这一切应当够了，不值得再用永生永世的苦楚来换取天下无妖。我会将魂灯带走，永不出世。”

玄珠眼中遽然爆发出闪亮的光芒，像是星星之火最后一次不甘而又充满希望地跳跃。

“紫辰……”她的声音在颤抖，“那……那你带我一起走好不好？我发誓，绝不会再任性胡闹，我……”

“你最好回香取山。”

他漠然转过身，再不看她：“我不会带着你。莫要再扰我。”

玄珠面上的血色一点点褪去，最后变作冷玉般的苍白。

她点点头，低声道：“我知道了。那我送你一程。”

“不用。”

他唤来灵禽，翻身便要跳上去。

两只手忽然从后面轻轻抱上来，环住他的腰。

“紫辰……”她依依不舍。

他不语，不动。

她的胳膊渐渐收紧，下一个瞬间忽然又松开了。左紫辰只觉怀里一空，猛然转身，却见她手里攥着牛皮乾坤袋，面上挂着诡异的笑，急急后退数步。

“玄珠？！”

他下意识用手一抓，却抓到一把冰冷的头发。她没有回答，掌心寒光一闪，将他捏在手中的长发切断，纵身跳上灵禽的背，头也不回地飞走了。

左紫辰大惊失色，又恐惊动了屋内熟睡的两人，灵禽被她抢走，他只得唤出灵兽辟邪，一路穿山越水追上去。

玄珠在仙术上造诣不高，皆因未曾努力学过，那驱使灵禽的本领也不如他，没一会儿工夫就被他追上了。风声呼啸中，他厉声高叫：“玄珠！不要乱来！”

她依稀是回头嘲讽地看了他一眼，下一刻竟翻身从灵禽背上落了下去。夜色茫茫，她浅黄色的衣裙一瞬即逝，再难找到踪影。左紫辰急忙驱使辟邪狂奔而去，因见四周殿宇辉煌，飞檐高阁，分明是天原的皇宫。倘若被宫里人发觉，不知又要添多少麻烦。

灵禽落在一片湖泊旁，隔了很远，隐约只见玄珠躺在湖边，手里高高举着那盏被藏在乾坤袋里的魂灯。受到魂灯神力感染，乌云登时开始密布，雷鸣电闪中，又一次下起了倾盆大雨。皇宫内游荡的阴魂野鬼们惊慌失措地嚎叫躲避，发出令人牙酸的声音。

“玄珠！”他不知是怒还是惊，一闪身便蹿到她身边，却不防魂灯上弹出一层血色结界，毫不犹豫将他撞得倒退数步。

从那么高的地方坠落，玄珠已满身是血，下半身动也不能动，只是望着他冷笑，隔了一会儿，才低声道：“你已经没办法了……魂灯染了我的血……这世上，只有……只有我和帝姬是血亲，她能点魂灯，我自然也能点……”

大雨如瓢泼，她很快就被淋湿，长发黏在腮上，满头满脸的血也被洗净。

或许是因为脸色太过苍白，她面上第一次浮现出可以称之为脆弱的气色，声音断断续续：“左紫辰，你永远比我想象的还要冷血……你……你要忘了我……我不会让你如愿……”

左紫辰什么也没说，只是抽出剑，一剑一剑奋力去砍那结界，却形同蚍蜉撼大树，丝毫也不能破坏之。

玄珠笑了，下一刻眼泪却滚滚落下，喃喃道：“我荒唐了很久……都快死了，还要你记着我做什么？帝姬……帝姬是大燕的帝姬……我也是……公主。她能做的事……我也可以做……活的时候什么都没做……至少……至少我死的时候……要……天下无妖……”

当一声，是他手里的剑被结界弹开，远远落在地上的声音。

他扶在结界上，嘴唇在焦急地张合，只是风很大，雨也很响，她什么也听不到。

“紫辰……你心里是不是……”

是不是已经有点喜欢她了？

她高高举起魂灯，在风雨声中用力将尖利的部分扎入心脏，霎时间，魂灯上的火焰尽数熄灭，她的血顺着魂灯的花纹缓缓流出，再缓缓被魂灯吸进去。每吸一次，那灯就变得血红一分，红里透出一层莹莹的光，像是活了一般。

狂风陡然大作，吹得左紫辰站立不稳，风中阴魂呼号穿梭。魂灯嗡地响了一声，吸足了血，变得如太阳一般明亮，如凝血一般猩红。

玄珠发出一个类似叹息的呻吟，满身衣服尽数被狂风撕成碎片。她抬手伸向左紫辰，像是想抓住他：“左紫辰，你看着我！”

她苍白的身躯瞬间化作一团模糊血肉，被狂风吹散开来，几绺衣裳的碎片缓缓飘落。下一刻，风平浪静，只留一盏被真正点燃的魂灯飘浮在半空，火焰淡白而接近透明，灯身像一轮带来死亡与绝望的血红太阳，安静地徘徊在左紫辰面前。

他看上去像个死人。

这下，他真的是永永远远也忘不了她了，再也忘不了。

窗外开始刮起狂风，竹林里犹如鬼哭狼号一般。

仿佛有人在轻轻抱着覃川的肩膀，低声说了许多话，柔软的嘴唇贴在她的面颊与额头上，久久不舍分离。

她又梦见久违的亲人，一时舍不得醒过来。

朦胧中听见他说话："……就陪你到这里吧，醒了可别哭鼻子……不过，你就是真的哭了，我又能怎么办呢，覃川……"

她听不真切，只是略带撒娇地按住了他的手，让掌心贴在自己脸颊上，这样让她很安心，很舒适。她已经习惯对他撒娇，不自觉地便要露出娇蛮任性的一面。他宠她也宠得厉害，硬生生把个识大体善诡计的姑娘宠回了帝姬时代，先生看到只怕要把脑袋大摇特摇一番。

肌肤的温暖渐渐像沙砾一般消失，覃川从美梦中醒过来，满足地吸了一口气，抬手想要抱紧对面的人——却抱了个空，他人已不在了。

她兀自睡意迷蒙，搞不清楚状况，推开被子起身，揉着眼睛叫他："九云，你好点了没？"

没有人回答，狂风将窗户呼啦啦吹开，纱帐发了疯似的乱摆——外面的天空一片漆黑，天还没有亮。

风吹得她好冷，她裹紧了衣服，打着呵欠避过狂风，去厨房探头一看——没人。

去他时常画画的那个屋子——还是没人。

玄珠和左紫辰住的地方也逛了一圈——依然没人。

竹林里狂风大作，飞沙走石，覃川被吹得差点儿跌出去，死死抓住一株青竹，只听风里哭声震天，冰冷的魂魄气息擦刮过身体，令她战栗不止。

下意识地抬头，却见狂风中裹着一片巨大的黑色乌云平地而起，像一条矫健的黑龙，旋转着往西飞去——西，是皇城皋都的方向，此刻一道道漆黑的飓风痕迹划破长空，如同无数条巨大的黑龙在西方会聚交合，在皇宫上方渐渐形成一根通天的黑色云柱，剧烈地回旋卷曲。

覃川忽然有一种可怕的预感，仿佛是发生了什么极坏的事情。下意识地抄起一直系在腰间的牛皮乾坤袋，一摸之下才发现早已被人调包。有人偷了魂灯，甚至在她不知道的时候已经将灯点燃了！

她简直不敢相信，魂灯是她最先用鲜血开启契约，最后一缕魂魄非她莫属。天神的契约也能被打破，这是什么道理？

她突然感到全身颤抖不可抑制，双脚发软，在竹林中狂奔，心底只有一个人名在不断回响：傅九云，九云。难道是他？可是清晨的时候还听见他在说话，这么短的时间，不可能……魂灯勾引十方八荒妖魔之魂，那是点燃了起码两到三个时辰才会开始的。是左紫辰，还是玄珠？！

跑得太急，她狠狠摔了一跤，直从竹林里滚了出去，一头撞上青石，登时眼冒金星。

好像有人轻轻托了她一把，袖子里藏着她熟悉的淡淡香气。覃川本能地伸手一抓，却抓空了，四周除了歪歪倒倒的青竹，别无他物。

风太大了，吹得她眼泪都要出来，从喉咙里发出极致的叫喊声也被无情地吹散。

“九云！傅九云！”她的嗓子都要喊破了，却等不到任何回答，扶着剧痛无比的额头，她跌跌撞撞跑出竹林。

竹林外是凤眠山脚下的小村庄，庄里的人早已起了，被这天现的异象吓傻，或尖叫，或狂奔，手舞足蹈地指着突现的异象无意识地嚷嚷着。因又见覃川从竹林里出来，都吓得脸色发白，直道见鬼，这竹林从来没人住过的。

覃川抓住一个大爷，急问：“您有没有见过公子齐先生从这里出来？”

大爷可劲儿挣扎，脸色发青："什么公子齐……那是谁？"

这大爷前几天还给他们送了一篮鲜藕，怎么今天就说不认识了？她愕然松手，看着他连滚带爬地跑远，村人们远远地聚在一处，警戒里带着恐惧打量她，窃窃私语："真是奇怪啊，天还没亮就刮这种邪风，如今这从没人住的竹林里又闹鬼……莫不是要出什么大事了？"

她的心几乎要蹦出喉咙，脑子里嗡嗡乱响，像是被一双突如其来的手搅成一团糨糊。忽然将手放在嘴边吹个唿哨，猛虎立即从竹林中飞奔而出。

"乖猛虎，带我去皇宫看看！"

猛虎跃上树顶，在波浪般起伏的枝叶间狂奔。覃川紧紧伏在它背上，望着天顶无数条妖魂组成的黑龙往西方游荡而去，盘桓在皇宫上方的那根巨柱越来越高，越来越粗，像是要把整片天空吞噬了似的。

下面有许多人哭喊奔跑，还有许多妖力还算强盛的妖类在苦苦支撑不被神力勾走。泥沙草叶被卷入飓风中，半边天是漆黑的，半边天泛出泥土般的黄。

一切都乱套了。

猛虎御风，片刻间就来到了天原皇宫外，皇城早已进入戒严状态。猛虎轻快地在屋檐间跳跃，躲过士兵们警戒乱扫的目光，覃川很快便见到高高站在昊天楼顶的左紫辰。

他紫色的宽大长袖被风吹得凌乱翻卷，整个人好似木头一般动也不动。听见她在下面喊，他震了一下，却没有回头。

"紫辰！魂灯到底……"覃川攀上屋檐，急切地想要问个究竟。

"我要走了。"他打断她的话，转过身，缓慢又失了神魂一般，摇摇晃晃往前走去。

她试着去拉，他避之如蛇蝎，她伸出的那只手只好尴尬地晾在那里。

左紫辰抬头看着天顶那根巨大的黑柱，声音沙哑："我没能拦住她……你什么也别问，我什么……也不想说，保重……"

覃川愕然看着他的身影在屋檐上一闪，转瞬即逝。

没有见到玄珠，是她点了魂灯？

覃川心神不宁，此刻再回想起昨晚玄珠突如其来的那些话，竟有种恍如隔世的感觉。

怎么也没有想到，到最后点了魂灯的人会是她，那个曾经幼稚而肤浅、恶毒又偏执的玄珠。

要不要追上左紫辰？她犹豫了一下，最终还是骑着猛虎回到凤眼山下的那片竹林。她更担心傅九云，他究竟去了哪里？

怔怔地走进竹林，平日里在竹林中鬼鬼祟祟徘徊跳跃的那些细小的妖魔们统统不见了，漫山遍野死气沉沉。狂风已经停歇，剩下的唯有死寂与满地萧索。

细细的微风拂过衣角，风里带着细碎缠绵的竹笛声。覃川怔忡地听了很久，突然拔腿便跑，全身所有的血液都在往脑子里冲，眼前甚至开始漫起许多小星星。

裙子被石头划破，扯了一道大口子，她只是顾不得，气也不敢喘，踉跄着奔到瓦屋前，却见卧室那扇木窗开了半边，断断续续的笛声从里面传出，分明是《东风桃花曲》的调子。

九云！

她一把推开窗，下一刻却被一双冰冷的手轻轻盖住双眼。

“别看。”他声音低沉而虚弱，“为什么要回来？”

她死死攥住他冰冷的手腕，忽然觉得十分委屈：“傅九云，你在搞什么鬼？放开手！”

“为什么不和他走？”

“你再胡说我真的要生气了！”

“你看了，会害怕。”

那只手移开了，屋内昏暗，仿如被淡墨刷了一层。傅九云的身影也模模糊糊，像山水画中一笔随意勾勒出的人影，轮廓还在，内里却是透明，无论如何也看不清楚。

覃川静静看着他半透明的脸，喧嚣的血液一点点沉淀下去，变作凝结的冰块。

他依稀是笑了一下，柔声道："看样子不能在魂灯里陪着你了，要叫你孤零零地留在世上。我只是担心，没有人照顾你。"

她没有动，没有惊惶，没有哭泣，也没有露出恐惧绝望的神情。

就这么无声地看着他，从那模糊的轮廓里极努力极专心地找出他的五官，他的眉，他的眼……

她觉得那一瞬间她什么都知道了，又好像一下子什么都搞不懂。

小声地，她问了一句："……为什么？变成这样？"

因为……

因为……因为他其实不是人，只是魂灯里孕育出的一只鬼。魂灯被点燃，他便要消失，真正魂飞魄散，不入轮回，从此世间再无他的痕迹。那些凡人，已经忘记他的存在，或许再过不久，她也会忘记。

可他不想告诉她，或许到了这个时候，他还是有一些小小的自卑或者什么别的乱七八糟心理作祟。

希望在她心里，他永远是好好的，一个完完整整的、叫作傅九云的男人。这个男人从心底深处爱过她。

他不是鬼，不是高高在上与凡人无关的别的。

这一生最大的心愿只是陪她做一个凡人，好好度过短暂一辈子。

可是心愿只能到此为止了。

傅九云笑了笑，摸摸她的脑袋："傻孩子，别哭丧着脸。笑一个吧，马上都要忘了我，还不赶紧笑给我看？"

我不会忘！

覃川突然伸手想要抱住他，可是他的身体渐渐变得越发虚幻透明，双手从他胸膛上一穿而过，没有任何阻碍。

她已经摸不到他了。

“还有一会儿天就亮了，”他说，“川儿，再跳一次‘东风桃花’，我想看。”

覃川的手慢慢缩回，用力罩在脸上，纤瘦的肩膀像是要垮下去似的。

半晌，她忽然抬头，淡淡一笑：“好，我跳，你奏乐。”

卧室里没有高级的金琵琶玉琵琶，只有一把半旧的梨花木琵琶，半圆的大肚，断了两根弦。

覃川抱了琵琶在怀里，傅九云坐在窗台上将竹笛横着放在嘴边细细吹，笛声悠扬婉转，像春风扑面。

抛长袖，如流云状。可她没有长袖，便解了腰带翻卷。

犹抱琵琶半遮面，藏在琵琶后的笑靥如清水芙蓉，两点眸光像是荒原里的星星之火，于绝境处兀自燃烧，反而亮得惊人，仿佛那目光也可灼伤肌肤一般。

竹叶唰唰落下，她在风中旋转，觉得自己回到了朝阳台。

台上只有他和她，一曲“东风桃花”，便是他们的缘和劫。

断弦的琵琶弹不出调，沙沙哑哑呜呜咽咽，似碎了的珍珠落满地。忽然铮一声，最后两根老旧的弦也断了。她毫不在意，将它反举在脑后，用手指敲击面板，发出清脆的空空声。

她想起很多事，很久很久，都是他在身后寻找她。还没有告诉他，那时候她是一心一意想着要去环带河边见他的，只是没有找到路。今天要回来找他，也是一心一意地，只是他快要消失。

没有办法留住什么，命运是阴差阳错的流沙。

他为什么要消失？为什么一丁点儿也不告诉她？

她可以像无数个即将被抛弃的女人一样，把心底通天的疑问问个彻彻底底。

但，问了有什么意义？她相信他绝不想离开，与其把最后的时间浪费在询问上，不如满足他的心愿，让他走得心满意足。

欠了他太多，能还的居然只有这个。

黑暗渐渐褪去，天际现出一道淡蓝的晨光。笛声渐渐虚弱下去，最终化为虚无。

“九云……我对你，是一心一意，从无反悔的。”

告诉他告诉他告诉他，在最后的这个时候！求求老天别让天亮得那么快！让他听见！让他知道！

覃川骤然回头，眼前这个小小的院落正从上到下缓缓化作青灰。

那间是他时常做饭做菜的厨房，这间是他铺满宣纸笔墨的画室，还有卧室、正厅……不等她走到面前，整座小小院落已经尽数消失，徒留一片荒芜的空地。猛虎也被惊呆了，左闻闻右嗅嗅，回头委屈又疑惑地冲她低吼，像是问缘故。

她只是静静望着那最后一抹残留的人形轮廓，竹笛在他手里晃了一下，轻轻掉在地上。他仿佛说了什么，可是太轻，被风声吹散开，她什么也听不清。

那淡墨般的人，终于也如青烟般飘散，像是从来没有在这世间存在过一般。

覃川走了两步，双脚忽然再也没有一丝力气，软软跌了下去，抱住膝盖蜷缩成一团。

西方的天空渐渐变得暗沉，十方八荒的妖魔之魂渐渐被魂灯召唤过去，凝聚成永远不会消散的乌云，魂灯不灭，妖云不散。

恐惧这种神力，猛虎缩成一团不停发抖，呜呜咽咽，像是在哭。

她一生唯一的心愿便是此刻，天下再无妖魔，饱受它们蹂躏的百姓已经解脱了。

她救了这个世间许多被妖魔蹂躏的人。

然后，眼睁睁看着自己的世界破碎支离，完全崩溃。

现在，她可以高兴了吗？

没有人回答，覃川紧紧抱住膝盖，双眼一眨不眨望着那翻卷旋转的乌云巨柱，坐了整整一天。

她要去哪里呢？她该去哪里？接下来要做什么？和谁白发苍苍？和谁生儿育女，一家人坐在竹林前指着青竹上刻的字，笑谈当年的风流韵事？

这个世界很大，却再也没有第二个傅九云了。

眉山君来的时候，天已经黑了。他简直气急败坏，连牛车也没坐，直接腾云驾雾闯进来，劈头便是大叫："怎么这样快就点了魂灯？不是叫你们点灯之前告诉我吗？！"

覃川还是坐在地上，甚至动也没动一下，仿佛根本没见到他这个人。

眉山君看清坐在地上的人是她，亦是大惊失色："你没死？！那魂灯怎么会……啊！我知道了！是那个姑娘！她和你……她是你血亲！我之前为什么没想到！是她去点了魂灯？！"

覃川嘴唇翕动，低声道："师叔……你是来找九云的？他已经不在了……"

眉山君脸色惨绿："我当然知道！魂灯都亮了，他能活着才见鬼！他逼我发誓不许我说，可……可我早该告诉你……我早该告诉你……"

话音突然断开，他骇然望着覃川陡然变色的脸，她站起来，朝他这里走了几步，伸手似是想抓他问个仔细，下一刻却突然软在地上，动也不动了。

——你一定要点魂灯，绝无回旋余地？即便我会丧命，也要坚持？

——你……你可别说是要殉情……呵呵，这和你一贯的风格大相径庭啊。

……

原来，他说过，真的说过，只是她没有相信，甚至开了个很恶劣的玩笑。所以后来回头追问，他便咬定了是胡说。

他留给她一个最恶劣的谎言，也是最拙劣的，她怎么会相信的？为什么就相信了？

哦，她选择相信假话，因为那样自己会心安理得一些，不必在魂灯与他之间痛苦为难。

原来……原来到最后，会死的人不是她。那些绝望的拥抱与缠绵，企盼黎明不要到来的那些夜晚，是他的。

对了，最后临走的时候，他是不是和自己说了什么？她怎样想怎样想也想不起来。

她还想知道，那时候他是什么表情，解脱，不舍，还是一如既往漫不经心的浅笑？

算了，不用想了。去问问他不就知道了？这样简单的法子她早该想到，去黄泉路上截住他，把那些该说的、该问的，统统问个底朝天。

黄泉路上，你还怎么逃？

覃川睁开眼，入目是熟悉的眉山居客房，她疑惑地四处看了一圈，低声问坐在床边神色疲惫的眉山君："我怎么还没死？"

眉山君累得连抱怨也不想说了，长长叹一口气："快死了，不用着急。那个老妖国师在你心脏上扎过银针下了咒，如果不解开咒文，你最多只能活个一两年。"

"我等不了一两年，现在就死吧。"她热辣辣的目光直戳眉山君脆弱的小心脏，戳得他鼻子都红了。

"帝姬，你别想着死了去阴间找他。你活着大约有生之年还能再见，死了可再也见不到了。"

"……为什么？"

眉山君又叹了一口气："他是魂灯里化出的一只鬼，到底为什么会生出他来，只怕天神也搞不明白。魂灯若不被点燃，他便只有一次次带着记忆转世轮回，守着灯不能解脱。如今魂灯被点……唉，应当是魂飞魄散，不知飘在什么地方沉睡吧？你就是死了到阴间也找不到他。还不如努力活着，兴许日后有人能将魂灯熄灭，他还是会回来的。”

覃川闭上眼，淡道：“可是我活不了多久了，对不对？”

眉山君顿了一下：“那个咒文确实解不开，但也未必走到绝路，我会替你想办法。谁叫……唉，谁叫我那么心软！”

他抓着袖子，揉揉通红的鼻子和眼睛：“你就在眉山居好好待着哪儿也别去。魂灯被锁死在天原皇宫里，现在外面到处贴满了你们的通缉告示，你这样子出去就是个死。总之万事交给我，谁叫我是苦命师叔！”

眉山君絮絮叨叨哭哭啼啼地走了，屋子里恢复死寂，猛虎把下巴放在她手上，无声地陪着她。覃川吃力地转过头，望着窗外灿烂的秋色，想起上一次傅九云还在这里，那时候她睡懒觉，他就倚在窗户上笑眯眯地看她。

为什么会爱上她？为什么什么也不说，只默默陪着她？很多很多问题她想问，一直以来都想问，但从没问过。人将死，问到了这些答案也不过是徒增伤感不舍，她的心肠对他素来是冷若铁石的。

如今窗外空荡荡，他已经不在这世上。不需要伤心悔恨，这一切已经是对她最好最彻底的报复，流泪亦是嘲讽。

他像是从没出现过一样，衣服、鞋子、画——有关他的一切都化作青灰，公子齐这个名字也被凡人在一夜之间遗忘。只有那根他用过的竹笛好好地放在枕边，沾染着他袖中的淡淡香气，在鼻前缭绕。

覃川将那根笛子紧紧抱在怀里，觉得他仿佛就在这里，应当还没有走。

窗外青竹篁篁，依稀像是凤眼山下的那个小小院落。眉山君大约是怕她伤感，将凤眼山那片竹林给搬到眉山居了。

她挪到外面，搬了一张凳子坐在竹林前，一根一根地数它们。有一根最高最粗的，上面应当刻了两人的名字。世上一切与他有关的东西都消失了，可

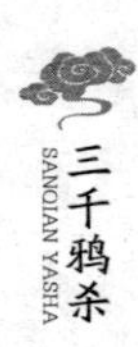

是刻在青竹上的名字是不会消失的，所以他存在过，在她心里，到了生命的尽头也绝不会忘记。

把竹笛放在唇边轻轻吹了一声，她不会吹笛，不如他那么玲珑机巧，优美的笛声被她吹得好似老鸦在聒噪。

竹林里有人形灵鬼在照料出土竹笋，实在受不了那声音，抱着脑袋出来讨饶，求她别吹了。

覃川微微一笑，似哀求一般看着灵鬼，低声说："谁会吹笛子？教我好不好？"

她不想像天下间那些凡人一般，在他消失后就忘记他。乐律也好，画画也好，她什么都可以学，只求与他靠近一些些。

和风将她的衣服吹得鼓起来，缓缓将她环抱，覃川将竹笛抵在唇边，低低唤一声："九云。"

他或许就在身后，温柔地答应一声，抚摸她的脑袋，像阳光一样轻柔。

她又觉得心满意足了。

我心爱的人，我等着你。

当你再次睁开眼看着这个世界，或许它已经变得陌生了。树叶不再闪闪发光，黄昏也不再美艳如诗。失去妖力的人间，变得平庸琐碎，不再有鲜亮灵动的色彩。有人在歌唱，有人在欢呼；有人活着，有人死了。

只是，我会等着你。

或许那时候我已经白发苍苍，牙齿脱落，说话亦是含糊不清，词不达意。

可我还是要等你。

我要等着，紧紧地抱住你。我会祈求上天，我再也不会放开双手。

第二十三章

听见花开的声音

那天又开始下雨，淅淅沥沥，从早到晚。窗外的竹林一片迷蒙雾气，有晶莹的水滴顺着竹叶落下。

自魂灯被点燃，已是过了三年。受到神力影响，下雨的时候比往日多了许多。

雨不大，多是蒙蒙细细，牛毫般染湿发髻。

木窗开了半扇，窗下放了一张床，覃川正躺在上面，身上盖了四床棉被，依然冷得发抖，脸瘦得凹了进去，唇上一丝血色也没有。

眉山君坐在窗边，三指搭在她细瘦的腕上，眉头拧得很紧。

“很冷吗？那就关窗。”

这次把完脉，他没有说任何关于国师诅咒的事，起身要替她将木窗合上。

“别……我想看着外面。”

覃川咳了几声，一绺鲜血顺着唇角流下来。她现在已经不像前几年咒文刚发作的时候那样剧痛难忍了，似乎连疼痛也感觉不到，只是整个人瘦得厉害，随时能闭气死掉似的。

眉山君左思右想，左右为难，绞尽脑汁也不知该怎样和她说。三年来他访遍中原大地各处仙山福地，凡是有点交情的仙人都一一仔细问过，却无一人能解南蛮二十四洞之妖的诅咒。帝姬被这可怕的咒文折磨得十分可怜，若不是有个执念，两年前就死了。

“师叔。”她突然唤他，“那根刻了字的青竹还在吗？我看了一早上，只是看不清。”

她的眼睛除了近在眼前的事物，已经什么都看不见。

他鼻子发酸，低声道：“放心，这里是仙家福地，竹林不会被雨水淹死的。”

“那……笛子还在我手上吗？”

她的触感也快消失了，明明把笛子攥得那么紧，却丝毫感觉不到。

“在，你好好地抱着它呢。”

覃川终于放心地闭上眼，鼻息渐沉，呼吸显得十分吃力。眉山君以为她睡着了，替她掖好被角，起身正要走，忽听她轻声说：“师叔，倘若有朝一日魂灯被灭了，九云能转世，你替我告诉他，我在奈何桥旁等着他。他不来，我绝不会喝那忘川水，更不会去入轮回。”

眉山君饱受打击，一个字也说不出来，只是鼻头红得像颗萝卜，学了小媳妇的模样掩面狂奔而出，撞倒不少花花草草。覃川想笑，可下一刻又觉无尽的困倦袭来，瞬间便晕死过去，再不知人事。

她也不晓得自己这次睡了多久，以前沉睡在无名黑暗里，总有个醒来的时辰。如今她一直睡一直睡，竟有些醒不来。

朦胧中，仿佛听见有人在床头说话，很陌生的男声，冷凝傲然。

“……拖到现在才来找人，不死也要被你这窝囊仙人害死了。”

眉山君依稀是含了极大的怨气，偏又发作不得，那说话声音便古怪别扭得很：“少说这些有的没的！一句话，能不能救？”

那人思忖片刻，便带着不怀好意的笑慢慢说道：“也成。我救她，条件是你以后不许再跑去骚扰辛湄。”

半天没有听到眉山君的回答，覃川在黑暗里努力竖起耳朵，冷不防有人托住她的后脑勺，将一颗冰冷馨香的丸药塞进口中。她口舌喉咙已然僵硬，无法吞咽，那人便用指尖蕴了仙力助她咽下丸药。

那手指带着滚烫的热气，顺着咽喉向下滑，丸药在喉咙里便被烫化开，浓厚的香气充斥四肢百骸，甘泉一般洗涤她腐朽干枯的躯体。久违的精力开始酝酿，她只觉身体慢慢变得轻盈，像是要冉冉升空似的。

“这药丸凡人承受不起，如今她身受诅咒只好另当别论。日后须得调理仙力，仔细修行。便宜了你，白收个漂亮弟子！”

那人的手在胸口重重一按，覃川不由自主啊了一声，飞快睁眼。视线还是有些模糊，隐隐约约见到那人身材修长，自她胸前抓起一把密密麻麻的银针，根根带血，转身便同着眉山君出去了。

“咒具已经取出，想不到居然如此狠毒……”

说话声渐渐远去，覃川使劲眨眼，依然什么也看不清。想要起身，可是忽然又觉得很累，每一根手指都软得酥掉。香甜的黑暗再度袭来，这是三年来覃川第一次心甘情愿地沉入睡眠，睡得极香。

直到她醒后有那么一段时间，不管她怎么问，眉山君都咬死了嘴巴就是不说谁救了她，好似对那人有冲天的怨气一般，一提到脸就要发绿。

覃川素来聪明，察言观色一些时日，便也看出那人到底是怎么个身份了。某日特地提了好酒找眉山君秉烛夜谈，无非是想套话，待他喝得半醉，便故作随意地提到：“我想了又想，难不成师叔是放下身段去求了那战鬼？我还当师叔很讨厌他呢。”

眉山君脸上一阵红一阵白，捧着水桶般大小的酒杯突然就哭了起来，一个劲儿捶胸顿足：“死傅九云！你醒了这笔账老子要和你算清楚！老子为了救你女人，连情敌都求上了！老脸往哪里搁哟！”

覃川赶紧从酒缸里又舀了一桶酒给他满上，连连赔笑：“多谢师叔救命之恩，原来您是找了那只战鬼。是答应了什么条件吗？”

眉山君泪流满面，长吁短叹，不管她怎么问，都不肯再说。

覃川只好哄他："师叔放心，既然咒文已经解开，我也可以四处走动走动了。您告诉我小湄在哪里，我去找她，帮您说说好话，保管哄得她心花怒放，来眉山居陪您。"

他挂了两条泪，双眼发光地看她："……真的？"

"十足真金的真。"

"可是可是……她身边总跟着那只战鬼……"

"我不怕战鬼，再说我是女的嘛，他也不能拿我怎么办。"

"那……那多不好意思啊……"眉山君心花怒放，还要摆出矜持的小样儿，踯躅半日，才期期艾艾地说，"她在挽澜山一带……那边盛产一种叫春醪的美酒，味道很不错的。"

覃川哭笑不得："您只管放心，我帮您买个十缸八缸的回来。"

眉山君果然一扫先前的颓废，脸上简直要放光，抓耳挠腮，分明是喜出望外得不知如何是好，一面抓了她的手，一面勉强做出语重心长的模样："你如今吃了仙丹，那东西凡人承受不起的，十个有九个都会爆体而亡。好在你身受诅咒侵害，爆体不至于，但那仙力聚集在体内，不靠修行之力化开，以后还是不好。师叔看你这么有诚意，这便传你一套修行心法，自己好好修炼去吧！你果然还是个有仙缘的，我就说，那定好的命数怎可能被改得那么离谱……"

"什么仙缘命数？"覃川一头雾水。

"没……没什么！"眉山君自悔失言，人果然不能喝太高，该说的不该说的统统都会倒出来，"我这就传心法了，你听好！"

且说他做仙人也有个几百年了，和他一辈儿的仙人徒子徒孙也不知开枝散叶了多少，他却始终孤零零地住在眉山居，除了灵鬼便没有旁人。以前他依稀是收过几个徒弟的，奈何实在没有为人师表的模样，教导弟子也是三天打鱼两天晒网，完完全全地误人子弟。

这次若不是覃川聪明，又歪打正着吃了仙丹存了仙力，只怕教个两百年她也练不出什么东西来。

眼看他说了几遍心法，覃川很快便能打坐入定，运化仙力，眉山君更是喜不自禁。想到她能修炼有成，去到皇陵把小湄带出来，和小湄一起来的还有几十缸美酒，这前景太美妙了，他乐得嘴巴半天也合不拢，觉得自己放下身段去求战鬼来救覃川，简直是有生以来所做最英明的事。

匆匆两年一晃而过，自魂灯被点燃，已是过了五年。

覃川自练心法有成后，便特意去了一趟挽澜山皇陵，她是真心想为眉山君做点什么来报答。人家苦恋辛湄未果，成日絮絮叨叨，看着也怪可怜的。

谁知去到皇陵才知，辛湄与战鬼竟是早已成了婚的夫妻，还是琼国皇帝亲自下旨赐的婚。人家是夫妻啊夫妻！他居然从来不说！成天念着别人老婆的仙人是什么仙人？差点儿就帮他干了拆散夫妻的坏事。怪不得人家战鬼直接找上门，那么杀气腾腾的，谁的老婆被别人拐走不会想杀人？没把眉山君大卸八块，算那只战鬼客气了。

她回来之后，眉山君又捶胸顿足痛哭流涕，那也是无可奈何的事了。

却说魂灯被点，天下再无妖魔，来找眉山君办事的人也骤然减少，日子清闲了许多。眉山君伤心之余只有吃吃喝喝来排解，整个人胖了一大圈，以前那瘦骨嶙峋的模样是看不到了。覃川觉着，他再这么发展下去，只怕会变成白河龙王那样一颗球。

那日他午饭吃了太多，唯有绕着池塘散步消食，覃川就坐在竹林边吱吱呀呀吹竹笛。她这么个人，千伶百俐的，雅擅歌舞，偏偏乐器怎么也操弄不好，笛声比老鸹叫还要难听，眉山君被折磨得痛不欲生，捂着嘴扶住一杆青竹，十分虚弱："别吹了……午饭都要吐出来了！"

覃川只好收了竹笛，寻思找个僻静的地方再练，冷不丁见守大门的灵鬼急匆匆走过来，口中连声道："主子主子！有客有客！"

也难怪灵鬼这么激动，这几年眉山居太冷清了，连花花草草都没精神。

眉山君大喜，急忙换了衣服，兴冲冲地去接客。

久没有人求他办事，给他送酒，眉山君很不习惯。虽说自斟自饮也不错，但少个酒伴总是美中不足。帝姬被咒文折磨得死去活来还能陪他喝酒，咒文被解后反倒戒酒了，整日只是坐在竹林里吹那根破笛子，闷得不行。

今日难得来客，必当痛饮三百杯！眉山君寻了两个小桶般的酒杯，叫灵鬼背上三大缸醉生梦死，两眼放光亲自迎到门口。却见门前立着一男一女，女子着青色长裙，容姿艳丽；男子穿着紫色长袍，秀若芝兰，丰神俊朗，虽然双目紧闭，神态却甚是悠闲，正在欣赏盛放的紫丁香。

眉山君大叫一声，指着他差点儿跳起来："你！你来了？！这些年跑去什么地方了？连我也找不到……"

来人微微一怔，跟着彬彬有礼地行礼："在下左紫辰，这位是师姐青青，今日初次造访眉山居，未曾与仙人有过相识之缘，仙人是否认错人了？"

眉山君呆了。

"你是左紫辰，曾经大燕国左相的儿子？"喝酒的时候，眉山君小心翼翼地打量他，越看越像，可他怎么就变成了个陌生人呢？

"仙人慧眼如炬，在下的来历果然瞒不过您。"

左紫辰喝酒也是文质彬彬，不急不躁，倒显得捧着巨型酒杯牛饮的眉山君成了一头解渴的老牛。青青在旁边想插话，奈何眉山君压根就没朝她看一眼，热脸总不能贴上冷屁股，她只好闷闷不乐地扭头看风景。

"……也罢，你今日来访，所求何事？"眉山君突生妙计，回头对灵鬼们小声吩咐一番，如此这般，这般如此。趁着灵鬼去竹林里找人，他回头又给左紫辰满上一杯，加一句："有事求我，必须在酒量上打败我再谈。"

左紫辰啼笑皆非："仙人误会，在下今日前来并非有所求，不过受师之托，

送个东西给您。”

说着从怀中取出一方锦盒，毕恭毕敬推到他手边。锦盒中是一张丝绸请柬，做成手绢的模样，下面还坠了一条紫晶小蛇，十分精致。

原来是香取山山主要搞什么仙花仙酒大会，广邀天下仙人去他家做客。这妖仙老头，仗着香取山富饶漂亮，成日尽会显摆，近来越发厉害了。

“另外师尊还有事想请问仙人，仙人素日与傅九云交好，近日可曾见过他？山主很是想念这位大弟子。”

眉山君皱了皱眉头，傅九云的身份从来不为外人知，随着魂灯被点消散之后，凡人已将他完全忘记，仙人们倒都是记得的，这已不知道是第几个询问傅九云下落的了。仙人们都以为魂灯是被傅九云偷走点上的，这种头等八卦大事不拿来八上一八，简直枉为无所事事的仙人。

“这个我不知道，我也是很久未曾见他了。怎么，山主还念着魂灯？灯都已经点上了，再念着也没用，找人来怪罪更没用。倒不如看他有没有本事把魂灯弄熄，擦干净还能继续收藏的，反正没人和他抢。”

左紫辰笑了笑：“仙人说笑了，魂灯是天神之物，凡间仙人岂有手段熄灭？”

眉山君动动嘴唇，正要说话，忽听门帘外传来覃川的声音：“师叔，你找我有事？”说罢珠帘被人掀开，她人已走了进来。

见到左紫辰，覃川很明显地一僵，低叫：“紫辰？这些年你去哪里了？玄珠她……”

左紫辰不知对方是谁，因见是一位年轻且美貌的姑娘，便从容不迫地起身行礼，含笑道：“在下左紫辰。姑娘……是否认错人了？我并不曾识得姑娘。”

覃川一下子呆住。

他……莫非他又被人封了记忆？

青青忽然咳了一声，将她轻轻一推：“姑娘，借一步说话。”

她把覃川拉到门外，神色严肃：“我看姑娘与紫辰应当是旧识，有些事你或许不知。希望你莫要在他面前再提起‘玄珠’这两个字。当年他回到香取山已是求了山主替他消除记忆，如今什么也记不得了。你若总是提玄珠，叫他想起什么，岂不令他痛苦？”

消除……记忆。覃川怔怔看着左紫辰，他神态安详，全无之前的苦忍涩然。原来、原来他又遗忘了，不过这一次是他自己的意愿。

“紫辰下山那段日子究竟发生了什么事，姑娘可否知晓？还请告诉我……是不是玄珠出事了？她和另一个名为傅九云的弟子一直未回，姑娘若是知道缘由，也好解我们疑惑，莫让他二人白白背了偷取宝物的黑锅。”

覃川慢慢闭上眼睛，隔了很久，才低声道：“我……也不知道。算了，他忘了也好。抱歉，方才是我失态。”

她走回屋内，耳中听见左紫辰声音低柔地与眉山君说话，心中滋味复杂之极。

当日是玄珠点了魂灯，不知他二人有什么纠葛，兴许那是一段不堪回首的经历，忘了也好。谁也没有资格责怪他选择遗忘，毕竟每一颗人心都是不同的。忘记一切的时候，他反倒过得快乐简单，何不继续下去呢？真相往往不很美丽。

她看着眉山君：“师叔找我有什么事？”

眉山君绞尽脑汁才想到个理由：“呃，是这样……香取山山主叫我去参加仙花仙酒大会，你也一起吧？看看热闹也好。”

他本来以为左紫辰装模作样，便想叫出覃川给他个下马威，谁晓得人家是真的全忘了，如今这般不上不下的局面，好生尴尬。

覃川看他脸色就知道他在想什么，不由好笑，见左紫辰酒量不高，眉山君喝得不甚过瘾，索性坐下陪他一起喝。直喝到日暮西山，左紫辰几次请辞，两人才送他二人出了门口。

左紫辰唤出灵禽，带着一丝醺意行礼告辞。覃川见他神态安详，全无之前的苦忍涩然，忍不住低声道："紫辰，你如今过得如何？"

他浅浅一笑："姑娘何有此问？随师修行，每日与同门谈笑，自然是快活的。"

她慢慢点头："……也对，那……再见。"

左紫辰走了之后，覃川很有些心不在焉，自觉在眉山居住着怪没意思的，索性借了眉山君的牛车出门四处游玩散心。

因着魂灯神力日益强盛，对各大仙山福地亦有不小的影响。为了防止自家仙山中好不容易生出的仙花精仙草精们被魂灯勾走，许多能力强大的仙人已设下结界，自产自销，自给自足，凡人与仙人的距离也越来越远。

这个世界再也没有妖，仙人亦避世不理，从此真正成了凡人的天下。天原国继续征战四方，驱使的再也不是妖魔大军。听闻二皇子亭渊用兵如神，鏖战数年，几乎从未吃过败仗。

或许天原真的要一统中原，眉山君说得对，国与国的纷争从来不会停止，只要有人在，纷争就在所难免。天下大势，分久必合，合久必分。中原八方诸国素来战乱不断，也许现在就到了合的时候。

她心所系的大燕百姓不再受妖魔所苦，归入天原版图后，皇族实施仁政，免税三年。那哀鸿遍野的哭声终于停了。

天下间再没有可让她挂心的事，除了傅九云。

他究竟何时能回来？

没过多久，眉山君忽然派灵禽送了一封信给她。

"年前天原二皇子送还魂灯，其妻湖公主素有'神之眼'之称，已将魂灯熄灭。二皇子云，卿有恩于他，许诺灯灭后三百年内不再驱使妖魔，卿尽可安心矣。速回速回！另，莫忘了买些美酒。"

信纸飘飘扬扬滑落地上，覃川驱着牛车掉头便往眉山居御风腾云狂奔而去，居然只花了半天工夫就到了。

眉山君正在一个人喝酒，眼见她从天而降，不由傻眼。

“九云回来了吗？”她冲进门，劈头只问这个。

眉山君神情有些不自然：“哪有这么快！”

覃川长长吐出一口气，双脚都软了，整个人瘫在地上，也不知该笑还是该哭。她还以为马上就能见到他了。

眉山君目光闪烁，遮遮掩掩地说：“你也别担心，你应当是很快就能见到的。有点耐心吧！对了，明天是仙花仙酒大会，你且陪我去一趟香取山。那些个仙人都不能喝酒，好生无趣，你可要陪我喝酒！”

覃川只好答应下来。说真的，她欠了师叔很多，他要她陪着喝酒无论如何也不好拒绝了，哪怕是她最不想去的香取山，为了师叔也只好去一趟。

隔日两人驾了牛车，趾高气扬地飞去香取山。

山主是以妖成仙，地位比起从人修行成仙的眉山君来，稍稍低了一些，纵然是有通天的本领，见到眉山君还是得皮笑肉不笑地给他作揖。

山主交游广阔，在座诸多仙人十之八九都是妖仙，眉山君傲然坐在高处，几乎不与他们交谈，只一杯一杯地和覃川喝酒。

当日白河龙王来做客，送上的美酒名叫“相逢恨晚”，那配方不知从何处被山主得到了，此次大会招待的美酒都是相逢恨晚。眉山君喝得眉飞色舞，到后来早也忘了什么仙人的矜持，抱住山主的袖子麻花儿似的扭动，要买它几缸回家喝。

覃川实在看不下去他那模样，只好拉拉袖子提醒：“师叔，形象！”

眉山君满身酒气，红光满面，回头望着她嘻嘻笑，忽然说：“你以前在这里待过吧？怎么不出去走动走动？说不定能遇到什么人。”

她不由愕然。

“真是个傻孩子……偏偏有个人比你还傻。哎呀哎呀，你看看，你们俩那点破事总是要来为难我……真是好人难做！你出门这些日子，可忙坏我了。要把个刚出生的婴孩施法在短期内成长成大人，可是很费仙力的呀！就算是在香取山这等天地灵气充沛的地方，也麻烦得很……”

他说得乱七八糟，含含糊糊，嘴里像含了颗萝卜。

覃川什么也听不清，哭笑不得：“师叔，你到底在说什么？慢慢说，我根本听不清呀！”

他一摆手：“我叫你出去走走，我要单独品尝这美酒！”

她实在摸不透此人葫芦里卖的什么药，只得起身出了通明殿。

香取山她已经熟悉得不能再熟悉，出了通明殿向东走，有一片水域，岸上的柳树们原本是成了精的，魂灯被点燃后，柳树精便成了真正的柳树，不会动不会说话。如今魂灯熄灭，被勾走的魂魄也不能回来，柳树们只生出些许的灵性，无风自舞着。

行过水域，将那些漂亮精致的殿宇数过四栋，是傅九云曾经住的院落。

覃川在门前站了许久，大门没锁，香取山的建筑大多是没有锁的。推门进去，看着熟悉的房屋，禁不住想起曾经在这里生活的些许乐事，覃川不由莞尔。

后院的水潭依旧，里面还有小鱼游来游去。在这个地方，她曾故意把傅九云的衣服给洗烂，挂得整个后院都是，气得他脸色发青。走廊两旁都是房间，她也曾借着打扫的由头，将橱上的花瓶器皿砸个稀巴烂。

卧室的床板依然可以抽出，给他做贴身侍女的时候，她时常抽出床板来睡，时常忍耐他大半夜的突然刁难，譬如让她烧水倒茶、添香加被之类的琐事。

窗下八哥居然还活着，一见她便开始扯着嗓子大叫：“坏蛋！骗子！骗子！”

覃川抓了一把小米在它面前晃悠，引诱它：“喂，叫一声好姑娘我才给你吃，不然饿死你！谁是骗子？”

身后突然传来一声熟悉的嗤笑，她手腕一抖，整把小米哗啦啦撒了满桌。来不及转身，有个人从后面紧紧环抱住她，温热的吐息喷在耳郭上。

他的声音醇厚酥软，如此熟悉，如此熨帖：

“我来得迟了，是不是在怨我？”

一如两人第一次在香取山相遇的那天。

他漫不经心，隐隐含笑。

她却已是痴了。

傅九云番外

乱生春色谁为主

公子齐死的那天，眉山君正缺了个酒伴，睡在屋中闷得发霉。

正巧时常在外体察世情，素有“第三只眼”美称的小乌鸦飞回来喝水，顺道带给他这个令人震撼的消息，将他一肚子颓废靡烂的酒虫吓得死掉大半。

你说这个人，他怎么就死了呢？好歹他也是个厉害的半仙，不活个几百年就赶着投胎转世，实在浪费。再说……再说眉山君也真没见过有哪个人像公子齐那样热爱生命的，将有生的精力全部投注在风流倜傥、寻欢作乐上。

他怎么就舍得死了？

眉山君很不冷静，换了套衣服就驾上牛车去探望故人遗体。

公子齐生前最爱排场，寻花问柳一掷千金，什么都要享受最好的，死的时候却偏偏躲在个无人的山坳里，就这么一声不响地去了，连个坟墓也没准备。

眉山君想起自己与他数十年酒友的亲密关系，一时悲从中来，下定决心替他寻个风水宝地，好生安葬才是。

谁晓得匆匆赶到山坳，尸体是没见着，那青石台子上只留了一件衣服，正渐渐化作青灰被风吹乱。

眉山君大愕之下满山转了几圈，连根毛也没找着，便不无怀疑地瞪着小乌鸦，问它：“你确定他真死了？”就算是半仙，死后也要丢下臭皮囊，从没听说化作青灰消失不见的。

小乌鸦的职业能力受到怀疑，流着眼泪飞走了。眉山君又找了几圈，实在一无所获，只得驾着牛车怏怏而回，日后时常抚着酒杯哀叹沉思，怎么也想不明白其中道理。

世人多以为他无所不知，但这世间总有些事连他也摸不着头脑的。

曾几何时，认识了公子齐，此人容姿才华皆为上等，虽是区区半仙之体，亦不曾刻意彰显实力，但眉山君一眼便能看出他不在世间众仙人之下。不是没有暗中调查过，甚至偷了金蛇一族珍藏的天书来看，翻烂了天书也没找着他的命数。公子齐委实是他所遇最为神秘、最为古怪的人。

他本想亲口试探，但每次一喝酒就忘事。时间长了，又觉此人大合自己脾性，索性把那些暗地里的小心思统统丢掉，就当他是从石头里蹦出来的，有何不可？

不过这样一个人也会死，眉山君真的想不通。有很长一段时间，他关了大门不见任何客人，努力思索最后几次见公子齐时，他的模样言谈。想得脑袋都发疼，也没发现什么破绽，最后只有长叹一声，对月将酒洒入窗下，权当敬这位仙去的酒友了。

匆匆十几年一晃而过，对仙人来说，十几年不过是喝杯茶的工夫。

那天眉山君又无来由地发了哀怨的酒虫心思，正捧着酒杯大叹从此世间无知己的时候，看门的灵鬼神色古怪地进来报："主子，外面有个小小少年，装了一车的美酒送来，说是您旧识。"

眉山君确认自己从未有过什么旧识是少年人，好奇之下踩着木屐去大门处看究竟。

门外紫丁香开得正盛，一辆小小马车停在桥边，车旁果然站着个少年人，身形修长，还带着一丝纤瘦，穿了件绣黑边的白长袍，长发如云，正背着双手甚是悠闲地欣赏木桥边的红花。

听见脚步声，少年缓缓回头，眉山君心里打个突，一时瞠目结舌，竟说不出话。

那眉目，那神态，宛然是早已死了十几年的公子齐！只不过如今年岁尚小，颊边还有一丝稚嫩的丰盈，然而目光之冷冽老练，又岂是一个青涩少年所能有的？

少年见他发呆，便浅浅一笑，声音低沉："眉山，我给你带了'醉生梦死'。从西边有狐一族好不容易讨来的，可不能浪费了。"

眉山君震惊得掉了下巴，指着他一个劲抖，喉咙里咯咯作响，终于拼成几个字："……公子齐？！"

他微微一蹙眉，跟着又笑了："叫我傅九云好了。这一世的父母待我极好，不忍弃名不用，眼看着他们下葬才忍心脱身，否则早几年便来找你。"

直到将那一车醉生梦死干掉大半，眉山君才断断续续了解了一些他的事情。

上古神鬼有大战，妖魂鬼魅肆虐人间，杀之不尽。阴山有神龙，口衔魂灯而出，以不得轮回，永生永世受尽苦楚为代价，招来四缕凡人魂魄，开启魂灯无上神力，恢复了人间清明。

数千年后，魂灯为异人所灭，就此遗失凡间，也不见有天神索回，渐渐地竟生出一只鬼来。那鬼初时无形无体，无思无识，每日只有徘徊在魂灯上，时常沉睡。再过数千年，便有了自己的意识和智慧，不可继续逗留凡间，从此开始了不停地经历转世投胎为人这一漫长历程。

凡人死后魂魄过奈何桥，进入轮回前都要饮用忘川水，洗涤一切前世因果情仇。他却没有喝忘川的资格，次次带着之前的记忆轮回，可谓苦不堪言。

如此这般轮回个几十次，石头做的人也要被磨烂，他便开始修行，成了仙就不会再死，也没什么轮回可以折磨他。

"只是我修行了那么久，依然空虚得很。"傅九云饮了四五坛醉生梦死，居然一丝儿酒气都没有，眉山君只得灰着脸跑出去吐了再回来继续喝，为他转世后依然彪悍的体质暗暗咬牙。

“我看你每日过得挺快活。”游荡在女人堆里，乐得没边了。

傅九云笑了笑，眼底有些忧郁：“你若像我，死了和活着没什么两样，永远看不到个尽头，也会空虚的。”

眉山君默然。

仙人的寿命也是极长，可再怎么长的寿命也有到头的那天。死后入地府，饮下忘川水，便又是个崭新而未知的开始了，生命的新鲜与神秘正因为未知而有趣。像傅九云这样的，果然不是很有趣，非但无趣，反而是个酷刑。

“要不我寻个时间，替你把魂灯点上一点，叫你稍稍歇息一会儿？”醉了酒，眉山君斜斜乜眼，大有出手帮忙的豪情。

“仙人私取凡人魂魄是个天大的罪过，何况如今世道和平，人妖难得处得融洽，何苦为一人之苦叫天下人都跟着受苦？”

眉山君只好继续默然。

酒足饭饱，傅九云驾着小小马车走了，临走时反过来安抚他：“我自有我的快活之处，你就不用多想了。”

他确实是有快活放肆的地方，没几年，南方诸国便将“傅九云”三字传了个遍。此人善音律、性风流，不知扰乱多少少女的春心，拆散多少同床异梦的夫妻。男人提起他便恨得咬牙切齿，女人提到他便是小鹿乱撞，双颊羞红。

数千年积累下来的风流手段，令他无往不利，对女人似真似假，叫她们如痴如狂。

眉山君以为他会继续这么过下去，岂料某日傅九云忽然找上门，这次却不是送酒，依稀竟有些心神恍惚，道：“有个姑娘……有些可怜，替我看看她的命数。”

眉山君极纳闷，随他驾着牛车去到一处战场。那里鏖战正酣，硝烟四处弥漫，血腥臭气冲天。他情不自禁皱起眉头捂住鼻子，无奈问他：“这是做什么，来这种地方？”

傅九云并不说话，只是指了指南边。那里有几架破旧战车，七七八八的尸体倒了一地，战车上架着大鼓，只有一个纤弱的、满身是血的少女还坚持着奋力擂鼓，高声叫嚷鼓舞士气。她几乎成了血人，还不停地有血从那单薄的甲胄里一层层渗透出来。可是擂鼓的动作还有呼喊声却一阵强过一阵，至死也不放弃。

“这些日子我待在南边的周越国，做些替人作小像赚钱的行当。这女子是周越三公主，与她……无意相识。如今周越为蛮族侵略，几近灭国。你替我看看她的命数如何，还能活下去吗？”

眉山君大吃一惊：“你要救她？万万不可！这女子眉间满是黑气，顷刻间就要命赴黄泉。你救她就是逆了天道，必然遭罚！”

傅九云眉头拧紧，再也没说一个字。眼睁睁看着三公主流尽体内最后一滴血，一缕香魂幽幽离体，为阴差们勾走了。

眉山君见他神色阴沉，心里微微有些了然：“九云，你喜欢她？”

傅九云像是惊醒了似的，犹豫了一下，摇摇头：“也不是……只是，有些不忍……”

当日他在护城河边为女子作小像，三公主扮作男人来找他，笑靥妩媚，神态天真，实在是个很可爱的女子。她来并不是为了夜奔，不过拿着他的一幅画，很认真地问他：“为什么你名字叫傅九云，可画上的印鉴却是公子齐三字？”

头一次被人问这种问题，傅九云难免失笑：“上古有画圣平甲子，为何他还有个名字叫姜回呢？”

三公主恍然大悟，这么简单的问题，她居然还巴巴跑出来问人，丢人得很。

那天，她的脸比晚霞还要红。傅九云觉着，漫天的晚霞仿佛都被比了下去。

可她如今香消玉殒，就在他眼前。

傅九云在眉山居逗留了很久，每日只是闷头喝酒。眉山君在这方面不甚通，既然他说不是喜欢三公主，那必然是因为见到有女人死在面前，所以心里不快活，于是不时拿话与他做排解。

后来傅九云只问了一句：“她可有转世？如今是投胎在何处？”

眉山有小乌鸦做第三只眼窥视人间，很快便得了确切消息：“如今投胎去了西方齐光国，还是做女子。不过命不大好，只怕活不过十七岁便要病死。”

于是傅九云走了，这一去又是近百年，在暗处看着她体弱多病的模样，偶尔想要出手相助，想到这是有逆天道的行为，只好把冲动压下去。

这少女不知造了什么孽，接着投胎好几次，没一次好命的。不是多病就是贫穷，要么就是被夫家虐待，早早夭折。

他觉着自己是想看到她能有一世幸福的模样，至少有一次是笑着死的，好像那样他就可以安心些。

可她就是那么惨，这一世难得嫁了个好夫君，却在回娘家的路上被山贼杀了。眉山君赶来找他的时候，正见到他坐在云端的马车里，无奈又忧郁地看着她被阴差勾魂。

“你这样成天看着别人也不是个事。”眉山君比他还无奈，“你是怎么了？日子过得无聊，所以观察起旁人的轮回了？”

傅九云想了想：“你说，我要是方才救下她，上天会给什么责罚？”

眉山君摇头：“谁敢改命？你别胡来，万一弄个魂飞魄散你哭都来不及！这孩子连着十世受苦，接下来必然大富大贵，甚至贵不可言。你真为她好，就别管她。”

傅九云默然点头：“……也是，我近来糊涂了。”

他果然再也不去窥视凡人轮回，每日只是喝酒作画。又不知动了什么心思，嫌世间乐律太俗，豪情壮志地要写一曲惊世名曲，流芳百世。后来又觉着日子太过无聊，跑去香取山拜了个妖仙为师，就近守着魂灯，和一干女弟子们厮混逍遥，倒也快活得紧。

眉山君与他喝了几次酒，想到他曾一直念着那少女，便提了一下：“她

如今投生东方大燕国，是唯一的帝姬。这一世的命应当极好。”

不承想这句话惹出许多祸端来。

彼时傅九云倾尽所有精力，作了半阙《东风桃花曲》，自傲得不行，拿出去与人卖弄，寻遍天下舞姬，却无一人能跳出他要的味道。他唯有叹息着和眉山君说：“此生无知己，偌大的中原，上下三千年，竟无一人能懂我音律。”

眉山君对音律一窍不通，半点兴趣也无，但见老友近来活得有滋有味，依稀不再是那个空虚无聊的模样，倒也替他欢喜，于是开玩笑：“你自己不会画吗？将心中的绝代佳人画在纸上，使个仙法叫她跳给你看。这也容易得很。”

他说说而已，傅九云竟真的作了画，苦思三日才想出个仙法，叫画里的人现出幻相，如在眼前。

拿去给眉山君看，看得他连连点头：“不错，这些舞姬都是你接触过的？果然美艳无俦。”

傅九云微微一笑：“虽是群舞之曲，还需一个领舞的。只是领舞的人至今我也想不出该是谁，先放着吧。”

眉山君不知怎么的就想到那十世受苦的女孩子，于是与他提起，傅九云竟想了好一会儿才想起他说的是谁，可见这些日子过得的确不赖。因听见说她这一世命极好，他便有了些兴趣：“哦？果真如此我便要去看看了。”

此时他已是香取山山主的弟子，不好把真名示人，又重操旧名公子齐，戴上个青木面具，在东方大燕混得风生水起。

百多年来，人间皇朝秘术渐渐繁杂，更兼眉山的大师兄留在宫中教导皇族白纸通灵之术。有他坐镇，傅九云却有点不好意思破开结界硬闯皇宫，索性和往日一般，在环带河边替人作小像，或画写意山水，或描工笔花鸟，刻意下了仙法，势必要造出些声势来，引得帝姬出宫一见，看看她过得如何。

谁知帝姬如今年齿尚幼，大燕皇族素来庄重自持，不似南方周越的随意

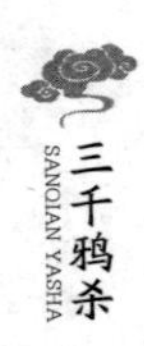

放纵。他在环带河逗留半年，没等来帝姬，却见到了调皮爱闹的二皇子。

彼时傅九云正在描一枝红梅，他有心表现，下笔更是灵动万分。最后一点朱砂染色完毕，他捞起酒壶仰头便饮，再一口将酒液喷在画纸上。在众人的惊呼声中，四下里飘起了细细白雪，一枝颤巍巍的红梅盛开在每个人的眼前，好似雪里一团火。

二皇子的眼珠子差点儿掉出来，直缠了他三四天，最后一天干脆追着马车一路小跑，就着车窗大喊："五百两？一千两？两千两？先生好歹开个价！我诚心求画！"

傅九云撩起窗帘，淡笑道："公子，鄙人从不卖画。纵然是黄金万两也无用。"

二皇子只好改口："请先生留步，容我再看几眼仙画，方才还没看够。"

马车停了，傅九云下车与他去了小酒馆，没两下就把个二皇子灌得晕头转向，大约连自己姓甚名谁都要记不得，大着舌头唠叨："先生……将画借我玩赏几日……我……我过几天必然还你……你若不信，到时候只管去皇宫找我……"

傅九云思索片刻，点头叹息："知己难寻，你既这样爱我的画，岂有不答应的道理。"

这二皇子虽然稚嫩了些，脾气倒很投缘。傅九云将那《红梅图》与《东风桃花曲》的仙画交予他，有些感慨："这是'东风桃花'，鄙人虽只作了半阙，可叹世间竟无人能舞。"

二皇子眼睛一亮："我有个小妹，生来擅长歌舞，先生何不让她试试？"

傅九云不大相信那苦命了十世的女孩子有什么跳舞的天赋，一个娇养在深宫内的帝姬，所谓雅擅歌舞，应当只是旁人的阿谀之词。

他不过付之一笑，并不答话。

二皇子一去就是好几天，再找来的时候，果然把画还给他了，顺便还替

帝姬带给他一句话："请将《东风桃花曲》作完，你能作完，我便能跳完。"

如此狂妄，如此自信。

傅九云又好笑又好气，这女孩子连着十世都活得懦弱窝囊，想不到这一世却变得大胆了。他有心挫挫这不知天高地厚的姑娘的锐气，女孩子吗，还是要温良柔顺些才好。于是叫二皇子带回更挑衅的话："作完没问题。帝姬能跳出来，鄙人将全心作两幅最好的画相赠。只是帝姬倘若跳不出来，那不自量力的坏名声怕是要传遍大燕了。"

他有心想一探帝姬对挑衅的反应，不想眉山忽然找他饮酒，便搁下了。眉山君见他近来脸上总是笑嘻嘻的，不由打趣他："这是怎么了？动了红鸾星？看上的是哪家姑娘？"

傅九云并不动色，淡道："红鸾星？上回是谁拉着我去看辛家小姐……"

话未说完，眉山君便小媳妇般捂着脸跑了，临了还狡辩："我只把她当妹妹！"

傅九云只是笑，这几日干脆不去环带河，只留在眉山居，寻个静室专心致志将《东风桃花曲》的下阙作完。

不知帝姬对挑衅是什么反应，他那满腔的傲气却被激发了。觉着是自己耗费毕生精力出了一道世人皆答不出的题，实乃有生以来第一自傲之事，看众人败在《东风桃花曲》下，得意里难免失落。没想到，最后大方叫嚷要答题的人是她，他有点不甘，还有点期盼。

世间知己最为难寻。好吧，小姑娘，看看你能带给我什么？

完整的《东风桃花曲》曲谱由二皇子带入了大燕皇宫，没过几日，这大胆又天真的帝姬却跟着她的二哥，扮作个男人偷偷来环带河边找他了。

那会儿傅九云刚从眉山居喝完酒出来，驾了马车躲在云端居高临下打量她，心里琢磨，这孩子居然没怎么变，还是穿着男装，以为旁人都是瞎子。只是连着看了她十世苦楚，忽然见她被娇生惯养得无忧无虑，柔嫩的面颊上挂着甜笑，他不由想起许多年前周越国那个三公主。

幸好，这一世她是好命。就这么笑下去吧，最好永远也不要变。

帝姬等了一天都没等到人，气呼呼地回去了。傅九云觉得她气成包子的模样怪可爱的，情不自禁驾马车悄悄跟在后面，快到皇宫的时候，却被人拦下了——是眉山的大师兄，那位半仙老先生。

“公子齐先生，行到这里便够了。帝姬如今还小，吃不得你的手段。”老先生以为他要把魔爪伸向天真可爱的小帝姬，赶紧出来护犊。

傅九云最不喜被人误会，更不喜解释，当下笑得风轻云淡：“倘若我一定要她吃下呢？”

老先生为难地看着他：“老牛吃嫩草可不是这样吃的。你这牛未免太老，她这草也未免太嫩了些。”

傅九云倒被他风趣的模样逗乐了，跳下马车诚心实意地解释：“我只想看她如今过得如何，并无他想，老先生不必多虑。”

老先生释然：“我曾听眉山提起过，公子齐先生看了她十世苦命。这一世她的命应当是极好的，只要先生你不插手。”

傅九云不解，老先生便若有所思地说道：“先生是超脱凡人之外的存在，与他们没有交集。你看她十世，无形中已生孽缘，再要接触，这一世她的命如何，便不好说了。”

只是看着也能生孽缘？这是什么道理？傅九云在马车里想了很久，决定以后再也不去看她。本来也是这样，他并没有欠她什么，为何一世又一世窥视她？

可下定决心不去看，又觉空虚得很，做什么都没滋味，像是舍下一件极重要的东西，十分不甘心、不情愿。

他趁夜偷偷破了大燕皇宫的结界，溜到公主的景炎宫一探芳踪。偷偷看

她一眼，也没什么大不了吧？他们还有个赌约呢！这孩子气的借口令他心安理得，在黑暗中静静窥视她沉睡的容颜。

帝姬如今年纪还不大，脸颊上有着稚气的丰盈，安安静静地用手压着被子。那十根白玉般的指头十分玲珑可爱，傅九云轻轻拿起她一只手，翻过来放在眼前，仔细替她看手相。

这一世她的命果然不错，父慈母爱，顺顺利利到老，姻缘亦是美满幸福。

傅九云心里有一种满足，正要放开，忽觉她一动，竟是醒了。他没来得及躲藏，抑或者是从心底里不愿藏，想叫她看见自己，知道有这么个古怪的人在她不知道的情况下窥视她十世。

帝姬反应显然没这么缠绵，她吓僵了，连喊也喊不出来。

傅九云施法瞬离，留了张小笺给她：卿本佳人，却扮男装，难看难看！歌舞之约，勿忘勿忘。

小小挫一下她的锐气，大约会把她吓哭吧？这种恶作剧令他想笑，冷不丁帝姬却大叫："公子齐！我赢定啦！你等着！"

他差点儿从房梁上摔下去。

这次窥视令老先生很无奈，去环带河等了他好几天，他却始终避而不见。说到底，傅九云是有些心虚的，可心里又有种孩子般的快乐和期待。他已经很久很久没有这样的感觉了。

和眉山君喝酒的时候，他情不自禁地说："也许……这次《东风桃花曲》真能找到主人。"

眉山君很奇怪："找到主人又如何？你娶她做老婆？"

傅九云似是从未想过这个问题，一时竟被问住了，默然喝下美酒，良久无言。

眉山君哈哈大笑，摇头晃脑得意扬扬："你娶她又有什么困难了？飞到皇宫，直接抢走！我来给你们做媒人……”

“辛湄的小像……”傅九云只说了五个字，眉山君又一次捂着脸跑了，又气又恨：“你等着你等着！”

眉山君的报复他没等到，却等来了朝阳台那一曲“东风桃花”。

台上有那么多人，其实他心里明白，她打赌是为了好玩，跳舞也不光是为了他，只怕有更多的缘故是为了叫龙椅上那男人笑上一笑。

可那又怎么样呢？他问自己，那又怎么样？

如今她火红的裙角拂过朝阳台的白石栏杆，台下万千繁花都不及她浅浅一笑。他出了一道世人答不出的难题，她给了一个最好的答案。是他心底最渴求的答案。在世间轮回徘徊三千年，三千年，仿佛都只为了这一刻。

遇见她，看着她。

迷雾瞬间散去，原来真的是她。

他告诉眉山君上次没能回答的问题的答案：“我要她，我会带她走。”

眉山君一直以为他是在开玩笑，这次实打实被吓呆了，喃喃：“喂……你当真的？她这一世的命是极好，但和你无关……”

“我会让她更好，我替她改命，什么后果我来担。”傅九云毫不犹豫，“她是我的。”

眉山君来不及阻止，眼睁睁看着他走了。

傅九云觉着自己从未这么稚嫩过，以往那应付女子的九转玲珑肠子此刻被拧成了一根直的。

她喜欢什么？讨厌什么？他一而再再而三地夜闯皇宫，对她来说是一种不尊重吧？

斟酌半日，最终只是留给她两幅画并一张字条儿，出来的时候已是一脑门子的汗。她是放在心海的一条小鱼儿，游来游去，一派自在，用这只饵去诱她，不知能不能上钩？

傅九云在环带河边等了很久很久，渐渐地便下起雨来。他撑了一把油纸伞，蒙蒙细雨里撑伞站在河边的年轻男人是很扎眼的，大燕民风又开放，时不时有大胆的女孩子过来询问，被他心不在焉打发了。

河水潺潺，密密麻麻的小雨点在水面上落下坑坑洼洼的痕迹，像他现在七上八下的心。

雨就这么一直断断续续下着，晶莹剔透的水珠从柳树的叶子上滚下来，每滚一颗他便在心底数一个数。盼着小鱼儿上钩，不知何时咬住那只饵？又有些怕她来，她年纪还小，一派天真，要怎样说才会懂？

倘若她来，我会带她走，改了她的命。她要是不愿意……呃，不愿意的话就敲晕了扛走吧？不好不好，这样不好，须得温柔些……

他在环带河边等了大半个月，帝姬再也没有来过，他便去了一趟朝阳台，见到帝姬和左紫辰相依的身影。

眉山说：“幸好你今次没有鲁莽。姑娘是有仙缘的，这个左紫辰与她有天定姻缘，两人结为夫妻，日后修行成仙，补她十世受苦受难。你能帮她改个什么更好的命？傅九云，你最好不要执迷不悟，今儿起我绝不会再让小乌鸦帮你看她踪迹，就此放手吧！”

傅九云只觉遇到了有生以来最大的难题。

她会成仙？

成仙。

成仙了会有很长的寿命，身边又有爱人相伴，果然是极好的命，果然是贵不可言。

那……他呢？他怎么办？

眉山君叹了一口气：“不就是跳了个舞吗？我还真不信天下没女人能跳出来了。回头我给你找个跳得更好的，你也别念着她了。都看了十辈子，还看

不够？”

他是有些看不够。原来左紫辰是她的美满姻缘，他的小帝姬很天真，是个人都能看出她心里装不下的那种一心一意的恋慕。此刻再有人问她公子齐是谁，大约她也是忘了的。

她现在很幸福，很美好，是他一直期盼的。

傅九云怆然一笑，摇摇头转身走了。

没有救，他们有救了，他已经没救。那和谁跳得好是无关的，曾经沧海难为水，除却巫山不是云。他们的，叫作缘分；他与她，只能叫作孽缘。他也觉得自己很疯狂，莫名其妙窥视一个女人十辈子，莫名其妙又爱上了，最后再莫名其妙离开。

在他冗长而没有尽头的轮回里，这一切大约只会成为小小的涟漪，再过几千年，可能连她长什么样都记不得。

只是，真的不甘心。

他数着水滴，数了几千几万次，最终还是没有等到她，再也等不到。

傅九云回了一趟香取山，他原想过要把魂灯带走，和帝姬找个山明水秀的地方逍遥一世。不过现在他又觉得天下那么大，在哪里过好像也没区别了。

女弟子青青见他近来郁郁寡欢的模样，忍不住就要打趣：“出去了那么久，竟是转性了？前几日槐珊她们一帮小丫头请你喝酒你都没去，在想什么心事呢？”

傅九云想了想：“我在想要不要做那根打散鸳鸯的大棒。”

青青忍俊不禁：“你往那边一站，不用棒打那鸳鸯自己就散了。不过，这种缺德事还是少做吧，世间毕竟难得有情人。”

傅九云又认真想了想，点头微微一笑：“不错，你说得很好。”

那女孩子的幸福未必要他来给。倘若她没有爱上别人，他可以给她任何想要的，把她宠到九霄天上去。如今她爱上了别人，那么除左紫辰以外的人，于她都是地狱。留着她，是想见她笑，与其叫自己畅快了，却害她以泪洗面，不如他难受些，看她笑好了。

他是鬼，他的心比凡人坚固，不惧怕那些难以磨灭的伤痛。

闲闲在香取山过了一阵子，山主不知听谁说西方琼国皇陵中有宝物，名为同心镜。据说相爱的男女去镜前照上一照，倘若是天定姻缘的，镜中便会映出两人的模样来。若是无缘，镜子便一片空白。

山主老头素来对这些稀奇古怪的宝贝有浓厚的兴趣，动了想要搜刮的念头。刚巧傅九云近来颓废又无聊，索性自动请命去帮他抢宝贝，权当找个事情来做做散心。

去皇陵等了一年多，那只战鬼和辛湄却始终未归。傅九云每日看皇陵中的青山绿水，渐渐地也厌了，只留张字条给他们，一路且玩且行，打算从海底一路去到西北天原国玩赏一番。

岂知海港周边不知何时布下了重重铁骑，镇上的人都给赶跑了，每日光巡山守港便有几千人，都是一副如临大敌的模样。

傅九云心中好奇，偷偷掳个小兵问究竟："这是在做什么？要打仗了？"

小兵被使了仙法，眼前一片漆黑，慌得一个劲哆嗦，连声道："是天原国！那天命太子领了妖魔大军横扫他国……琼国周边几个小国都被吞了，听说不久前还灭了东方大燕国！圣上怕有天原的奸细混入琼国，所以派军马守着边境……"

傅九云只听见"大燕国被灭"几个字，惊得心跳差点儿停了。

大燕被灭起码也是十年后的事情，天原那个天命太子又从哪里来的本事驱使散沙般的妖魔为之卖命？

他不及多问，唤来灵禽一路横冲直撞飞去大燕。

可世上已经没有大燕国了。

左相叛国，天原太子领了妖魔大军势如破竹，放火焚烧大燕皇宫，烈焰足足燃了一个月，把那些曾经华美绝伦的殿宇烧成了灰，只余些许断壁残垣。

那东方的帝姬，也随着一场浩劫，就此香消玉殒。

傅九云只是不能相信自己的眼睛。不是说这一世她的命数极好吗？不是说有仙缘吗？可是……国破家亡，烈焰焚身，那是怎样的痛楚？她竟死得比前几世还要惨！

他在废墟里徘徊寻找了很久很久。被烧焦的尸体有许多，每一具他看着都会心惊肉跳，觉得像她，心里又盼着不是她。

气急败坏的眉山君寻来的时候，他仍不停地在废墟里翻找着，像是想翻出个什么奇迹来。

“我也有看错的时候！”眉山君气得脸都绿了，“天原那个国师真不简单！命格无双的天命之人也能被他压下去，强行逆天改命，找个妖来顶替！多少人的命数都被扰乱，这次真要天下大乱了！”

傅九云双眼血红，抓着他不放，声音嘶哑：“帝姬呢？是死是活？”

眉山君摊开手：“我找不到她，一定是大师兄在她身上落了咒，防着你再去窥视……”

傅九云推开他，跌跌撞撞地攀上灵禽，漫无目的地四处搜索。

他不知要去哪里找，曾经他是那么高高在上窥视她的命运，从未想过有一天会找不到她。

原来天下那么大，想要在茫茫大海中找到一粒砂，需要多少年？

连她是生是死都不知道。

带着最后一丝希望，他回到香取山找左紫辰，岂知他竟被人封了记忆，将大燕国发生的事情尽数忘却，连双眼也瞎了，成了个半废人。

他身边站着的少女不再是帝姬，而是另一个陌生的美貌女子，神情高傲冷漠。

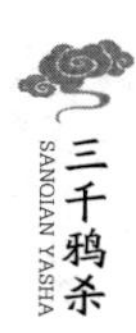

“你是问帝姬？”

少女名叫玄珠，是大燕诸侯国的公主，听见“帝姬”两个字就变色。

“我不知道，大约早已死了吧。”

她对帝姬依稀有着刻骨的仇恨。

傅九云去见山主，想问清楚左紫辰究竟发生了什么事。

山主正在宝库里赏玩自己的新进收藏品，其中有两幅仙画，他记得，那是自己送给帝姬的。

因见傅九云双眼发直盯着那两幅画，山主难免得意扬扬：“这是公子齐的仙画，万两黄金也买不到的珍品。也难怪你看直了眼。”

傅九云遽然转身，冷冷盯着他，低声道：“画是怎么来的？”

山主有些尴尬，还有些恼怒：“自然是别人送的……你问来做甚？”

傅九云笑了笑：“别人送画给你，是求你封了左紫辰的记忆？”

能将这种封印咒语加持得如此完美高超，除了山主再无第二人。他素来擅长的就是些古怪的诅咒和封印。

山主冷下脸：“九云！你太过无礼！”

“让我猜猜。”傅九云丝毫不惧他的怒火，“左紫辰知道父亲要叛国，左相怕他将事情泄露出去，所以送了两幅仙画给你，让你将他困在香取山。我说的对不对？”

山主勃然大怒，转身走进幕帘后，再也不发一言。

傅九云也没什么想要再问的，一切缘由，他已经再清楚不过了。

天原国师逆天改命，将自己精血养育出的凶煞之妖借皇后的肚皮生下，顶替传说中的天命之人。所以天原国有那么多的妖魔大军，横扫中原而无敌，将大燕灭国时间足足提早了十年。

此乃帝姬命数的第一件变动，亡国之劫。

而他自己当日与帝姬打赌，输了两幅画，画成为左相收买山主的宝贝。

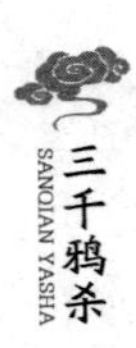

若没有公子齐的画，左相能不能打动山主的铁石心肠还很难说，毕竟天底下能让山主动心，甚至动心到对自家弟子下手的宝贝实在不多，左相未必求得了他。

此乃帝姬命数的第二件变动，爱人遭劫。

傅九云终于明白老先生说的孽缘是指什么。

一切潜移默化，在他以为已经收手的时候，才发觉什么都太迟。孽缘早在他和帝姬打赌的时候，便已经开始。

什么都挽回不了了。

傅九云了无生趣，终日逗留眉山居，有生以来从未醉得那么狼狈，醉了之后只是吐，吐得一塌糊涂，像是要死过去那样。

眉山安慰他："这事与你无关，那天原国师逆天作为，迟早要遭报应。你也不用后悔没避开她，该来的总会来。不是那两幅仙画，也还有别的宝贝，何苦自责？"

他还是为了傅九云庆幸的，改命的人不是他，天罚自然也落不到他身上，这位老友还可以继续逍遥。

傅九云醉死在池边，挣扎着一个翻身，滚进了池底，只留一串泡泡在水面翻滚。他的长发在水底荡漾，像一朵铺开的黑色莲花。

自责？不……

他湿淋淋地浮上水面，晶莹剔透的水珠顺着睫毛往下滴落。

"……我只自责，没有能下定决心带她走。"

动心了，就不该反悔，不该临阵退缩，最后只有眼睁睁看她落到这个地步。

"我会等着她的下辈子，这次我再也不会将她让给任何人。"

他笑了一下，缓缓闭上眼睛。

眉山君很无语："傅九云，你不能这个样子。一来，她的事你根本不该插手，我再不会帮你看她踪迹；二来，就算我想帮你，只怕也帮不了。大师兄已经给

她落了咒，轮回转世也好，生生死死我都再也看不到。世上那么多人，你到哪里找？”

傅九云想了想：“一个一个找，反正我命长，总能把她找出来。”

眉山君鼻头渐渐红了，咳两声别过脑袋一个劲叹气：“你看看你，你让我说什么好……”

傅九云哗啦啦从水里伸出手递了个空酒杯，示意他倒满酒。

眉山君叹息：“依我看，那姑娘未必就死了。大师兄在那边，不会那么容易死的。如今虽找不到她的踪迹，但放在心底也是个希望。倘若她还活着，你又打算如何？还这么醉醺醺的像个死人？”

傅九云将喝干的酒杯轻轻放在岸边，想了很久，最后却浅浅一笑：

“找到她，陪着她，逆天就逆天吧。”

他又沉入了水底。

他已经什么都不怕了，他不是圣人，让了一次便永远不会有第二次。

如果她还活着，如果还能找到她，他一定会紧紧抓着，再也不放开。让她的眼睛可以真正看到他，看着他。

倘若她能够重新笑起来，那么就算做一切他不愿做的事，给一切他不能给的东西，似乎也完全不是问题。

孽缘？那又如何呢？是他要去打扰她，要她过得好起来。那是他一个人的孽缘，与她无关，他自己来担。

鬼的心很坚固，不惧怕重压和等待。

他真的什么也不怕了，有生之年，誓死娇宠。